暗い穴

警視庁追跡捜査係

堂場瞬一

ハルキ文庫

JN287323

角川春樹事務所

目次

暗い穴

警視庁追跡捜査係

第一章　穴の中

1

「お前、何でここにいるんだ？」

西川大和《にしかわやまと》が眼鏡の奥の目を怪訝《けげん》そうに細めた。

「何って……時間があるから寄っただけだけど」

沖田大輝《おきただいき》は答えた。さらりと、できるだけ自然に聞こえるように。ここにいるのが不自然なのは、自分でも意識している。西川がますます、疑わしげな表情になった。わざとらしく左手首の腕時計を覗《のぞ》き、さらに壁の時計を見上げる。

「長崎行きの便、何時って言ってたっけ」

「十時……五分」

「で、今は？」

「八時十分」尋問を受けているような気分になった。

「わざわざ警視庁に寄らなければ、もう少しゆっくり寝られたじゃないか。だいたい今日は、夏休みだろう？　ここへ出て来る理由はないと思うけど」

　理詰めで攻められると、一々癪《しゃく》に障る。沖田は下唇を突き出し、西川に向かって渋い表情を浮かべてみせた。

「さあ、さっさと行けよ」西川が書類に視線を落とし、蠅《はえ》を追い払うように右手を振った。

「そういう冷たい言い方しなくてもいいじゃないか」

「お？　さすがの沖田先生も、こういう問題になると緊張するわけか？　それで、人生の先輩である俺にアドバイスを求めに来た？」顔を上げた西川が、嫌らしい笑みを浮かべる。

「同期で同い年だぜ。先輩もクソもない」

「結婚生活に関しては、俺の方がはるかに先輩なんだけどねえ、新人さん」西川が皮肉っぽく唇を歪《ゆが》めた。

　まったく、こいつは……やっぱりここに寄るべきではなかった。長崎にある響子《きょうこ》の実家への挨拶《あいさつ》の前に――いやいや、そんな堅苦しいものではない。運よく揃《そろ》って夏休みが取れたから、彼女の田舎へ行くだけだ。向こうで二泊し、長崎名物の料理と酒を楽しむのが目的――沖田はそう解釈していたが、どうも周りの人間はそうは思っていないらしい。先に里帰りしている響子は、「一応ネクタイは持ってきてね」と念押ししてくるし、西川は恋人の親と初めて会う時の心がけをしつこく説いた。追跡捜査係の後輩である三井《みつい》さやかに至っては、昨日の帰り際、ニヤニヤ笑いながら紙袋を渡したものだ。雷おこし。彼女いわく、「東京の土産なら、東京ばな奈《な》じゃなくてこれですよ」だそうだ――その紙袋を持って、満員電車に揺られて警視庁に出て来た自分は何なのだろう。一日経《た》って紙袋には皺《しわ》が寄っているし、そもそも土産など、羽田空港で買えばいいのだ。だが実際には何を選んでいいか分からず、売店で立ち尽くすだろう。つくづく、慣れないことをしようとしているのだと思い知る。四十を過ぎて、恋人の両親への挨拶――何だかんだ言ってやはり挨拶だ――を初めて経験することになるとは思わなかった。

「ほら、さっさと行けよ」西川がにやにや笑いながら言った。「遅れたら洒落《しゃれ》にならないぞ」

「分かってるよ」沖田は腕時計――愛用しているヴァルカンのクリケット――に視線を落とした。八時十分。地下鉄の霞《かすみ》ケ関《せき》駅から羽田空港までは四十分ぐらいだから、焦ることはないのだが、この場の雰囲気にこれ以上耐えられそうにない。

そもそも、どうしてわざわざ警視庁に顔を出そうと思ったのだろう？――非日常に入るためには、まず日常に身を置いて気持ちを落ち着ける必要があったからだ。未解決事件を追う専門部署の、警視庁捜査一課追跡捜査係、そここそが自分の日常である。

逆効果だった。仲間にからかわれたせいで気持ちは苛立《いらだ》ち、飛行機に乗る前から不安定になっている。

2

さて、沖田も夏休みだし、こっちものんびりいくか——西川は古い捜査資料を持ち出した。このところ緊急の仕事はなく、追跡捜査係全体にのんびりした雰囲気が漂っている。元々、発生した事件に即応するわけではなく、捜査一課が扱う案件の中で過去に埋もれた事件を発掘するのが仕事だから、それほど追いまくられることもない。こうやって古い未解決事件の資料をひっくり返し、捜査の穴を探す作業は、西川にとっては趣味と言ってもよかった。家でも毎晩同じことをやっていて、妻の美也子《みやこ》には呆《あき》れられているのだが、これほど楽しい趣味を手放すつもりはない。

その美也子が持たせてくれたポットのコーヒーを楽しみながら、西川は目下気になっている事件の調書をじっくり読みこむことにした。十年前に、新宿区内の公園で発覚したバラバラ殺人事件。この事件はまったく謎《なぞ》——解決しないのが西川にとっては謎だった。

公園内の何か所かのゴミ箱に、ばらばらにされた遺体が遺棄してあったのだが、目撃者が一人も見つからなかったのが不思議でならない。新宿駅にも近い場所にある公園は人の出入りが多く、常に賑《にぎ》やかなのだ。今は追い出されたが、十年前には、かなりの数のホームレスが住み着いていたはずだし。新宿中央署の特捜本部は、ホームレスにきっちり事情聴取したのだろうか……もちろんホームレスの方でも警察にかかわりたいはずもなく、非協力的だっただろうが、調書を見た限り、それほど熱心に捜査していた様子はない。どうせホームレスからはまともな情報が取れない、と舐《な》めてかかっていたのだろう。

手がかりが多過ぎた、という事情もある。ゴミ箱には、遺体の一部だけではなく、被害者の物と思われる服や靴、時計なども捨てられていた。これだけ物証があれば、普通被害者の身元はすぐに判明する。そしてバラバラ事件の場合、被害者が誰なのか分かれば即解決、が多い——しかし、数々の物証は、被害者の身元特定に結びつかなかった。

肝心の、首から上が見つからなかったせいかもしれないが。

西川はぶるっと体を震わせ、コーヒーを一口飲んだ。これでは真夏の怪談だ。八月に読む話としては適しているかもしれないが、警察としては「面白い怪談だ」で済ませるわけにはいかない。

電話が鳴った。集中している時には電話に出たくない……ちらりと顔を上げると、受話器を取ったのはよりによって大竹《おおたけ》だった。無口、というか一日中一言も発しないまま終わってしまうこともある男だ。

「分かりました」

一言だけ言って——最初の「追跡捜査係です」の言葉はたぶん聞き逃した——大竹が受話器をそっと戻す。大した話ではないようだな、と西川は書類に視線を戻した。平穏が一番……このバラバラ事件で何か手がかりが出てくれれば、またクソ忙しい日々がやってくるだろうが。

大竹は何も言わない。いくら大したことがない電話でも、内容ぐらいは伝えるべきではないか？　顔を上げると、大竹は荷物をまとめ始めていた。

「どうした」

「殺しらしいです」

「は？」

「相澤《あいざわ》が」

相澤直樹《なおき》。一瞬で思い出した。一月ほど前、捜査一課の強行班に手を貸して、連続強盗事件の捜査に参加したことがある。相澤はその時逮捕した犯人だ。

「相澤がどうした」一瞬、事情が分からなくなった。相澤は、逮捕容疑の強盗事件では既に起訴されている。複数の事件を起こしているので、追起訴が予定されているが、追跡捜査係はとうに捜査から手を引いていた。

「遺体を埋めた、と。自供したようです」大竹の声は、相変わらず囁《ささや》くようだった。

「それを先に言え」西川も立ち上がり、椅子《いす》の背に引っかけておいた背広に腕を通した。係長の鳩山《はとやま》に視線を向けると、黙ってうなずく。最近ますます太った鳩山——持病がいろいろあるのに摂生している様子がない——は立ち上がる気はないようで、取り敢《あ》えず受話器に手を伸ばした。左手に受話器を持ち、右手を広げて西川に向ける——「待て」の合図。

どこかへ電話をかけ、一分ほど話していた。その間、西川は「休め」の姿勢のまま待機していたのだが、鳩山の電話でのやり取りでは情報が伝わってこないのが痛い。相手の言ったことを復唱し、周りに自然に知らせるのは、警察官になって真っ先に叩《たた》きこまれる基本なのだが。

ようやく電話を切った鳩山が、まじまじと西川の顔を見た。

「何か？」

ヘマでもしたかと不安になった。普段は、自分がこの上司のヘマを見つけるパターンが多いのだが……鳩山が、西川の全身を眺め回し、忠告した。

「その恰好《かっこう》はやめた方がいいな」

「どういうことですか」

「遺体の遺棄場所は、檜原《ひのはら》村の山の中だ。スーツ姿だと、穴掘りもできないぞ」


Tシャツに現場服という恰好に着替え、西川は覆面パトカーの助手席に陣取った。ハンドルを握るのは、若手の庄田《しょうだ》。さやかとは同期なのだが、犬猿の仲である。二人を同じ車に乗せる危険は冒したくなかった。さやかは大竹の運転する車に同乗している。

事件の詳細が分からないのが痛い。相澤は突然、「遺体を埋めた」と供述を始めただけで、強盗事件の捜査本部でも、まだそれ以上の情報は摑《つか》んでいなかった。しかし証言が具体的なので、本人を同行してまず穴掘りを始めることにした——捜査を手伝った縁で、追跡捜査係にも話が回ってきた次第である。

嫌がらせだな、と西川は皮肉に思った。人手が足りないわけがない。所轄や本部の鑑識課、機動捜査隊に手伝わせればいいだけの話だし、本当に人手が足りないなら、機動隊を動員すればいい。連中は若く、力が余っているから、山一つだってあっという間に掘り崩してしまうだろう。今回は、嫌われ者の追跡捜査係をこき使おうとしているのだ。

八月のクソ暑い中、スコップを握るのは拷問だろう。鳩山も、こんな要請は蹴《け》ってしまえばいいのに……あの男は、外部の人間に対して妙に愛想がいい。それで、嫌われている埋め合わせをしているのかもしれない。

「しかし、なあ……相澤は何だっていきなり、こんな自供をしたのかね」西川は小声でつぶやいた。

「罪の意識に耐えかねたんじゃないでしょうか」

独り言のつもりだったが、庄田が反応して返事をする。彼の意見を期待していたわけではないのだが、と思いながら西川は話を続けた。

「そういう気配、まったくなかったけどな」

「話したんですよね？」

「話したよ。取り調べではないけど」どちらかと言えば、あの捜査では、追跡捜査係は裏取りの仕事が中心だったのだ。「詳細が分からないと、苛つくな」

「強行班に確認してみたらどうでしょうか」

言われて、携帯電話を取り出す。が、すぐに気が変わった。担当の刑事も、相澤の供述を得たばかりで混乱しているだろう。ここで自分が電話を入れて、さらに混乱させる必要はない。現場へ行けば顔見知りもいるはずだから、そこで聞き出せばいいだろう。

檜原村か……島嶼《とうしょ》部以外の東京都内で、唯一の「村」。山梨県に接する東京の西の端《はし》だ。いや、もしかしたら位置的には奥多摩《おくたま》町の方がさらに西かもしれない。疑問に思うと放《ほう》っておけず、グラブボックスから東京都の地図を取り出した。なるほど、確かに東京の一番西は奥多摩町だ。しかしいずれにせよ、檜原村が都心から最も行きにくい自治体であることに変わりはない。何しろ、村内を鉄道が走っていないのだ。最寄り駅はJR五日市線の武蔵五日市駅だが、そこから村の中心部まで、車でさらに十数分はかかるだろう。都心から車で行くなら、圏央道をあきる野インターチェンジで降り、あとは檜原街道をひたすら西へ——圏央道が開通する前は、中央道の八王子インターチェンジからずっと一般道を通っていかなくてはならなかったはずで、実際の距離よりも遠く感じられたのではないだろうか。

中央道は例によって交通量が多かったが、圏央道に入ると急に車が少なくなる。真夏の陽射《ひざ》しを受けたアスファルトが、強烈な熱を発しているようだった。試しに窓を開けると、体温よりも明らかに熱い空気が顔に吹きつけてきて、うんざりしてしまう。相澤が遺体を埋めたと供述した現場は、地図で見た限り相当山奥の方だが、そこもこれほど暑いのだろうか。

携帯が鳴った。鳩山。クソ、あのオッサン、自分は涼しい部屋にいて指令を飛ばすだけのつもりか。百八十センチ、自称九十キロの体を炎天下に晒《さら》して乾燥させてやりたい、と西川は思った。一日立っていれば、体重も相当減るのではないか。

「あー、遺体を埋めた場所がもう少し詳しく分かってきた」

「どの辺ですか?」

「五日市方面から、檜原街道を西へ向かってくれ。檜原村役場を過ぎたところで、道路が左右に分かれるんだが、その左側を真っ直《まっす》ぐ行けばいい。その後はほぼ一本道だから、迷うことはないと思う。信号もほとんどない。先発している強行班の連中がいるから、すぐに分かるだろう」

「相澤も現場に行っているんですよね」

「もちろん」

「奴は、場所ははっきり覚えているんですか?」西川が一番懸念していることである。あの辺りには民家も少なく、道路はほとんど山道だろう。遺体を遺棄したとすれば、恐らく夜……街灯もほとんどないであろう闇《やみ》の中で、遺体を隠した場所をはっきり覚えているものだろうか。相澤の曖昧《あいまい》な記憶で、何度も違う場所を「試掘」することになるかもしれないと考えるとうんざりした。時間の無駄だし、この暑さに耐えられるとも思えない。都内は、このところ一週間連続で猛暑日を記録しているのだ。今日の最高気温も三十六度の予想である。

沖田の奴、最高のタイミングで休みを取ったな……今頃ちょうど、長崎空港に到着した頃ではないだろうか。緊張はしているだろうが、だから何なのだ? 恋人の両親に会いに行くのと、遺体を掘り起こすのと、どちらがいいと思う？

沖田なら穴掘りを選ぶかもしれない、とふと思った。

相澤の奴、まったくろくでもないことを……現場に着いた西川は唖然《あぜん》とした。

死体遺棄場所として相澤が捜査本部に告げたのは、道路が大きく左にカーブしている地点だった。右側に車が数台停《と》まれるスペースがあり、その向こうは鬱蒼《うっそう》とした森──夏の暑さで緑は濃く、人の出入りを拒絶するような雰囲気を漂わせている。装備をきちんと揃えてきたことだけが救いだった。革靴はおろか、スニーカーでもこの山の中には入れないだろう。編み上げのブーツは次善の策で、本当は本格的な登山靴が欲しいところだ。

既に覆面パトカーが四台、停まっていた。西川は遠慮がちに、空き地の一番隅に自分たちの車を停めさせた。降りると、むっとするような草いきれが鼻を突く。かなり標高が高いところまで上がってきたのだが、気温は一向に下がる気配がない。立っているだけで額に汗が滲《にじ》んできた。これならいっそ、早く森に入った方がましではないか。少なくともあそこなら、直射日光は当たらないだろう。

西川は腰に両手を当てたまま、森を見上げた。斜面にびっしりと杉の木が立ち並び、根本の方は生い茂った下草に覆われて見えなくなっている。分け入るだけでも一苦労しそうだ。落ち葉が分厚く積もっているだけで、足場はしっかりしているように見えるのが救いだ。

この場のリーダーは……と周囲を見回す。いた。強盗事件の捜査本部を仕切っていた係長の作倉《さくら》が、不機嫌そうな表情で腕組みをしている。部下たちが、覆面パトカーのトランクからスコップなどを取り出す様子を見ている様は、建設現場の現場監督のようだった。薄緑色の作業着に坊主頭という恰好も、その印象に拍車をかけている。

「作倉さん」

声をかけると、作倉が目を細めて西川を睨《にら》む。別に怒っているわけではなく、目が悪いせいだ。自分より少し年上だが、四十を過ぎてから急に近眼が進んだ、とぼやいていた。しかし頑《かたく》なに眼鏡をかけようとしない。

「お疲れ」低い声で作倉が言った。「あんたたちだけか?」

「おっつけ、他の連中も来ます」

「沖田は? いつも一緒だろうが」

「ちょうど今日から夏休みで……東京を離れました」

「上手《うま》いタイミングで休みを取りやがったな」不機嫌に言って、作倉が額の汗を拭《ぬぐ》う。

「こういう現場では、あいつの嗅覚《きゅうかく》があった方が助かるんだが」

「犬みたいな奴ですからね」

作倉が、喉《のど》の奥の方でうがいするような音をたてた。喉の調子が悪いわけではなく、こういう不気味な笑い方をする人なのだ。

「で……」西川は一瞬言葉を切り、作倉の顔を覗きこんだ。「自供はマジだ、という判断ですよね」

「そうじゃなければ、このクソ暑い中、穴掘りはしない」

「どういう自供なんですか」

「そこがちょっと曖昧なんだが……」作倉の顔から自信が消えた。「遺体を埋めたというだけで、殺したとは言っていない」

「死体遺棄だけ？　あり得ないですよね」相槌《あいづち》をうちながら、西川は別の可能性に思い至っていた。「共犯がいるんですね？」

「そう見てるんだが、口を割らないんだ。よく分からない男だよ」

連続強盗致傷事件の犯人――相澤は単なる粗暴犯だ、と西川は見ていた。そうでなければ、いきなり路上で相手を殴り倒し、金を奪ったりしない。金が欲しかったというより、暴力衝動を発散させていただけではないかと思えた。何しろ狙《ねら》ったのは小柄な女性ばかり――楽に制圧できそうな相手だけである。動機はともあれ、クズ野郎であるのは間違いない。

「強盗とはまったく関係ないんですかね」西川は眼鏡を外し、ハンカチで顔の汗を拭った。いいダイエットにはなりそうだが、その前に熱中症で倒れるかもしれない。

「今のところはな……というより、奴が詳しい事情を喋《しゃべ》らないんだ」

「まあ、掘るしかないですね」

「よろしく頼む。今、現場の確認をしてるから、その後でメッシュに分けて作業をするつもりだ」

西川は無言でうなずいた。平面を細かい正方形に分け、その中を一人一人が責任持って調べていく——捜索の定法だが、ここは斜面でしかも木立に邪魔されているから、きちんとしたメッシュは作れないだろう。相澤が場所を正確に覚えていてくれることを祈った。

若い刑事三人が、先発して森の中に入って行く。そのうち二人は相澤を連行する係で、実質的に現場をチェックしているのは一人だけだ。いかにも歩きにくそうな……先を行く刑事が、いきなり「あ！」と悲鳴を上げる。一瞬彼の姿が消えたのだが、下草に隠れていた穴に落ちてしまったようだった。低い声で悪態をつきながら姿勢を立て直すと、覆面パトカーのところで待っていた仲間の刑事たちが低く笑い声を上げる。こういう現場では、ヘマをした人間が悪いのだ。

相澤は背中しか見えないが、Tシャツが汗で肌に張りつき、透けているのが分かった。久しぶりに吸う外の空気がこれではたまらないだろうなと思ったが、同情はできない。

先行していた四人は、道路レベルから十メートルほど山林に入っていた。斜度がどれほどなのか……四人が立ち止まったのを見ると、かなり急角度なのが分かる。四人が全員、体を斜めにしているのだ。軸足に体重をかけていないと踏ん張れないほどの角度——あそこで穴掘りするのは大変だ。命綱のロープが必要だな、と思う。

ふいに違和感を抱く。

「ちょっとおかしくないですか」西川は指摘した。

「どれぐらい深く掘るんですか」さやかが訊《たず》ねる。女性の腕力では厳しい作業だが、彼女はやる気満々だった。どちらかと言えば小柄で非力なタイプなのだが。

「二メートル。相澤はそう供述している」

「二メートルですかあ」

さすがにうんざりしたようにさやかが言った。想像しただけでげっそりしたのだろうが、それは西川も同じだった。このクソ暑い中で、冗談じゃないよな……つい数時間前までは、長崎で苦労するであろう沖田をからかうと同時に同情してもいたのだが、今は誰かが自分に同情してくれないかとつくづく思っていた。


あっという間に体が強張《こわば》ってきた。普段スコップを使う機会などないので、全身の筋肉が早くも悲鳴を上げ始めている。軍手も役に立たず、スコップを土に突き刺す度に、左の掌《てのひら》に鋭い痛みが走るようになった。マメができたようだ……手にマメを作るなど、いつ以来だろう。苦労しているのは、足元が柔らかく、踏ん張れないせいもある。冗談じゃない……時々背中を伸ばしてやったが、その度に蓄積する疲労を意識するばかりだった。

しかも、ただ闇雲《やみくも》に掘ればいいというものでもない。遺体が埋まっているとしたら、できるだけ無傷の状態で掘り出したいのだ。どうしても少しずつ慎重に土を取り除《の》けざるを得ず、作業時間は長引く一方だった。

掘り始めて既に一時間。ようやく五十センチほどまで掘り下げたが、まだ先は長い。風も通らないのでクソ暑く、木立で直射日光が遮られるのだけが救いだった。これが森の中でなければ、とうに熱中症になっていただろう。

西川はまた腰を伸ばし、支給されていたペットボトルの水を飲んだ——飲み干した。これで一本が空になってしまったが、予備はあるのだろうか。警察の仕事では、兵站《へいたん》部門は極めて大事である。特に水と食料。空腹はまだ我慢できるが、この先水がないと辛《つら》い。作倉はその辺をきちんと考えてくれているのだろうか、と西川は訝《いぶか》った。係長以上の管理職では、捜査指揮能力と同時に、兵站面に気を配れるかどうかが大事である。鳩山は、指揮能力には疑問符がつくが、食料調達に関してだけは褒められる。あの男が現場指揮を執っていて、空腹で困ったことは一度もない。食いしん坊には食いしん坊の得意技があるわけか。

無言で作業が続く。ふいに体が楽になって、西川は違和感を覚えた。こういう作業は慣れるものではなく、ただ疲労が募っていくだけなのだが……気温が急に下がっているのだと気づいた。上空を見上げると、木立の隙間《すきま》からも、雲が急激に広がり始めているのが見える。それも、強烈な雨をもたらしそうな雲だ。まずいな……こんなところでゲリラ豪雨に遭ったら、たまったものではない。

心配している間に、頭に最初の一滴がかかった。思わぬ冷たさに、反射的に首をすくめてしまう。直後、思わぬ大きな音……雨が無数の葉に当たり、音が増幅されてしまったようだった。あちこちで悲鳴が上がる。雷が鳴り始めたら危ない——そう思った瞬間、メッシュの一番上にいて作業を見守っていた作倉が声を張り上げた。

「一時撤収しよう。雨はすぐに上がるはずだ」

助かった——スコップを肩に担ぎ上げ、早々と斜面を下りはじめた西川だが、すぐに足を止めざるを得なかった。

「見つかったぞ！」

最悪のタイミングで遺体が発見された。

3

クソ、落ち着かない。愛想笑いはどうやって浮かべればいいいんだろう。沖田は、自分の顔が引き攣《つ》るのが分かった。

場所は、JR長崎駅にほど近い一流料理店。そして目の前には響子の両親がいる。長崎名物の卓袱《しっぽく》料理を食べながらの会合なのだが……皿数の多さでうんざりしていた。普段、昼は警視庁の食堂か、外回りのついでに軽く済ませる沖田にすれば、飽食の極みである。難物は豚の角煮だな……これこそ長崎名物なのだが、結構なボリュームがある。二十代だったら、旺盛《おうせい》な食欲を発揮して「好青年」の印象を相手に与えることもできただろう。だが四十歳にもなって一皿も残さずに食べてしまったら、ただ食い意地が張っているようにしか見えないのではないか。しかも後で、消化剤の助けが必要になる。

煙草《タバコ》が吸えないのも辛い。予《あらかじ》め響子から、両親とも煙草を吸わない――というより嫌っている――と聞かされていたので遠慮しているのだが、ニコチンが切れたせいか、冷静でいられなかった。

何となく、足元がふわふわしている感じがした。昼前に長崎空港に到着し、そのままバスで長崎駅前へ。地図を片手に大慌てで歩いて来たので、市内の様子を楽しむ余裕さえなかった。本当は見所がたくさんある街で、ゆっくり市内観光をしたいところなのだが……それは明日以降に後回しだ。これが終わって、響子の息子、啓介《けいすけ》と会えば、少しは気持ちが落ち着くかもしれない。

目の前にいる響子の父親、本多《ほんだ》亮太《りょうた》は、いかにも職人気質《かたぎ》の頑固そうな男だった。還暦をとうに過ぎているのに髪は豊かで真っ黒。背も高く、百八十センチはありそうだ。威圧感がないのは、スリムな体形と少し下がった眉毛《まゆげ》のせいである。長崎市で、明治時代から続く呉服屋の店主……市内に五店舗を構えており、株式会社化して、本人の現在の肩書きは「社長」である。とはいえ今も、各店舗に毎日顔を出して、接客に精を出しているという。地元の商工会議所でも「顔」だそうだ。

響子はずっと、父親から「跡を継いでくれないか」と言われている。離婚したのはともかく、何も一人息子と東京で暮らすような苦労をしなくてもいいではないか……普段の仕事についてはベテランの社員たちに任せて、経営のことだけ考えてくれればいい。自分で継ぐのが嫌なら、婿をとってもいいじゃないか。

この話を初めて聞かされた時、沖田は仰天して「地雷を踏んだ」と思った。響子とはある事件の捜査で知り合って親密な仲になったのだが、彼女の実家の事情を知ったのは、つき合うようになってしばらくしてからである。二人の間では、まだ具体的に結婚の話は出ていないが、もしも結婚することになったら、自分は警察を辞めて呉服屋の社長になるのだろうか。まさか……沖田は、刑事こそが自分の天職だと思っている。ワルどもを追いつめる快感を手放す気にはなれないし、今の仕事とまったく関係ない呉服屋で経営に参加するなど、想像すらできなかった。

とはいえ、つき合いもいい加減長くなり、沖田の存在は響子の両親に知られてしまっている。「一度連れて来なさい」という両親の言葉には響子も逆らえず、沖田はこうして長崎までわざわざ飛んで来たのだが……早々に失敗を悟っていた。居心地が悪いことこの上ない。響子の父親は馬鹿丁寧に話しているし、元々腰も低い人のようだが、沖田の仕事や私生活について根掘り葉掘り訊ね、丸裸にしようとするので参ってしまう。

「ということは、警察の仕事では危険なことはないんですね」

どうも父親は、警察官はしょっちゅう撃たれたり刺されたりしているものだと思っているらしい。刑事ドラマの見過ぎだよ、と苦笑しながら沖田は否定した。

「危険なことはほとんどありません。一度、足を折ったことがありますけど、それは飛び降りて失敗しただけですから」

「まあ」母親が顔をしかめる。まるで沖田が生死の境を彷徨《さまよ》った、と聞かされたような感じである。

「いや、それはこちらの単純ミスだったので。自業自得でした」沖田は慌てて言い訳した。

「とにかく、比較的安全な仕事だと思います」

「定年まで、二十年ですか」

「……そうなりますね」父親の質問に、沖田は「来た」と身構えた。

「早期退職して、他の仕事をしようと思ったことはありますか」

「あー、それは……ないです」ここははっきり言っておかないと。「基本的には、今の仕事が自分に向いていると思います。できるだけ長く続けたいですね」

「例えばだけど、他の県の警察に転勤することはできない？」父親が食い下がった。

「警察の採用は都道府県単位なので、それはない――難しいですね。よほどの事情があれば別かもしれませんが」言ってしまってから、後悔した。響子の両親にとっては、会社を娘に継がせることこそが「よほどの事情」かもしれないではないか。ここは「あり得ません」と明確に否定しておくべきだった。

「いろいろ大変なんですねえ」父親が溜息《ためいき》を零《こぼ》した。

響子は、両親とどこまで話したのだろう。いや、響子の本心はどうなのだろうと沖田は訝った。横に座る彼女にちらりと視線を向けたが、横顔を見ただけでは何とも言えない。もう少しきちんと話をしておくべきだったと悔いたが、手遅れだ。

もしかしたら、自分の中でもある程度覚悟ができていたのかもしれない、と思う。実家を継ぐ話を聞かされていたのに、のこのこ長崎まで飛んできたのだから。

警察の仕事をもう少し詳しく話しておこうか、と思った。社会的にどれほど重要で、その中で自分がいかに頼りにされているか……自慢話になってしまうが、諦《あきら》めさせるにはそれも一つの手だ。

口を開きかけた瞬間、背広の胸ポケットに入れた携帯電話が振動した。こんな時に電話してくる馬鹿がいるのか……と無視することにする。しかし、一度切れてすぐにまた振動し始めた。バイブレーションの音が聞こえてしまったのか、響子の父親が「どうぞ」と言ってくれた。仕方なく、一礼して立ち上がる。響子にも目配せして、急いで個室を出た。

既に午後二時……会食が始まってから一時間が経つが、ずいぶん長くこの個室にこもっていたような気がする。廊下で一息ついて携帯電話の画面を見ると、西川だった。何なんだ、あの男は、と一瞬頭に血が昇る。今日が大事な日だということは、十分過ぎるほど分かっているはずだ——それなのに電話してきたということは、よほどの用事に違いない。

「やあ、そっちはどうだ？」西川の第一声はのんびりしたものだった。

「はあ？　今、大事な会食の最中なんだけど」

「そろそろ嫌になってきたんじゃないか？」

ずばり言い当てられ、沖田は言葉に詰まった。電話の向こうで、西川がかすかに笑ったような感じがしたが、どうやらノイズだと気づく。外にいるようだ。書斎派のあいつが外にいるのは珍しいな、と訝しむ。

「で？　わざわざ電話してくるぐらいなんだから、大変な用事なんだろうな」

「メモできるか？」

「メモしなくても、お前が言ったことぐらい、覚えられるよ」

「ええとな……そこ、駅から近いか？」

「歩いて五分ぐらいだ」

「なるほど」西川が手帳を繰る気配が感じられた。「今からダッシュすれば、長崎駅前を二時十五分に出るバスに、ぎりぎり間に合うだろう」

「バス？」何言ってるんだ、こいつは……。

「空港着が二時五十九分。三時十五分の羽田行きに何とか乗れないか？」

「無理に決まってるだろう」沖田は吐き捨てた。「チケットも取ってないし、時間がない」

「そこはバッジに仕事をさせろよ」

「それだけ大変な事件なのか？」

「遺体が出てねえ」のんびりした口調で西川が言った。

「遺体？」何の話だ？　朝方追跡捜査係に立ち寄った時には、何もなかったはずである。あの後、何か事件が起きたのだろうか……いや、そもそも発生したばかりの事件に追跡捜査係が対応するはずがない。とすると、探りを入れていた未解決事件に関係するものだろうか。

「相澤が、遺体を埋めたと供述したんだ」

「相澤が？」連続強盗致傷事件の犯人。しばらく前の事件だったので、捜査には追跡捜査係も手を貸した。「何の話だよ、それ」

「今朝になって、いきなり自供したらしいんだ。それで、供述通りに穴を掘ってみたら、遺体が発見された」

「なるほど」激しく胸郭を打っていた鼓動が落ち着いてきた。まあ、相澤のように粗暴な人間なら、遺体を埋めるぐらいのことはするかもしれない。そんなことで一々電話されたのでは、たまったものではない。こちらは、人生の一大事に直面しているのだから。

「それだけなら、大事な用事で長崎にいるお前に、わざわざ電話なんかしないけどな」西川が思わせぶりな口調で言った。

「何なんだよ」焦《じ》れて、沖田は壁を拳《こぶし》で叩《たた》いた。

「相澤は檜原村の山中で、二メートルほど穴を掘って遺体を埋めたんだな」

「いい加減にしろよ」乱暴に言いながら、沖田はつい現場の様子を想像してしまった。西川のような書斎派が、汗塗《あせまみ》れになってスコップを使っている姿は……お笑い種《ぐさ》だ。だが、ただ自分を笑わせるためだけに電話してきたとは思えない。「何が言いたいんだ」

「実は、相澤が埋めたと言っている遺体のすぐ側《そば》から、もう一つ遺体が出てきたんだ」

　こんな馬鹿な話があるか。

凶暴な顔で個室に戻ったせいか、響子も彼女の両親も、これからすぐに東京へ帰ると宣言した沖田を止めはしなかった。沖田が荷物をまとめ始めるのを見て、響子がはっと気づいたように「空港まで送るから」と言ってくれた。

というわけで、実家の車――ベンツだった――の助手席から電話で飛行機の予約を終え、ほっと一息つきながら、沖田は怒りを嚙《か》み殺している。山間を縫うように走る長崎自動車道では、日本の原風景とも言える景色を楽しめるはずだが、とても見ている余裕はなかった。

誰に怒っていいのか分からない。遺体を埋めた相澤に対してなのか、電話で自分を引っ張り出した西川に対してなのか。

もう一つの遺体について、相澤は「自分は知らない」と強硬に否定しているという。遺体を埋めたと打ち明けるには、相当な心の整理が必要だっただろう。逆に言えば、完全に「仏」になっていないと、さらに罪が重くなるような告白をするわけがない。遺体を二つ埋めたならば、そのように素直に言うはずだ。五月雨式に告白するとも考えられず……となると、たまたまごく近くに別の遺体が埋まっていた?

確率的にあり得ない。

西川もそう考えたのだろう。沖田は基本的に夏休み中で、プライベートで大事な事情があるのは西川も了解している。それなのにわざわざ会合を中断させたのは、彼もこの事件を重視している証拠だ。本来は追跡捜査係が乗り出す事件ではないのだが、行きがかり上、一枚嚙むことになるだろう。

そう考えると、怒りが消えて喜びが沸き上がってくる。何だかんだ言って、事件を追う喜びに勝るものはない。

「大変ね」響子がぽつりとつぶやく。

「ああ、西川が泣きついてきて――」言いかけたが、何だか自分の力をアピールするようで嫌な感じだ。沖田は思わず口をつぐんだ。

「でも、ほっとしてるんじゃない?」運転席から、響子がこちらをちらりと見た。「ずっと窮屈そうにしていたし」

「正直、多少は」

「ごめんね」急に響子が謝った。「私も、気持ちがはっきりしないから……両親から一度連れて来いって言われて、断れなかったの。東京を離れるの、きつかったわよね」

「それは大丈夫だけど……申し訳なかったな。ご両親、呆れてるんじゃないかな」

「たぶんね。だから、これから先のこともどうなるか分からないけど……」

「二人で考えていくしかないだろうな」都合のいい先送りだと自分でも分かっていたが、今はそう言うしかない。

「そうね」

「君、しばらくこっちにいるんだよな」

「あと三日ぐらい……本当はあなたと一緒に東京へ帰るつもりだったけど」

「仕方ない。今回のことは、向こうでもう一度話そう」

「分かった」

物分かりがいいというより、彼女自身、何も決められないのだと分かっている。いい大人が二人、人生の行く末さえ満足に考えられない……情けない話ではあるが、二人とも背負っているものがあるのだ。そう簡単に結論は出せない。

長崎空港は、大村湾にぽつんと浮かぶ島である。本土から真っ直ぐ続く橋を渡って行くと、いやでも旅立ちだという意識が強まってくる。海のただ中を渡る橋——箕島《みしま》大橋というらしい——の途中で、沖田は思わず、シフトレバーに置かれた響子の手を包みこんだ。申し訳ない、という気持ちが沸き上がってくる。中途半端な自分……物事をはっきり決められないのが情けなく、今は全《すべ》てを許してくれそうな響子の笑顔だけが頼りだった。

4

さて、こいつは前代未聞の事件になりかねないぞ。

西川は汗で濡《ぬ》れたTシャツから乾いたワイシャツに着替え、多少さっぱりしてから考えた。汗の臭いが気になるが、思考が集中し始めると、些細《ささい》なことはどうでもよくなるのが性分である。

追跡捜査係は、現場からは取り敢えずお払い箱になった。突然出てきた二つ目の遺体。作倉が直ちに「最重要」と判断し、本部と所轄から応援を貰《もら》ったのだ。結果、掘り起こしの人数は増え、西川たちがスコップを振るう必要はなくなった。

とはいっても、このまま帰るわけにはいかない。乗りかかった船だから、とにかく状況を見極めないと。

先ほどの雨はすぐに上がり、今は熱気が戻っていた。覆面パトカーの助手席に座ってエアコンの冷気を浴びていても、目の前の光景が熱気で揺らいでいるように見えて、一向に涼しくならない。雨で木々の緑はさらに鮮やかになり、車の窓をきっちり閉めていても、蟬《せみ》の鳴き声が耳に突き刺さる。そう言えば、穴掘りをしている時には集中していたので気にならなかったが、相当な煩《うるさ》さだったと思い出した。

西川は、鳩山に何度目かの電話をかけた。鳩山は追跡捜査係がこの仕事に嚙むのを嫌がっていたが、西川は粘り強く説き伏せ、結局捜査の手伝いをすることを了承させた。

「特捜になるでしょうね」

「そうなるだろうな」

相澤が関与した連続強盗致傷事件に関しては、逮捕と同時に捜査本部が設置されている。あとはしばらく補足捜査を続けた上で解散、が筋なのだが、この捜査本部を死体遺棄事件の特捜本部に格上げするのか、あるいは遺体が見つかった現場を管轄するあきる野署に新たに特捜本部を立ち上げるのか……自分が判断することではないが、あきる野署に特捜本部を作ると、その後の仕事が面倒になるだろう。何しろ都心から遠いのだ。警視庁のある霞ケ関から電車を乗り継ぎ、一時間半はかかるはずだ。往復するだけで半日が潰《つぶ》れてしまい、時間の無駄になる。かといって、ずっとあきる野署に詰めているのも何かと大変だ。現場をあまり重視しない西川にすれば、本部の追跡捜査係に座ったままで情報の整理をしたい。情報が一番詳しく入ってくる場所なのだから、些細な、どうでもいいような情報から手がかりを探すのが得意な自分としては、現場の近くにいる意味があるとは思えなかった。

汗が一筋額を伝い、西川は掌で顔を拭った。風呂《ふろ》に入って冷たいビールを流しこみたい、とつくづく思う。だが、まだ夕方……それに、呼び出した沖田に顔を見せないのもまずいだろう。沖田は午後五時ちょうどに羽田に着く便に乗ったはずだが、そこから武蔵五日市までは電車で二時間ほどもかかるはずだ。どんなに早くても、午後七時まではこの辺りか、あきる野署にいないといけない。また残業だな、と考えるとうんざりしてしまった。

車のウィンドウを誰かがノックする。見ると、大竹が車の横で屈みこんでいた。まだ作業着姿で、胸元や肩に汗の染みができている。

「六時に引き揚げです」

「どこへ」

「あきる野署」

「つまり、あそこに特捜ができることになったのか?」

大竹が無言でうなずく。省エネのつもりかどうか分からないが、西川はこの男と無駄口を叩き合った記憶が一度もない。お喋りな沖田と足して二で割れば、ちょうどいい感じだろう。

「他に遺体は？」

大竹が首を横に振る。否定。

「二つの遺体の身元につながるものは？」

否定。

「調子はどうだ？」

変化球の質問に、一度首を横に振りかけた大竹の動きが止まった。何を言うかと西川は注目したが、大竹は「暑いですね」とぽつりと言っただけだった。呆れて彼を解放し、今後、どういう道に進ませればいいのだろうと真面目《まじめ》に考える。聞き込みなどはきちんとこなすものの、取り調べのエキスパートになるのは無理だろう。基本的に、取り調べが得意な人間はお喋り好きである。

ダッシュボードのデジタル時計を見る。午後五時……あと一時間近く、この現場にいなければならないだろう。まあ、穴掘りは免除されているから、これ以上疲れることもないはずだが。西川は車のドアを押し開け、外へ出た。むっとする熱気が全身を覆い、うんざりしてくる。警察車輛《しゃりょう》はあっという間に増え、最初に何台かの覆面パトカーが駐車していた狭いスペースには収まらなくなっている。都民の森方面に向かって左側に、ずらりと並んで停まっていた。カーブの途中という見通しの悪い場所なので、交通課の若い制服警官が誘導棒を使って他の車に注意を促している。もっとも、車はたまにしか通らなかった。

次いで西川は、山の斜面に足を踏み入れた。一般車輛からは見えないように、木立を利用してブルーシートが張られているので、様子を確認しようとしたら、斜面をある程度上がらなければならない。ブルーシートのせいで風が遮られ、空気が滞留していて蒸し暑かった。緑と土の臭い、それにかすかな死臭が漂ってきて、鼻と胃に不快な刺激を与える。上の方に目をやると、既に最初のメッシュの掘り起こしはほぼ終わっているようだった。横にアルファベット、縦に数字を振って、Ａ１からＥ５まで。二十五個の升目は全て深く掘り起こされ、真っ黒な土が露《あら》わになっている。

相澤が証言した遺体は、Ａ２のメッシュから発見されていた。遺棄されてから半年ほど経っているらしい。それにしても……二月にここで穴掘りをするのは大変だったのでは、と西川は想像した。標高も高いのでかなり寒かったはずで、相澤は雪の中で凍えながらスコップを振るった可能性もある。

もう一つの遺体は、Ａ４のメッシュから発見されていた。念のためにと周辺を掘り進めた結果、偶然に見つかったもので、こちらの遺体はまだ新しい。とはいっても、腐敗はかなり進んでいた。少なくとも一か月は地中に埋まっていたはずで……一か月前と言えば、相澤はまだ逮捕されていなかった。自由な身だったのだから、遺体を処理することもできたはずだ。だが、本当にそうだろうか。相澤が犯人だと見当をつけ、監視を始めたのは一か月以上前である。死体遺棄はその前の出来事なのか、あるいは相澤とは別の人間の犯行なのか。

死体が遺棄された日が特定できれば、相澤を容疑者から外していいかどうか、判断できる。しかし残念ながら、現代の法医学では、死体の状況から遺棄の日付まで特定することは不可能だ。一緒に埋まっているブツがあれば、それがヒントになる可能性もあるのだが。

今のところ、二つの遺体以外に手がかりはなし。どうも長引きそうな予感がして、西川は沖田に声をかけておいて正解だったと自分に言い聞かせた。あの男はしつこいから、一度食らいつけば事件が解決するまでは絶対に放さない。それに何より、面倒なプライベートの問題から解放してやったのだから、感謝してもらわないと。

追跡捜査係としての準備は完了。勝負はこれからだ、と西川は気持ちを引き締めた。

あきる野署は、島嶼部を除いては都内でもっとものんびりした署と言えるだろう。いや、それは事件に限っての話で、山岳遭難などの対応は当然大変だ。それこそ通常の捜査と違う特殊任務で、時には命がけになる。

その一方で、こういう事件に慣れていないのは間違いない。署に行くと、ざわついたというか浮ついた雰囲気が漂っていた。しかも、二つの遺体発見を嗅《か》ぎつけたマスコミの連中が集まっていて、混乱に拍車をかけている。ここは東京なので、当然各社とも本社の社会部から記者が出張って来ている。見知った顔もいるので気をつけないと……連中は、顔見知りの刑事を見つければ、しつこく食いついてくるのだ。

檜原街道沿いにあるあきる野署の庁舎は四階建てで、街道に面した正面玄関横にも何台か車が停められるようになっている。しかしマスコミの目を避けて、西川たちは署の裏手にある駐車場に車を停めた。そちらは何とものんびりした雰囲気である。すぐ裏手に山が迫っているので、とても東京にいる感じがしない。

特捜本部は二階の会議室に設置されていた。西川は腰を下ろすとすぐに、わずかに残ったポットのコーヒーを飲み干した。さすがに淹《い》れてからだいぶ時間が経っているので香りは抜けているが、それでも十分美味《うま》い。妻の美也子心づくしのスペシャルブレンドだ。それで何とか息を吹き返す。横にさやか、庄田、大竹と追跡捜査係の面々が固まって座った。

「何なんですかね、この事件」さやかが無愛想に訊ねた。頬《ほお》が土で汚れている。

「さあ、どうだろう」様々な可能性が頭の中で渦巻いていたが、西川は言葉にするのを躊《ため》躇《ら》った。何しろまだ、状況がまったく分からないのだから。

「相澤がやったんでしょうね」庄田も身を乗り出してきた。

「どうかな」

「あんたは判断が早過ぎるのよ」さやかがすかさず庄田に突っこんだ。

「別に判断してないよ。ただの疑問で……」庄田が言い訳した。

「疑問？　それならもうちょっとましな疑問はないわけ？　そんなの、素人でも考えつくじゃない」

「この時点ではしょうがないだろう」庄田が口を尖《とが》らせた。

割って入ろうとして、西川は深い疲労を意識した。この二人は犬猿の仲で——実際はさやかが一々突っかかっているだけなのだが——始終やりあっている。仲裁するのも、いい加減飽きてきた。

　幸い、二人のやり取りがヒートアップする前に、他の刑事たちが一斉に立ち上がった。捜査一課長の到着だ。特捜本部を仕切るのは、作倉ではなく別の強行班係長・北野《きたの》。当然、作倉率いる強盗事件の捜査本部も、全面的に協力することにはなるはずだ。

　北野が、刑事たちを睥睨《へいげい》した。体も大きく、顔も迫力があるこの男は、まず相手を力で押さえつけようとする癖がある。誰が上司で誰が部下か、はっきりと相手の頭に植えつけるような……特捜本部の会議でそんなことをする必要もないのだが。

「では、檜原村数馬《かずま》における死体遺棄事件にかかる特捜本部の捜査会議を始める。まず、一課長からご挨拶がある」

　朗々とした声で北野が開会を告げた。立ったままだった一課長が改めてスーツの上衣のボタンを留め、一つ咳払《せきばら》いする。

「諸君らも承知の通り、相澤の証言通りに遺体が発見された。身元について、相澤は証言を拒否している。相澤が殺したかどうかもはっきりしない。この件を追及すると同時に、もう一つの遺棄遺体についても捜査を進める。異例の事件なので、情報漏れについては十分注意してもらい、一刻も早い解決を目指したい」

　何とも、まあ……西川は下を向いて欠伸《あくび》を嚙み殺した。特捜本部を設置した時には、捜査一課長の挨拶は恒例なのだが、何とも意味のないことを言う人だ。この一課長は元々、話す内容が空疎で有名である。今までどうしていたのだろう。捜査一課長になる前には署長も経験しており、署員に対して訓示を下す機会も多かったはずだ。気の利いた訓話ぐらい用意しておかないと、聞く者の心には響かない。

「では、詳細は北野と作倉の方から」それだけ言って、一課長は早くも腰を下ろしてしまった。

北野と作倉が目配せし、まず作倉が立ち上がった。こちらも作業服を着たままで、疲労の色が濃い。数時間、クソ暑い中で穴掘りの指揮を取ったのだから、相当へばっているだろう。穴を掘っていた刑事たちは交代で休んだのだが、作倉は斜面で立ちっ放しだったのだ。

一つ咳払いし、作倉が両手をテーブルについて前のめりになった。疲れてはいるようだが、気合いはまだまだ十分の様子である。左から右へと刑事たちを見渡すと、よく通る低い声で続けた。

「まず、第一の被害者——相澤が証言した遺体について」

すぐに若い刑事が立ち上がり、作倉の背後にあるホワイトボードに写真を張りつけていった。かなり拡大してプリントアウトしてあるのだが、会議室の一番後ろにいる西川からは見えにくい。眼鏡をかけ直しても同じだったが……何も今、改めてまじまじと見る必要はない。死体とは、先ほど現場で対面したばかりなのだ。

「性別はおそらく女性。年齢については解剖の結果待ちだが、簡易鑑定の結果、二十代から四十代と見られる」

　それでは幅が広過ぎて、何も分からないも同然だ。西川はゆっくりと首を横に振った。この件では、遺体から手がかりを探すよりも、相澤を叩いた方が早い。遺体を埋めたことを自供したのだから、前後の詳細についても必ず話すだろう。何かきっかけを作ってやればいいのだ。

「服は着ていなかったと見られる。その他、所持品も発見されていない。なお、頭蓋骨《とうがいこつ》部分に不自然な亀裂《きれつ》——骨折痕《こっせつこん》があるが、これが外的暴力によるものか、埋められた後に何らかの衝撃によって生じたものかは判断できない」

　一度言葉を切り、作倉がまた刑事たちの顔を見渡す。不気味な沈黙が会議室を覆っていた。それだけ異様な事件なのだ、と西川も意識する。

「もう一体の遺体については、第一の遺体の右側、約二メートル離れたところで発見された。最初の遺体の発見後、遺留物を探すために穴を広げている最中に見つかった」

　若い刑事が、もう一体の遺体の写真を張る。腐敗し、一部が白骨化している遺体の写真は、見ていて気持ちいいものではない。だいたい写真を見て分かるのは、全裸だということぐらいだった。若い刑事が続けて、現場全体を写した写真、さらにそれを元に起こした図面を張りつける。作倉がホワイトボードに歩み寄り、全ての資料を確認してうなずいた。そのまま話を続ける。

「第二の遺体に関しても、年齢は二十代から四十代の女性としか分からない。相当腐敗が進んでいたが、埋められたのは一か月ほど前と見られる」

七月か……最近の例に漏れず、今年も七月は暑かった。連日最高気温が三十五度近くまで上がり、しかも湿気の多い日が続き——多少は涼しい山の中とはいえ、遺体の腐敗が進む条件は揃っていた。

「こちらも全裸で、身元を示すようなものは一切見つかっていない。外傷については、遺体の損傷が激しいので、今のところ不明だ。両遺体とも、解剖は明日行われる予定。それでもう少し、状況がはっきりすると思う」

一度言葉を切り、作倉がテーブルに向かった。北野に向かってうなずきかけると、今度は北野がうなずき返して立ち上がった。

「今後の捜査方針に関してだが、まず遺体の身元確認を最優先にする。遺体の解剖結果が参考になると思うが、その前に、行方不明者との照合を行う……失踪課《しっそうか》と協力の上、まず都内の行方不明者で該当者がいないかどうか、確認してくれ。そこから始めよう。失踪課には連絡を入れてあるので、今夜のうちに当たれるリストを作成。その後の捜査の割り振りについては、明朝の捜査会議で指示する」

その後、質疑応答が続いたが、今日の捜査会議の結論は「何も分からない」だった。じれったくなるが、捜査の第一歩はこういう感じであることが多い。もっとも西川の経験では、最初の捜査会議である程度目途がついてしまう事件が増えた気がする。家族同士の事件が増えているからかもしれない。親が子を殺し、子が親を殺す——そういう事件は単純に解決できるパターンがほとんどだが、動機面を追及していくうちに、人間の暗い一面に相対することになる。捜査そのものの難しさとは別の深刻な問題だ。

西川はゆっくりと首を横に振り、嫌な思いを頭から押し出した。今は集中しないと……この事件は、とびきり大きなトラブルになりそうな予感がしている。

捜査会議が終わった後、西川は一人手帳を整理した。重要なポイントに赤いボールペンでアンダーラインを引き、先に解決しておくべき問題は枠で囲む。

まずは身元の確認……しかし今のところ、手がかりになりそうな材料はない。失踪課からは行方不明者届のデータが届いており、今夜はこれから総出で遺体の特徴と照合するのだが、徹夜作業になるかもしれない。日本で、一年間の行方不明者は八万人前後。多くは「プチ家出」で、一日か二日で帰宅するのだが、中には犯罪に巻きこまれたり、自殺するパターンもある。今回の二人は、どう見ても犯罪の犠牲者で、行方不明者届が出された人の中に含まれている可能性が高い。

午後七時半、ひとまず抽出作業が終わった。ここ一年ほどの間に行方不明者届が出された人の中で、「未帰宅」は約五千人。このうち二十代から四十代の女性は八百二十六人いた。都内だけに限れば百三十八人……とはいえ、場所は東京都の西端である。隣接する山梨県や、神奈川県、埼玉県の行方不明者も視野に入れるべきだろう。だがまず手始めに、都内の失踪者を対象に調査することになった。

やはり徹夜になりそうだ、と西川は覚悟した。それにしても沖田はどうしたのだろう。

とうに羽田についているはずで、そろそろ顔を出してもおかしくないタイミングなのだが……電話しようと思ったが控える。電話で愚図愚図話している暇があったら、一人でも多くの人間を洗い出したい。

北野は、三十人の刑事を二班に分けた。それぞれ遺体A——最初に見つかった遺体と、後から見つかった遺体Bの担当になり、身元割り出しのために特徴をチェックすることになっている。一方、あきる野署に連行された相澤の取り調べも並行して行われることになった。

「西川」

北野に呼ばれ、西川は重い腰を上げた。ずっと書類作業で、体が固まってしまっている。単純な照合作業は、むしろ疲れるのだ。西川は北野の前で「休め」の姿勢を取った。

「ちょっと相澤と話してくれないか」

「こっちで留置するんですか?」

「ああ、今夜はあきる野署のお客さんになってもらう。お前、前の強盗致傷事件の時も奴と話してるよな?」

「ええ。しかし、正式に取り調べはしてませんが……」

「その方がいいんだ」北野がうなずく。「先入観がない方がいい。取り敢えず、お前なりの感触を摑んでくれないか」

「分かりました。うちから一人つけますが……」

「そうしてくれ。刑事課の取調室が空いている」

それはそうだろう。今夜は、あきる野署は他の犯罪者を相手にしている余裕はないはずだ。

西川はさやかを取り調べの相棒に指名し、取調室に向かった。取り調べの形でしっかりと相対するのは初めてなので、嫌でも緊張する。西川は、こういうことが気楽にできないタイプなのだ。

「相澤は、どんな人間なんですか」歩きながらさやかが質問する。

「俺も詳しくは知らないんだ」

「バーテンですよね」

「職業的なことは分かるけど……」

相澤直樹、三十三歳。福岡県内の公立高校を卒業後、上京して水商売の世界に入った。バーテンとしての腕は確かなようで、都内のホテルや老舗のバーで働いていたこともある。だが、二十代の後半になって薬物に手を染め、そこから転落の人生が始まった。逮捕された時には恵比寿のスナックで働いていたが、バーテンとしての腕前を発揮できたのは、ウイスキーソーダを作る時ぐらいだっただろう。あれだって、上手く作るにはコツがいるのだが、宝の持ち腐れだったのは間違いない。

「クソ野郎だけど、今回の事件に関しては、先入観なしで調べたいな」

「そうですね」

さやかがうなずく。頬にまだ土の汚れがついているのだが、本人は気づいていないのだろうか……顔ぐらい洗ってこいと言おうとしたが、今はその時間ももったいない。

取調室で相対した相澤は、一言で言えば冴《さ》えない男だった。留置場暮らしが長くなってきたせいか、顔色が悪い。ひょろりとした体型で、Tシャツがゆるゆるだった。伸びた前髪が目にかかっており、見た目からして鬱陶《うっとう》しいのだが、本人は気にする様子もない。

「捜査一課追跡捜査係の西川です」疲れた様子を見せないようにしないと、と思いながら西川は改めて挨拶した。

相澤はひょいと頭を下げただけで、言葉を発しなかった。細面の顔、薄い唇、細い眉……全体にひ弱な感じで、Tシャツから突き出た二の腕にも筋肉はほとんどない。これでは女性しか襲う気にならないのも当然だ。いや、そもそも暴力的な犯罪に走ったのが理解できない。下手をすると、自分が危険な目に遭うかもしれないのに。

「まず、あなたの証言通りに遺体が発見されたことを、もう一度確認します。腐乱した女性の遺体でした」

相澤が顔を上げ、溜息《ためいき》を漏らした。息を吐くと、生命力がダウンしてしまうような感じである。

「あなたが埋めた遺体に間違いありませんね」

「はい」

「誰なんですか？　身元が分かるような証拠が残っていないんです」

「それは……言えません」

「どうして」西川は早くも苛立ちを覚えた。誰かを庇《かば》っているのだろうか。「共犯者がいるんですか」

「それも言えません」

「そういう風に言われると、困るな」西川はわざと眉間《みけん》に皺を寄せてみせた。「遺体は遺棄した、でも誰かは言えない、共犯者がいるかどうかも言えない――これじゃ、話にならないんですよ」

西川は一つ咳払いした。多少感情的になっているのを意識する。自分の取り調べは、こういう感じではいけない。理詰めで相手を追い詰め、「詰み」の状態まで持っていって相手に頭を下げさせるのが理想だ。

「どうして言えないんですか」

「それは……それも言えません」

「誰かを庇っているとしか思えないんですけどね。共犯者は誰なんですか」

「言えません」相澤が繰り返した。

これでは話にならない。だが今の自分には、これ以上相澤を追い詰める材料がないのだと気づいた。供述に基づき遺体を発見――だが、それ以上ではない。死体遺棄と殺人はワンセットになっているのが普通で、ただ遺体を勝手に穴に埋める人間はいない。ましてや発見された遺体は、殺された可能性が高いのだ。

しかし、同じ話を繰り返しても効果はないだろう。西川は話題を第二の遺体に向けた。

「遺体発見現場のすぐ側で、もう一つ、遺体が発見された話は聞きましたね」

「聞きました」今度ははっきりした答え。その目には、戸惑いが浮かんでいる。

「あなたがやったんじゃないんですか」

「まさか」一転して明快な、強い否定だった。「そんなことはしていません。もう一つ遺体があったなんて、気づきもしませんでした」

「正確に言うと、そうじゃないんですよ」西川は両手を組み合わせた。「別途見つかった遺体は、あなたが埋めた遺体よりもずっと新しい。おそらく、ここ一か月ほどの間に埋められたものだと思われます」

「そんな最近の話、知りませんよ。だいたい俺はその頃、逮捕されてたでしょう?」

「あなたが遺体を埋めたのはいつだったんですか」

「それは……はっきりしたことは……」

また言葉が曖昧になった。そんな大事なことを、簡単に忘れるものだろうか？　西川は手帳を広げ、一年分のカレンダーを示してやった。

「今日は、八月二十四日です」そこを小さな丸で囲む。「最初に発見された遺体は、今年の二月頃に遺棄されたものと見られています――詳細は、解剖してみないと分かりませんけどね。どうなんですか？　あそこに遺体を埋めたのはいつ頃ですか」

「冬……多分、冬でした」

「はっきりしませんね。間違いないんですか？」

西川は手帳を相澤の方へさらに押しやった。相澤が背中を椅子に押しつけ、手帳と距離を置く。さながら悪臭から逃れようとするように。

「普通、こういうことは一々記録をつけていなくても覚えているものです。それだけ強烈な体験ですからね。どうなんですか？　寒い時期でしたか？」

「二月——二月でした。間違いないです」

「天気はどうでした？　雪が降っていたとか」

「いえ」

「昼ですか？　夜ですか？」西川は質問を畳みかけた。

「……夜です。日付が変わる頃でした」

あの辺りは、夜の十二時ぐらいになるとどうなるのだろう。付近に民家もなく、通る車もほとんどなくなるはずだ。一時間や二時間、あの場所に車を停めて作業をしていても、気づかれる恐れは少ないだろう。

西川はなおも、相澤に日付を思い出させようと質問をぶつけた。これは極めて重要なポイントである。相澤は遺体の身元、共犯者の有無については喋ろうとしないが、具体的な日付が突破口になることはある。しかし相澤は、本当に日付を覚えていない様子だった。もちろん、犯行の記録をスケジュール帳に書きこんでいる人間もいないだろうが。

「二つ目の遺体については……」

「だから、それは知りません」相澤の顔が強張った。

「まったく偶然に、すぐ近くに二つの遺体が並んで埋まっていたとでも？」あり得ない。世の中に「偶然」はほとんどなく、あらゆる出来事が「必然」でつながるものだ。ましてや、犯罪絡みとなれば。

「そんなこと、俺に分かるわけがないでしょう」相澤が唇を尖らせる。そうするとやけに子どもっぽく見えた。最近の三十代はこんなものか……外見も精神性も、一昔前に比べればひどく幼い。

西川は手を替え品を替え、質問を続けた。その都度相澤は曖昧に答えるか否定するだけで、取調室に入った時と何ら状況は変わっていない感じがする。しまいに西川は、あの辺りにはまだ土葬の風習でもあるのでは、と妄想し始めた。相澤が遺体を埋めたところが、実は墓地だったとか。

あり得ない。

焦って妄想に頼るほど、俺は追いこまれていないはずだ、と自分に言い聞かせる。だがいずれは、あやふやで頼りない仮説にすがるしかなくなるかもしれない。この一件——二件と考えるべきか——は、砂上の楼閣なのだ。二つの遺体が発見されたという厳然たる事実はあるが、相澤の証言そのものが曖昧な感じがする。

西川は、しばらく相澤を攻めたが、結局自ら白旗を挙げた。あまり遅くまで続けるわけにもいかないし、自分も疲れている。いつもなら、自宅の書斎——階段下のスペースを改装したささやかなものだ——で、ほとんど趣味とも言える古い事件の見直しをしている時間帯なのだ。

　先に相澤を送り出してから取調室を出ると、北野が待ち構えていた。

「どうだった」と期待に満ちた口調で訊ねる。

「のらりくらりですね」具体的なことが言えないのは悔しかったが、取り調べの結果に関して嘘《うそ》をつくわけにもいかない。「共犯がいるのは間違いないと思いますが……誰かを庇わないと、あんな曖昧な証言はしないと思います」

「死体遺棄だけなら、罪が軽いとでも思っているんじゃないか」

「まさか」西川は一刀両断で切り捨てた。「死体遺棄と殺人は、絶対にワンセットですよ。殺して、遺体が邪魔になったから捨てた——簡単なことです。そうでなければ、それこそ共犯に頼まれて遺体を始末したとしか考えられません」

「だからこそ、共犯か」北野が顎《あご》を撫《な》でる。一日分の髭《ひげ》で、顎は薄青く染まっていた。

「もう一つの遺体の方は？」

「こちらは、まったく知らないと」

「話が進まないな」非難するような目つきで、北野が西川を見た。

「遺体が埋められた頃には逮捕されていたと言っていますが、これは何とも言えませんね」

「いつ殺されたかもはっきりしないからな。解剖の結果も、期待薄だと思う」

遺体の腐敗は、様々な条件で変化する。季節、湿度、どこに置かれていたか……様々なデータはあるのだが、それでもある程度腐敗が進んだ遺体の死亡時期を、一日単位で特定するのは不可能と言っていい。

「結局、遺体の身元が分からないと、相澤に突きつける材料はないですね」

「お前でも無理か」

皮肉な北野の言い方に、西川は思わずむっとした。だが、落とせなかった自分にも責任はある。そう考えると無性に悔しく、相澤に対する闘志が湧《わ》いてくるのを感じた。

「相澤の身柄は、どうするんですか」

「死体遺棄で再逮捕した後は、あきる野署に移送することになるだろうな」

「再逮捕のタイミングは……」

「それはまだ分からない。強盗事件のこともあるから、作倉とも相談しないと」

「正式にあきる野署へ移送した後の取り調べも、私にやらせてくれませんか」

「追跡捜査係お得意の横取りか?」

「まさか」

「一つだけ、忠告しておく。追跡捜査係に入ってもらったのは、単なる流れだ。この事件を持っていこうなんて思うなよ。たまには、大人しく、縁の下の力持ちに徹しろ」

北野が皮肉っぽく言った。西川は思わず反論しようとした——こちらはコールドケース(未解決事件)を再捜査しているだけだ、と。しかしこの件は、未解決事件ではない。目の前で湯気を上げている熱い事件なのだ。ということは、強行班からすれば、まさに「横取り」される恐れがあるということか。しかし乗りかかった船から降りるわけにはいかない。

「取り調べの担当を何度も替えると、容疑者の信用を得られませんよ」西川は冷静に説得した。

「まだ始まったばかりだから」北野がすっと視線を逸《そ》らす。自分のところの部下にやらせようと考えているのは間違いなかった。

「一度顔を合わせて、きちんと今回の一件について聴いたんです。私は準備ができていますよ」

北野はなおも渋り続けたが、結局西川は取り調べを了承させた。我ながら、こういう時には抜群の交渉能力を発揮するものだと自賛する。北野は最後に、「横取りするなよ」ともう一度釘《くぎ》を刺した。

北野の心配は自分には関係ない――これで、自分の得意な分野で勝負できる。後は沖田が到着すれば――動き回るのはあいつに任せよう。俺にとってのあいつは、手足のようなものなのだから。

5

沖田は羽田空港の到着ロビーに出て来て、まず迷った。どうやって武蔵五日市駅まで行こうか……本部の追跡捜査係に誰か残っていれば、覆面パトカーで迎えに来させるのだが、おそらく全員が穴掘りをしているだろう。電車ではどう行けばいいのか……モノレールで浜松町まで出て、山手線で東京駅へ。そこで中央線に乗り換えてひたすら西を目指すのが、一番分かりやすいか。もっと上手い乗り換えの方法があるかもしれないが、一々調べるのが面倒臭い。武蔵五日市駅は、五日市線の終点である。東京駅から中央線に乗ったとして、乗り換え駅はどこだろう。立川？　まあ、東京駅まで出さえすれば、何とかなるはずだ。

それにしても腹が減った。量たっぷりに思えた卓袱料理の昼飯だが、やはり緊張していたのだろう、思うように食べられなかったので、胃にはだいぶ隙間があった。しかし、これから何か食べている時間はなさそうだ……とにかく現場に直行しよう。西川に電話を入れて様子を聞こうかとも思ったが、いきなり顔を出して驚かせる方が面白い。

食事ぐらいは何とかなる。ここは東京なのだ。外食に関しては世界一便利な街。二十四時間、どこにいても腹を満たすことができるのだ。

あきる野市は、世界一の外食産業の街・東京で、取り残された数少ない一角だった。

武蔵五日市駅を出た瞬間、あまりにもがらんとした光景に驚く。この辺からは都心に通勤する人も少ないのか、途中から電車ががらがらになってしまったので嫌な予感がしていたのだが……駅前でさえ閑散としている。振り返って駅舎を見ると、外壁は茶色いレンガ張り、クラシカルな面持ちのファサードには木製の看板がかかって、全体的には大正時代、

第一章 穴の中

あるいは昭和初期のイメージを醸し出している。まあ、趣はある……問題は、視界に入る範囲に、飲食店らしきものが見当たらないことだ。この辺りでも、街道沿いにファミリーレストランぐらいはありそうなのだが。今はどこでもB級グルメブームで、何か郷土料理を出す店ぐらいはないのか？　せめて、何か郷土料理めいた食事をアピールしているのだし。

しかし、店がない。振り返って、自分が抜けて来たばかりの改札を確認する。時計の針は、午後八時を指していた。何なんだ、と誰に対するでもなく怒りが沸き上がってくる。羽田着が午後五時過ぎ。そこから武蔵五日市まで三時間もかかるのはどういうことだ。さらに空腹が、怒りに拍車をかける。

どういうことだもクソもないか。もっと時間のかからない乗り継ぎを、自分が知らなかっただけかもしれない。

仕方ない……ロータリーに出て目を凝らしてみても、やはり飲食店らしい店はない。ロータリーの向こうにコンビニエンスストアの看板が見えた。あそこで何か調達するか……情けない限りだが、とにかく今は腹が膨れればいい。そういういい加減な食事にも慣れているし。少しぐらい署への到着が遅れても、誰も文句は言わないだろう。今日は多くの刑事たちが居残っているはずだ。当然、西川や他の追跡捜査係の刑事もいるだろう。

結局コンビニエンスストアで、サンドウィッチを二つ、それにオレンジジュースを買った。以前は、酸っぱいものが苦手だったのだが、響子に「煙草を吸うんだからビタミンC

を摂《と》って」と懇願され、最近はできるだけジュース類を飲むようにしている。慣れれば何とかなるもので、今は一日一回は、オレンジジュースを飲んでいると思う。時には焼酎《しょうちゅう》を割って。

昼の熱気がまだ残っていた。長崎より東京の方が、ずっと暑い感じがする。あきる野署までは歩いて行くつもりだったが、途中で汗だくになるかもしれない。もっとも、タクシーをおごるほどの距離ではないのだ——そう思って歩き出してみたものの、意外に距離がある。夜になっても熱気は残っており、たちまち汗が噴き出してきて、沖田はすぐにネクタイを外した。しばらく行くと、道路の両側にへばりつくようにささやかな商店街がある。洋品店、ガソリンスタンド、信用金庫……ただし、食事ができそうな店は、やはり見つからない。このままあきる野署に特捜本部ができると、食事にも苦労しそうだな、と不安になる。仕事はまず、きちんと食べることから始まるのに。

いつまで経ってもあきる野署が見えてこない。走り出したい欲望を抑えつけながら、沖田は響子の携帯電話を呼び出した。東京へ着いたと連絡もしていないので、ここで一本電話を入れておかないと。

「着いた？」響子の声は意外に明るかった。

「ああ。でも、空港から三時間ぐらいかかったよ……東京の西の端だ。未知の世界だな」

「確かに、檜原って行ったことがないわね」

「あまり見るべきものもないようだけど」今のところは。アウトドア好きにはいい場所かもしれないが、自分にも響子にもそういう趣味はない。「ところで、ご両親は？」

「驚いてたわ」

「そりゃそうだよな」何となく惨めな気分になる。西川が自分を苦境から救い出してくれたのは間違いないのだが、苦難が先送りになっただけである。両親が激怒して「ふざけた男とつき合うのは駄目だ」と言い出さない限り、また会うことになるだろう。今日の出来事を、いつか笑い話にできるのか……。

「私が後から事情を話したんだけど、東京は怖いって」

「こういう事件は、東京じゃなくても起こりうるよ」

「夕方のニュースでやってたわよ。二人とも、テレビの画面に顔をくっつけるようにして観《み》てたわ」

「そうだよな……」沖田は苦笑した。「普通の人は普段、事件はスルーだからな。それより、怒ってなかったか？　失礼だったよな」

「怒るっていうより、驚いてたわ。やっぱり刑事の仕事は大変なんだって……このショックから立ち直るには、たぶん時間がかかるわね」

「申し訳ない」歩きながら沖田は頭を下げた。「評判を下げたな。二度目のチャンスはあるだろうか」

「ちょっと時間を空けた方がいいかも」響子が真剣な調子で言った。「それより、私たちの方が、ちゃんと覚悟を決めないといけないわよね。中途半端な気持ちで会っても、結論は出ないと思うから。でも今日、一つだけ分かったわ」

「と言うと？」何だか嫌な予感がしてきた。

「あなたは、呉服屋の社長にはなれないわよ。毎日同じような生活が続くだけじゃ、我慢できないでしょう……西川さんから電話がかかってきた後、急に息を吹き返したみたいだったわ」

「それまでは死んでた？」

「生きてたけど、本当のあなたじゃなかったと思う」

「ということは……」その先の言葉を口に出せなかった。

「今は、結論は出さないで」響子がすがるような口調で言った。「私もどうしたらいいか、分からないんだから。うちの会社には、伝統があるの。長年贔屓《ひいき》にしてくれているお客さんもたくさんいるし、社員に対する責任もある。だから会社を残さないといけない、というのも分かるわ。でも私は、東京が好きなの。親不孝だって分かってるけど、これは好みの問題だから、自分ではコントロールできないわよね？」

「ああ」

「私自身、中途半端な気持ちだから、あなたに注文なんてつけられない。また話しましょう」

「そうだな」

「東京へ戻ったら……」

「たぶん、しばらくは無理だと思う」これは今のうちに言っておかなければならないことだ。「まだ現場を見てないから何とも言えないけど、かなり厄介な事件になるのは間違いない。解決まで時間がかかると思う。取り敢えず、この捜査に集中したいんだ」

電話の向こうで、響子が軽やかに笑った。

「ようやくいつものペースを取り戻したわね」

「そうだな」

「東京へ帰ったら連絡するわ」

「待ってる」

電話を切り、沖田はゆっくりと息を吐いた。いろいろな問題が完全にクリアになったわけではないが、当面は仕事に専念できる。自分にはでき過ぎた女だ、とつくづく感じざるを得ない。

気合いが入り直し、沖田の足取りはさらに速くなった。さっさと西川の顔を拝んで、事情を聴こう。あいつの口から直接聴きたかったので、今まで敢えて何も調べずにきたのだ。その気になれば、何か所かに電話をかけて情報を集めることはできたのに。しかし、自分を呼び出したのは西川である。だったらあいつから話を聴かなければならない。理屈は通らないのだが、そうせざるを得ない気持ちだった。

特捜本部が置かれたあきる野署の二階に上がる。出入り口から見ていると、大勢の刑事たちが立ったままテーブルに屈《かが》みこみ、何か照合作業をしているのが分かった。自分が一番嫌いな事務仕事……ここにいきなり参加するのは気が重い。西川に話を聴かないと、と姿を探したが、見当たらない。ようやく庄田を見つけ、手招きして呼び寄せた。

「帰って来ちゃってよかったんですか」庄田がかすかに非難するように言った。

「うるさい。俺にそんなことを言うのは百年早いぞ」

庄田が不機嫌そうに唇を尖らせる。沖田はにやりと笑い、軽く彼の肩を小突いた。

「西川は?」

「今、相澤の取り調べに入っています」

「相棒は三井か」

「ええ」

「で?」沖田は会議室の中を見回した。「ここでは今、何をしてるんだ」

「ああ、行方不明者と遺体の特徴の照合作業です」

「お前、それは……」沖田は思わず額を揉《も》んだ。果てしなく続きそうな作業だ。「何か、手がかりになりそうな遺留物は見つかってないのか」

「ええ」

「こんな場当たり的なこと、いつまで経っても終わらないぞ」

「一応、上の命令なので」庄田が天井に向かって人差し指を突きつけた。

「現場の仕切りは誰が?」

「北野係長です」

「ああ」沖田は皮肉に唇を歪めてうなずいた。北野は「気合い」と「馬力」を重視するタイプで、しばしば効率を無視してしまう。沖田とて、「気持ち」は大事だと信じているのだが、それでも北野のやり方は、あまりにも非効率的なことが多い。しかしこの場合、仕方ないだろう。手がかりがなければ、行方不明者という逆のラインから探りを入れなければならない。

しかし、自分がこの作業に入るのは我慢ならない。西川はしばらく、取調室から出て来ないだろうし……仕方なく、庄田に説明を頼むことにする。

「お前、ちょっと抜けられるか」

「ええと……」

庄田が振り返り、室内を見回す。すぐに大竹が気づき、鋭い視線を向けてきた。しかしつき合いが長い沖田には、彼が怒っているのではないと分かっている。単に目が悪く、遠くを見る時には目を細くするだけなのだ。

「いいから、ちょっと来いよ。今日、分かったことをまとめて教えてくれ」

沖田は庄田の腕を摑み、廊下に連れ出した。五分ぐらいいなくなっても、全体の動きには影響がないだろう。これは庄田にとっても訓練なのだ。短い時間で、重要な事柄をきちんとまとめて話す――報告書の正確さアップにもつながるわけだ。

庄田が話し始める。しかしすぐに、説明がこんがらがってしまった。遺体が二つ出ている上に、関連性も分からない。苛立った沖田は、「それは関係ないな」と結論を口に出した。

「そうですか？　西川さんは、二つ目の遺体も相澤が埋めたと考えているようですけど」

庄田が反論する。

「お前の推理はどうなんだよ」

「自分ですか？」自分の鼻を指差した庄田が、途端に自信なげな表情を浮かべた。「いや、それはまだ……材料が少な過ぎます。判断できませんよ」

「その遺体発見現場は墓地なのか？」

「いや、違います」

「普通の墓地じゃなくて、相澤にとっての墓地なのか？」

「どういう意味ですか？」庄田が首を傾《かし》げる。

「だから……奴は殺した遺体を全部同じ場所に埋めるようなタイプの人間なのか？　サイコ野郎なのか？」

「そんな感じじゃないですよね、自分が見た限りでは」

「だろう？　人を殺して遺体を埋めるのは、発見されたくないからだ。それなのに、すぐ近くに別の遺体を埋めるのは不自然じゃないか。片方が発見されたら、もう片方も見つかる可能性が高くなる。当然、警察は周囲も調べるわけだから」

「でも、最初の遺体については、自分から供述したんですよ」

「そこは――」調子よく喋ってきた沖田は口をつぐんだ。やはり、判断できるだけの材料はない。しかしどう考えても、同一人物によるこんな死体遺棄事件はあり得ない。そう、相澤がサイコだったら分からないでもない。独自の論理に従い、あの場所を「墓」にして、殺した人間を埋めた、とか。

違う。沖田は短い間、相澤と接しただけだが、精神的にはまったく正常に思えた。薬物使用による逮捕歴はあるが、現在は使っていない様子で、言動にも不審点はない。女性ばかりを狙って強盗を繰り返したのは、それが一番効率的で危険も少ないと判断したからである。自分の置かれた立場を理解し、それなりに反省もしている――そういう演技かもしれないが。

いずれにせよ、多少の暴力衝動はあるものの、異常者の気配は感じられなかった。今取り調べをしている西川は、どんな印象を持っただろう。早く話を聴いてみたいと思ったが、あいつの取り調べはいつも長くなる。ループ式――言葉を変えて同じ質問を何度も繰り返す――だからではなく、一つの質問とその答えにこだわり続け、納得できるまで突っこみ続けるからだ。

「西川、何時から取り調べを始めた？」腕時計を見ると、午後八時半になっている。

「七時半過ぎですかね」庄田が答える。「時間、かかると思いますよ」

「だろうな」渋い表情を浮かべて沖田はうなずいた。それまでどうするか……行方不明者との照合作業を手伝うのが筋だが、どうにも気が進まなかった。長旅で疲れているわけではないが、デスクに縛りつけられるのは性に合わない。「遺体は？」

「監察医務院に」

「解剖待ちか」

「ええ」

「で、お前はこの二つの事件、どう思うんだよ」沖田はしつこく繰り返して聞いた。

「二つ、でいいんですかね」庄田が反応した。「沖田さんは、犯人は別——二人いると思うんですか？」

「分からないから、お前の見立てが聞きたいんだよ」沖田は苛つきを滲ませながら言った。この男は、もう少し自分をはっきり押し出すべきだ。図々しくなれとは言わないが、肝心な時に意見を述べられないようだと、次第に存在感が薄れてしまう。

「今のところは何とも……」

「少しは考えろよ」沖田は忠告した。「死体が二つ、容疑者もいるんだぜ。これだけ材料があれば、推理できることは多いだろう」

「だから、沖田さんはどう思うんですか」庄田が繰り返す。

「さっきもちょっと言ったけど、別の事件だな」沖田は言い切った。「相澤が二人も殺して埋めたとは思えない。だいたい、自供した件だって、自分が殺したかどうか、はっきり言ってないんだろう」

「ええ。遺棄した、というだけですね」

「その件については、共犯を庇ってるんだろうな」

「そうでしょうけど、じゃあ、どうして自供したんですかね」

「良心の痛みに耐えかねて、に決まってるだろうが。強盗致傷事件で実刑は免れない。そういう状況になると、人間は反省して、過去にやった悪いことを全部白状したくなるもんだ。前に調べた容疑者で、立ち小便したことまで泣きながら打ち明けた奴がいて、困ったけどな」思い出して、沖田は笑ってしまった。二十五歳の若い男だったが、逮捕されたことで——直接の容疑は万引きだった——自分がどれだけ悪い人間なのか意識したのかもしれない。沖田が交番勤務をしていた二十年近く前の話で、人間の弱さを目の当たりにした事件として、未《いま》だに鮮明に覚えている。

「立ち小便とは事情が違うと思いますが」庄田が反論した。

「事件は、一つ一つ違っても、容疑者の心情は似たり寄ったりだぜ。まあ、相澤もそのうち、共犯者の名前を喋るんじゃないか？　自分一人で背負いこむとヤバいことになるって、すぐに分かるだろう」

何となく言葉が上滑りしているな、と意識した。良心の痛みに耐えかねて死体遺棄を自供、しかし共犯者についてはまだ喋る決心ができていない。今はまだ揺れている状況だろうが、いずれ気持ちは固まるはず——それは、警察側から見た都合のいい解釈に過ぎない。

かすかな足音が聞こえてきて、沖田はそちらを見た。西川とさやかが、同じように疲れた表情を浮かべて歩いて来る。沖田は二人の方へ歩いて行って出迎えた。先にさやかが気づき、一転して嬉《うれ》しそうな笑みを浮かべる。

「上手くいったんですか？」

「余計なことを聞くな」沖田は凶暴な表情を浮かべた。

「まさか、途中で引き返して来たんですか」さやかが目を丸くする。

「肝心な話に入る前に、誰かさんから電話がかかってきたんだよ」

西川を睨んだが、彼は溜息をつくばかりだった。沖田の存在に気づいてさえいない様子である。

「おい、気が抜けてるぞ」

忠告すると、西川が目を逸らしたまま、「何が気合いだよ」と文句を言った。

「相澤に痛めつけられたのか」

「そんなことより、まず俺にお礼だろうが」

「ああ？」

「面倒な会合から引っ張りだしてやったんだから」

「それは――」沖田は顔が赤くなるのを感じた。西川の指摘する通りなのだが、そんなことは認めたくない。「長崎まで日帰りはきついんだぜ」

「分かってるよ。だけどこっちは、穴掘りでもっときつかった」

「ま、お前みたいな虚弱児には無理な仕事だな」

「気温三十五度の山の中で穴掘りしてみろよ。誰だって疲れる。今日は雨も降ったんだぜ」

「東京も熱帯化してるってことだよ。ゲリラ豪雨じゃなくて、スコールって呼ぶべきだな……で、相澤はどうだった？」沖田は話を本筋に入れた。言い合いならいつまでも続けていられるが、時間の無駄だ。

「何とも言えないな」西川が廊下の壁に背中を預ける。急に顔色がよくなったのは、壁の冷たさのせいかもしれない。この時間になっても、署内はまだ暑いのだ。冷房も落とされているのだろうが。

「話した感触はどうなんだよ」

「何とも言えないな」西川が繰り返した。

「二つ目の遺体を埋めたのは、相澤じゃないんだろう？」

「いや」西川が拳で眼鏡を押し上げた。「否定はできないな」

「相澤がやったって言うのか」

「その可能性も、視野に入れておいた方がいいんじゃないかな」

「おいおい」沖田は両腕を広げた。「奴はサイコなのか？　違うだろう」

「偶然、同じ場所に二つの遺体が埋まっているなんてあり得ない」

「そんなの――」言いかけ、沖田は口をつぐんだ。そんなの、何なんだ？　ただ西川に反発したいだけで言葉を吐き出してしまったのではないか。

「ま、いずれにせよこれからだ」

西川が欠伸をして、壁から背中を引きはがした。両の掌に絆創膏《ばんそうこう》が張ってあるのに沖田は気づいた。穴掘りのせいか……インドア派のこの男がスコップを振るっている様を想像するだけで、かすかな同情を感じる。まあ、こういうのは巡り合わせの問題で、もしかしたら自分が汗だくになって、手にマメを作っていたかもしれない。

「繰り返すけど、世の中に偶然はそれほどないんだよな」西川が静かに言った。「わずか数メートル離れた二か所に、遺体が埋められていた——そういう偶然はあり得ない」

「じゃあ、何か論理的に説明がつくのか」

「まだ材料が足りないな」西川が歩き出す。沖田は脇に並び、会議室へ向かった。

「相澤は素直に喋ってるのか」

「一応、な」

「共犯者の名前は喋っていない？」

「言わない」

「二つ目の遺体については？」

「何も知らないと言ってる」

「でもお前は、それを信じていない？」

西川が立ち止まる。沖田も合わせて歩みを止めると、西川が体の向きを変えて正面から向き直った。

「ああ、信じてない」強い口調で認める。

「奴は嘘をつくようなタイプなのか」

「まだそこまで、相澤の本質に迫ってないよ。これからだな」

「これからも取り調べを担当するつもりなのか？」

「そうできるように、頼んでる。お前は、北野さんの言うことをよく聞いて、せいぜいチームワークを乱さないようにしてくれよ」

「俺がいつ、チームワークを乱したよ？」沖田はむきになって食ってかかった。

「毎回」西川があっさり言った。

「ふざけるな――」

「これは、ややこしい事件になる可能性が高い」

西川が低い声で言ったので、沖田は思わず黙りこんだ。西川は何も断定していないが、感触は摑んでいるようだ。「そういう偶然はない」と言ったが、それはあくまで一般論である。今回の事件に関して、はっきりした手がかりは何もないのだ。

「明日も穴掘りは続行らしいから。せいぜい頑張ってくれ」

西川が沖田の肩を軽く叩いた。あくまで軽くだが……彼の手の重みが、体に染みこんでくるようだった。西川が「ややこしい」と言うからには、相当な難事件になるのは間違いない。この男が、事件の読みを外すことは滅多にないのだ。

6

翌日は朝から雨になった。

西川は結局家に帰れず、あきる野署の道場で雑魚寝して、雨音で眠りから引きずり出されてしまった。左腕を持ち上げて時計を見ると、まだ午前六時。ろくに眠れず、頭が重かった。事件の筋読みができない……引っかかっていることがあると、どうしてもすっと眠れない。ついでに言えば、近くで寝ていた沖田のいびきが煩かったせいもある。何度も寝返りを打っているうちに時間だけが過ぎてしまい、午前三時頃には、いっそ寝るのを諦めようかと思ったほどだった。その後辛うじて眠りについたはずだが……当の沖田は、人の気も知らずにまだ熟睡中である。

もう眠れない。あと一時間の睡眠を諦め、西川は昨日の穴掘りの名残であるかすかな筋肉痛を抱えたまま、布団から抜け出した。普段より少し早く一日を始めるのもいいだろう。顔を洗い、歯を磨いてから一階に下りる。当直の連中が疲れた顔で挨拶してきたので、それに応《こた》えてから署の外に出た。

これでは、道場でも雨の音が聞こえるはずだ——台風ではないかと思えるほどの大雨だったのだ。檜原街道のアスファルトには薄く水が浮き、叩きつけられる雨粒のせいで、白いシートが敷かれたように見える。今日は現場の穴掘りは無理だろう。掘り起こされた部分にはブルーシートをかけてきたのだが、地盤は緩んでいるはずだ。あんな場所で土砂崩れにでも巻きこまれたら、たまったものではない。まあ、他にもやることはいろいろあるのだし……自分は相澤との勝負だ。

眼鏡を外し、ハンカチで丁寧にレンズを拭う。かけ直すと、目の前に広がる田舎の光景に改めて驚かされた。道路の向こうには民家が建ち並んでいるのだが、少し視線を上に向けると、靄《もや》に煙った緑濃い山が、嫌でも目に入る。蒸し暑く湿気もあるが、緑が見えただけで少しは癒《いや》された。

さて、今日はどこから相澤を攻めるか。昨日と同じ話を繰り返しても、絶対に口を割らないだろう。中には、何度もしつこく同じ質問を続け、それで相手の根気が折れるのを待つタイプの刑事もいるが、西川に言わせれば時間の無駄遣いである。有無を言わさぬ証拠をぶつけて「参りました」と言わせたい……例えば被害者の身元とか。だがそれを割り出すのは自分ではなく他の刑事たちである。自分は情報を集約し、相澤と対峙《たいじ》する——慣れた仕事だが、今回は嫌な予感がしていた。どうにも上手くいかないような……普通の事件とはまったく違う、そういう気がしてならないのだ。

ゆっくりと空気を吸いこむ。かすかに緑の匂《にお》いがしたが、リラックスした気分にはなれない。自分にはやはり、都会の喧噪《けんそう》と埃臭《ほこりくさ》い空気が合っているのだろうか。それとも気分の悪さは、事件の重みのせいか……。

あきる野署が、食堂に刑事たちの朝食を用意してくれていた。このまま特捜本部が長引くと大変な負担になるだろうな、と西川は同情した。今朝の段階で、特捜に入っている刑事たちは三十人ほど。しかし動きがなければ、すぐに増員が検討されるだろう。あきる野署のように小さな所轄の場合、特捜本部を支えるだけでも大変なのだ。

食事は……侘《わび》しかった。丼飯《どんぶりめし》に豚汁。基本はそれだけで、あとは一人当たり三切れのたくあんと納豆一パックだけである。これでもよく用意できたとは思うが、何だか気合いが入らない。

それでも何か胃に入れておかなくてはならない。西川は、糸が白くなるまで納豆をかき混ぜ、豚汁には大量の七味唐辛子を加えて味を濃くしてから、食事に取りかかった。

食べ始めた途端、前にさやかが座った。やけにすっきりした顔つきで、調子もよさそうだ。そう言えば夕べは、この近くにいる知り合いのところに泊まると言っていた——こんな田舎に知り合い？　男ではないか、と西川は訝ったが、そんなことは本人に直接確かめられない。まあ、元気で顔を出してくれればそれでいいのだ。プライベートな時間の出来事までチェックはできないし、すべきでもない。下手すると、セクハラ扱いだ。

「食事は？」

「済ませてきました」

「あー、その……知り合いのところで？」結局この話になるわけだ、と西川は苦笑した。適当に流して早く話題を変えよう。

「先輩のところですよ」さやかがさらりと言った。

「先輩？」

「所轄時代の先輩が、今、こっちに住んでるんです」

「ちょっと待て」西川は顔を上げた。頭のどこかに記憶が残っている……ふいに思い出した。「あいつだな――友利《ともり》の奥さんだろう」

「ご存じなんですか？」

「知ってるよ。珍しい理由で辞めた奴だからな」

「そうですよね。警察官が家族の世話のために辞めるなんて、あまり聞きませんよね」

いや、沖田もそのパターンに陥る可能性がある。あいつの場合本人ではなく、恋人の響子の家業を継ぐことになるのだが……友利には、同情すべき事情があった。結婚した直後に、檜原村に住む両親が交通事故で二人とも死亡、年老いた祖父母だけが取り残されたのを放っておくわけにもいかず、警視庁を辞めて故郷に引っこんだのだ。その際、かなり強く慰留されたらしい。なかなか優秀な刑事で、将来的には捜査一課の中軸になれると期待されていた男なのだ。しかし結局は慰留を振り切り、ここの役場に転職したのだった。

何であいつのことを忘れていたんだろう、と西川は自分を叱責《しっせき》した。元々生まれ育った場所だから、友利は地元の情報に詳しいはずだ。まずあいつを摑まえて話を聴けば、村の概要は手に入ったのではないか。いわゆるブリーフィングというやつである。

「それで？　何か情報は？」

「お二人とは話しましたけど、思い当たる節はないようですね」

「そうか……」さやかの能力を信じていないわけではなかったが、もう一度友利に話を聴く意味はある。それは沖田にやってもらおうか。確かあの男も、友利を知っているはずだ。

「友利は、どんな感じだった」

「どんなって言われても」さやかが首を傾げる。「あ、でも、もう警察官じゃなかったですね」

「役場の人、か」さやかの言う意味はすぐに分かった。どんなに「色」が染みついていても、何年か経てば薄れるのだろう。

「やっぱり緊張感が違うんじゃないですか。今回の件については心配してましたけど」

「どうして」遺体が二つ発見されたからと言って、檜原村の治安が急速に悪化するとは思えない。地元の人にとっては、単なる「場所貸し」犯罪のはずだ。

「観光関係に悪い影響があるんじゃないかって。変な噂《うわさ》がたつと困るでしょう？　檜原って、観光客と登山客相手の商売が大きいですからね」

「あいつは、それを心配するような立場なのか」

「地元の役場の人だったら、当然じゃないですか」さやかが呆れたように言った。

「よう、飯は美味いか？」

　声をかけられて顔を上げると、沖田が盆を持って立っていた。さやかの横に腰を下ろすと、豚汁を一啜《ひとすす》りし、その後で猛然と丼飯をかきこみ始める。

「たまにはこういうのもいいな」嬉しそうに言って、たくあんを齧《かじ》った。

「お前、友利を覚えてるよ」沖田があっさり認める。「今日、会いに行こうと思ってた」

「覚えてないか」

「三井が夕べ、家に泊まったんだ」

「マジかよ」沖田が目を見開き、さやかを見た。「知り合いなのか？」

「奥さんが、所轄時代の先輩なんです」

「で、何か情報は？」

さやかがいきなり吹き出した。沖田が「何だよ」と因縁をつけたが、西川は説明するのも面倒臭く、顔を撫でながら無言を貫いた。

「さっき、西川さんから同じことを聴かれたんですけど。お二人、気が合いますね」

「この話の流れだったら、同じ質問が出てくるのは普通だろう……それで？」沖田がむっとした口調で続けた。

「特にないんです。びっくりしてはいましたけど」

「分かった。じゃあ、俺が今日、みっちり話してくるよ」

「実際、それをお前に頼もうかと思ってたんだ」西川は言った。

「何で？」

「知り合いのお前が聴きに行く方が、向こうも話しやすいだろう」

「そうだな……しかしあいつも、もったいないことをしたよな」

「何が?」

「ご両親が亡くなって、じいさんとばあさんの面倒をみるためにこっちへ引っ越してきただろう? でも確かその二人も、一年以内に亡くなったんだよ。それなら、警視庁を辞める必要なんかなかったのに」

「それは結果論だろう」

「ま、警視庁としては惜しい人材をなくしたと言うべきだろうな。それで、どうでもいいような人間ばかりが残るんだ」

「自分のことを言ってるのか?」

沖田の耳が瞬時に赤くなる。しかし爆発することもなく、食事に専念し始めた。こいつもようやく大人になったのかね、と西川は心の中で笑いながら考えた。

7

一日中雨——しかも午後には強く降る予報だったので、この日の穴掘りは中止になった。昨日も何度か小規模な崩落があったというし、緩んだ地盤は危険である。現場は杉の木が密生していて、簡単には土砂崩れなど起きそうにないと沖田は聞いていたが、上の判断なら仕方がない。今日も一日相澤の取り調べをするという西川を残し、沖田は予定通り村を回ることにした。

あきる野署を出て、まず檜原村役場に向かう。まだ新しい庁舎だが、それ故周りのひなびた光景からは浮いていた。役場の前にはえらく大きなお屋敷があるが、こんな建物は都心部では絶対に見られない。個人宅なのか、何かの店なのかは分からなかったが、江戸時代の庄屋の家、という感じだった。

庁舎は檜原街道が二つに分かれる直前にある。建物にはネットが張られ、そこに朝顔か何かの蔓《つる》が絡みついている。緑のカーテンというやつだろう。すぐ側を秋川《あきがわ》が流れている。それを意識したのは、一階にある喫茶店――「カフェせせらぎ」というらしい――に入った時だった。窓際の席から、すぐ下の秋川渓谷を間近に見られる。ささやかな流れだが、距離が近いので絶景だった。緑深い中を流れる清流は、流れが速い水面を雨滴が叩いているせいもあって、蒸し暑さを忘れさせてくれる。

友利も結構老けたな、と沖田は思った。だが、考えただけで口に出さないぐらいの分別はある。西川に対してはそういうことを平気で言えるが、友利は久々に会う後輩なのだ。昔は何でも気楽に言い合う仲だったが、もう何年も会っていない。いろいろ苦労も経験しただろうし、せいぜい気を遣うことにした。

友利は、刑事時代よりも数キロ体重が増えたようで、顎の線が丸くなっていた。まだ三十代後半なのに、短く刈り上げた髪にはもう白いものが混じっている。半袖《はんそで》の開襟シャツにノーネクタイというラフな格好だが、やや緊張した面持ちだった。沖田は、もらったばかりの名刺を確認した。産業観光課産業観光係長。

「昨夜、三井が泊まったんだって？」沖田は軽い話題から切り出した。

「ああ、嫁の後輩なんですよ」友利の表情が少しだけ緩んだ。

「ちなみに、三井の方から泊めてくれって言ってきたのか？」

「いや、それはよく知らないんですけど……俺がいない時に、嫁に連絡があったみたいで」

「けしからん話だよな。署に泊まるべきだった」

「でも、あきる野署だと、女性が泊まれるような部屋があるかどうか」

「甘え過ぎだな。そこはきちんと決まりを守らないと」

「いやいや……」友利が苦笑して腕を組む。そうすると、腕の太さが目についた。それによく焼けている。単に太っただけではなく、何か屋外でスポーツをやっているようだった。

「えらく焼けてるな」

「ああ」友利が慌てて、両手で顔を擦《さす》った。「よく歩いてますから」

「山登りか」

「そこまで本格的じゃないですけどね。まあ、檜原にいたら、それぐらいしか楽しみがないので」

「簡単に都心に出て行けるわけでもないしな」

「ここで生まれたから慣れてるつもりでいましたけど……一度都心で暮らすと、やっぱり贅沢《ぜいたく》になっていけないですね」

「何が贅沢だよ。刑事の給料で、そんなに贅沢な暮らしができるわけないだろう」

友利がにやりと笑ったので、沖田は少しだけほっとした。二人の間に、それほど高い壁はないと確信する。少しぐらい乱暴に突っこんでも大丈夫だろう。沖田はアイスコーヒーを一口飲み、喉に染みるような冷たい甘さを楽しんだ。

「昨日の件、大変だっただろう」

「大騒ぎでしたよ。でも、この村は人口二千四百人ぐらいですからね。大騒ぎにも限度があります」

「実は俺、まだ現場を見てないんだ」沖田は檜原村の地図をテーブルに広げた。死体遺棄現場はまだまだ西の方、山梨県との県境に近い方にある。

「そうなんですか？」友利が目を見開く。「沖田さんらしくないですね。いつも真っ先に現場に飛び出して行くのに」

「あー、昨日は出張だったんだ」さすがに素直に打ち明ける気にはなれず、沖田は軽い嘘をついた。「向こうで連絡を受けて慌てて戻って来たんだけど、こっちに着いたらもう夜だったんだよ」

「ああ、そうなんですね」友利がうなずく。

「それで、現場はどんな感じの場所なんだ？」

「都民の森っていうのがあるんですが……」友利の指が地図の上を這った。「檜原街道をずっと西へ行って、三頭山《みとうさん》のすそ野に広がる森林公園です。そこへ行く途中の道路脇ですね」

「何か目印でもあるところなのか?」

「いやあ……」友利が頭を撫でた。「この辺りには特に何もないですね。基本的には、山の中の一本道です」

「人通りは……」

「車もそれほど通りません。都民の森に行く観光客や登山客の車ぐらいですね」

「ということは、死体も捨てやすいわけか」

「だと思います」

友利の目が一瞬光ったようだった。こいつもまだ、刑事の魂を失っていないのかもしれない、と沖田は嬉しくなった。同じ公務員でも、警察官と役場の職員ではまったく仕事が違うし、当然考え方や行動パターンも似ても似つかないのだが……三つ子の魂百まで、ということだろうか。

「檜原では、過去にこんな事件はなかったよな」

「俺の記憶ではないですね」

「その辺の山に、いくらでも死体が埋まってそうだけど」

「よして下さいよ」友利が顔の前で慌てて手を振った。「変な噂がたつと、観光客が減りますから。檜原の最大の産業なんですよ」

「最大の産業、ねえ」

「林業、農業、どれもささやかなものです。基本的にここは、登山を中心にした観光の村ですから。そういうところでは評判が何より大事なのは、沖田さんにも分かるでしょう？」

「でも別に、村の人が犯人ってわけじゃないだろう」

「そうなんですか？」友利の目が一段と鋭くなった。「犯人は分かってるんですか？」

「失礼」咳払いして、沖田はまたアイスコーヒーを一口飲んだ。こいつ、意外に鋭いままだな、と感心する。「犯人については、分かっているともいないとも言えない。最初に発見された遺体は、強盗致傷事件の犯人が突然供述をした通りだったんだけど、二つ目の遺体は偶然発見されたんだ。本人は埋めたことを否定している」

この男にならば事情を話しても大丈夫だろうと考え、沖田は事件のアウトラインを説明した。友利の表情がいっそう真剣になり、唇が一本の線になる。

「被害者が地元の人っていうことはないんですか？」

「何とも言えない。でも、地元の人だったら、もう噂になってるんじゃないかな」

「そりゃそうですね」

「――ということで、まだ結論は出せないんだ」

「そうですか……そうですよね」自分を納得させるように友利がうなずく。「それにしても、そんなに近い場所で遺体が二つも見つかるなんて、不自然だと思いますけど」

「そうだろう？　俺もそう思うんだよ」沖田は思わず友利の顔に指を突きつけて、嫌そうな表情を引き出してしまった。

「まあ、どう転んでも不自然な気がしますけど」

「俺も、こういう変な事件は初めてだよ」

「それで……俺に何の話ですか」友利が慎重に切り出した。

「もう話してるよ」沖田は肩をすくめた。「ブリーフィングして欲しかったんだ。俺は、この村のことはほとんど知らなかったから。現場を知らないと、捜査はできない」

「そりゃそうですよね」友利が肩をすくめる。「東京で島嶼部以外の唯一の村はどこかって……何だかクイズの問題みたいじゃないですか」

沖田は思わず吹き出してしまった。だが友利は真剣に言ったようで、目が笑っていない。咳払いして「失礼」とすぐに謝罪する。

「まあ、でも、実際にほとんど知られていないところですからね。とにかく、事件には縁のない村であることは間違いないですけど」

沖田は真面目に話を聞くことにした。先ほども話に出たが、人口二千四百人弱――一九七〇年頃に比べて半分に減っていることになるという。小学校と中学校が一つずつ。山間部に入ると携帯電話が通じないことがあるので要注意、という情報は貴重だった。

「何もなければのんびりできる場所だろうけどな」

「実際に何もないんですよ、普段は。東京で一番平和な場所と言っていいと思います。こんなことになって、役場の人間も皆、浮足立ってますよ」

「だろうな」

「一刻も早い解決を……って思いますけど、難しそうですね」

「嫌なこと、言うなよ」沖田は顔をしかめた。「実際そうなんだけど、お前みたいに警察の手の内を知っている人間に言われると、ショックだな」

「すみません」友利が素直に頭を下げた。「でも、本当に観光産業に差し障る可能性が大きいんで。新聞も、ずいぶん大きく書きたててますしね」

「分かってる。ショッキングな事件だから、扱いも大きくなるんだろう」沖田は腿《もも》を平手で叩いた。「取り敢えず、ありがとう。何かあったら、教えてもらっていいかな」

「もちろんです」友利がもう一枚名刺を取り出し、裏に携帯電話の番号を書きつけた。

「これ、自分の携帯の番号なんで」

「助かる」受け取り、一礼してから財布にしまった。「ところでこの辺で、どこか美味い飯を食べられる場所はあるかな？　五日市の駅前でも、全然見つからなかった」

「うーん」友利が真剣に悩み始めた。「あることはあるけど、少ないですよ。この近くだと、NPO法人がやってる『四季の里』っていう店かな」友利がワイシャツの胸ポケットからボールペンを取り出し、地図上に丸印をつけた。ひどく大雑把で、これだけで行き着けるかどうか、不安だったが……。

「何が美味いんだ？」

「舞茸《まいたけ》の天ぷらは試してみて下さい。お勧めです」

「舞茸、ねえ……」毒にも薬にもならない感じがする。カロリーもないし。「ま、食べてみるよ。また連絡するから」

「いつでもどうぞ。基本的に暇ですから」

立ち上がった沖田は、まじまじと友利の顔を見てしまった。自虐的な言い方が引っかかったのである。刑事時代の友利は、こういう台詞《せりふ》を吐かなかった。無口で、常に淡々と仕事をしていたが、その実熱い物を中に秘めている感じで——数年間の役場職員生活が、やはりこの男を変えてしまったのだろうか。そうだとしたら悲しい……いや、それは「この世で刑事が最高の職業である」という前提から生じる傲慢《ごうまん》な考えかもしれないが。


さて、どうしたものか。

時に強く雨が降る中、沖田は慎重に車を走らせた。基本的に檜原街道は、村を東西に貫く一本道である。西行きはほぼずっと緩い上り坂で、所々がきついカーブになっている。車は少ないので走りやすいのだが、雨のせいもあって、あまりスピードを出すと事故を起こしそうだった。

だいたい昨夜は、あまり眠れなかったので、まだ目が開かない感じだ。

普段は、どんなことがあっても仕事に入れば「日常」になる。だが、昨日の昼には長崎にいたという事実が、我知らず心にのしかかっていたようだ。響子は気にしていないようだが、自分が重い宿題を背負いこんでしまったのは間違いない。いつかは結論を出さなければならないことで、最後は仕事を選ぶか響子を選ぶかの二者択一になる、と沖田には分かっていた。究極の選択であり、簡単に結論が出せる問題でもない。どうしたものか……響子と遠く離れた東京で悩んでいても仕方がないと自分に言い聞かせても、昨夜はもやもやが消えなかった。今も――。

いかん、集中しないと。フロントガラスを叩く雨の勢いは強く、他のことに気を取られて運転が疎《おろそ》かになると危ない。ハンドルを握り直し、ワイパーのスピードを調整して気合いを入れ直した。

基本的には、山道を抜ける道路であり、民家は所々に固まっている感じだった。現場の手前でそういう集落を見つけ、沖田は車を路肩に停めた。片側一車線の道路だが、ここならこういう停め方をしても迷惑にならないだろう。

肩をすくめながら車を降り、傘をさす。沖田は普段傘を使わないのだが、さすがにこの雨ではポリシーを貫けない。雨が傘を叩く音が煩わしかった。そう言えば台風が接近していて、明日には関東直撃と言っていたが、現場の保存は大丈夫なのだろうか……。

集落の様子をざっと見回す。車を停めたのは酒屋の前なのだが、シャッターは閉まっていた。まだ時間が早いのか、あるいはもう営業していないのか……その先に家が何軒か固まっているが、都内では見たこともない茅葺《かやぶき》屋根の民家もある。もしかしたら、雰囲気重視の旅館か民宿かもしれない。

視界は悪い。山間の村に雨が降り、全体に靄っているのだ。全てが白い霧の中に埋もれ、何だか夢の中にいるのではないかと思えてくる。少なくとも、自分が東京にいるという感

信号も必要ない感じではあるが。

信号があったが、あれ以来初めてではないだろうか。まあ、これだけ交通量が少なければ、信号も必要ない感じではあるが。

覚は完全に消えていた。しばらく歩いて行くと、信号があった。信号？　役場のすぐ前に

雨の中、沖田はしばらく歩き回ったが、とにかく人を見かけないので話のしようがない。二軒の旅館——民宿と言うべきだろうか——に挟まれた細い坂道を登り始める。ガードレールは錆《さ》びついて不自然に曲がっている。しかもわずか数メートルで途切れ、そこから上は緑色の頼りないフェンスだ。舗装はひび割れ、ちょろちょろと水が流れてきて靴を濡らす。かなり急な坂を勢いをつけながら歩いているうちに、ズボンの裾《すそ》が濡れてきたのに気づいた。クソ、これが後で鬱陶しくなるんだよな……煙草が吸いたくなったが、控えることにした。この辺で火の粉が飛んだら、雨が降っているとはいえ山火事になりかねない。

民家の裏手の畑で作業をしている人がいるのに気づいた。青い雨合羽を着てうつむいているので、性別さえ分からない。仕事の邪魔をするのもまずいと思ったが、思い切って声をかける。

「すみません」

作業をしていた人が、のろのろと腰を伸ばしてこちらを見る。六十歳ぐらいの男性だった。どこから声が飛んできたのか分からない様子で周囲を見回したが、すぐに沖田に気づく。明らかに、闖入者《ちんにゅうしゃ》を警戒する視線だった。

「警視庁捜査一課の沖田です」

距離は五メートルほどあったが、バッジを掲げて見せた。男が眼鏡をかけ直し、なおも目を細めたが、それでも見えないらしい。畑からのろのろと出てきて、バッジに顔をくっつけるようにして確認した。

「このバッジが警察のものかどうかも分からないけどね」猜疑心《さいぎしん》が強そうな口ぶりだった。

「だいたい、手帳じゃないのかね」

「あれはずいぶん前にやめたんです。今は、身分を証明するものはバッジに替わりました」

「ああ、そうなんだ」男が納得したようにうなずいた。

バッジから視線を離して腰を伸ばしたが、沖田よりもだいぶ背が低い。身長は百六十センチそこそこだろう。雨合羽から雨滴が垂れ、頬が濡れていた。

「ちょっと話を聴かせてもらえませんか？　昨日、山の中で遺体が見つかった話はご存じですよね」

「まあね。でもニュースで観ただけだよ」

「現場には行かなかったんですか？」

「そんな野次馬根性は持ってないよ」男が苦笑して、ちらりと家の方を見やった。ついで沖田の全身を舐めるように見る。「ま、立ち話も何だから、こっちへ」

のろのろと歩き出し、畑に面した縁側に腰を下ろす。沖田も傘を畳み、男の隣に座った。ようやく雨から逃れられてほっとすると同時に、縁側に座るのはいつ以来だろうと考える。

都内の一戸建ての家では、今や縁側を見る機会などないのだ。雨に煙る畑を見ていると、急に気持ちが落ち着いてくる。むせるような緑の香り、雨に濡れた土の匂い……普段都会で暮らしていると縁がない世界だが、嫌いではないと思った。やはり、農耕民族のＤＮＡが刺激されるのだろうか。

男は畑本《はたもと》と名乗った。雨合羽のフードを撥《は》ね上げると、すっかり白くなった髪が露わになる。元々檜原の生まれで、大田区にある金属加工会社で働いていたのを、定年を機に戻って来たのだという。頼んでもいないのに身の上話を語る様子に、沖田は違和感を抱いていた。都心部に住む人間は、用心して自分のことを語ろうとしないものだ。やはりこの辺は、東京とはいえ偉大な田舎ということか。

「今の季節、畑は何ですか？」話を急ぐ必要はない、と沖田は思った。この男なら、駆け引きなしでも喋ってくれそうだから。

「トマトだね」

畑本がちらりと畑を見やった。確かに、熟したトマトの赤が強烈だ。雨に濡れているせいかもしれないが、いかにも美味そうである。

「畑は、自分で食べる分だけですか」

「うちの近くは、あまり土地がよくなくてね。斜面だし、商売になるほどは作れませんよ。ま、趣味みたいなものだから」

畑本が雨合羽の前を開け、シャツの胸ポケットから煙草を取り出した。喫煙者だったたかとほっとして、沖田は自分も煙草をくわえた。畑本が、傍らにあったガラス製の巨大な灰皿を引き寄せ、自分と沖田の間に置く。

「遺体が見つかった場所についてはご存じですか」

尻ポケットから地図を取り出そうとしたが、畑本が「知ってるよ」とすぐに言ったので動きを止めた。

「どういう場所なんですか」

「どうって言ってもねえ」畑本が顔をしかめる。「単に檜原街道の途中としか言いようがないよ」

「人通りは少ないですよね」

「少ないね」畑本が同意した。「夜になると、車も通らない。あそこから奥には、もう民家もほとんどないからね」

「つまり、誰かが夜中に死体を捨てても分からない？」

畑本の顔から血の気が引いた。立ち上がる煙草の煙が、頼りなく揺れる。

「まあ、分からないだろうけど……そもそも、夜にはあんな場所へ行かないから、何とも言えませんよ」

「最近、この辺で行方不明になった人はいませんか」特捜本部でチェックしていることだが、念のために聴いてみた。

「ないね。そういうことがあれば、すぐ噂になるから」

「噂になってないんですか」

「ない」畑本が重ねて否定した。

「あの辺は……林業の人が仕事する場所とかではないんですか」

「ちょっとずれてるかな」畑本が首を捻《ひね》った。「何しろ、単なる街道の途中ですから」

沖田はなおも話を続けたが、有益な情報は出てこなかった。畑本はよく話してくれたし、嘘をついている気配もなかったが……結局、檜原は広過ぎる、ということだろう。面積に比して、人が住んでいる場所が固まり過ぎている——人の目が届かない場所の方が、はるかに広いということだ。

礼を言って辞去し、他の家や宿泊施設でも聞き込みをしてみた。どこでも丁寧に迎えてくれたが、やはり情報は出てこない。警察に協力できないのが申し訳ないとでも思うのか、会った人全員が、別れ際に沖田に向かって深々と頭を下げた。

申し訳ないのはこっちなのだが、と沖田は恐縮してしまった。話している間にも、村人たちがそわそわしているのが分かった。沖田と話すことで事態の重要性を意識し、恐怖を覚えたのだろう。素直に協力してくれた人たちのためにも、早く事件を解決しないと——沖田は気持ちを引き締めた。

遺体が見つかった現場へ足を運んだ。雨足は弱くなっていたが、靄はさらに濃くなり、視界は二十メートルほどしかない。車が数台退避できる程度のスペースがあり、その奥が死体遺棄現場のようだった。制服警官が二人、十メートルほど間隔を空けて立っている。後ろに手を組み、制帽からは雨のしずくがひっきりなしに伝い落ちていた。雨具も役にたっていないのではないか……可哀想《かわいそう》に、と沖田は同情した。現場保存のための警戒は絶対必要な仕事だが、これは最悪だ。都心部ならば、ただ立っているだけでもあれこれ起きる。現場に突入を試みる酔っ払いがいるかもしれないし、野次馬が根掘り葉掘り聞いてくるかもしれない。そういうのをいなすのも暇潰しになるし、誰もちょっかいを出してこなくても、行き交う人を見ているだけで時間は過ぎていく。

しかしここでは……見るべきものは何もない。おそらく、彼らの視界の中で動くものといえば、風で揺れる木の枝ぐらいだろう。さすがに二人でお喋りというわけにはいかないし、最悪の現場だ。

二人にバッジを示し、少し話をした。よほど暇だったのだろう、二人は露骨にほっとした表情を浮かべ、現場の状況を我先に語り始める。二人ともあきる野署の交番勤務で、昨日の午後から現場保存に駆り出されているらしい。説明を受けながら、沖田は改めて現場を見た。山肌を覆うブルーシート、その手前の木を利用して張られた非常線が、ただならぬ雰囲気を醸し出している。山の中に入ってみようと思ったのだが、靴がずぶずぶと沈みこむ。これは、長靴か登山靴がないと無理か……沖田は、泥だらけになった靴を見て舌打ちした。

山に入るのを諦め、周囲の様子を観察してみる。西側に向かって大きく左にカーブしてきた頂点部分が現場で、道路はここを通り過ぎた後も左へカーブしていくので、前後からは見えにくい場所である。相澤はこの状況を利用して遺体を埋めたのか……道路は、西へ向かう車線が普通のアスファルト舗装、東行きの車線は赤い舗装になっている。カーブが続くので、車線の間には狭い安全地帯が設けられ、緑色の低いポールが並んでいた。

「夜中はどんな感じなのかね……」一人つぶやくと、言葉が空《むな》しく宙に消える。そう言えば、少し気温が下がっているようだ。雨のせいなのか、標高が高い場所にいるからなのか。煙草に火を点《つ》けると、煙が流れ出す。風も出てきているのだと意識した。このまま台風が直撃するようなことになれば、現場での作業はしばらく中断だろう。

都心部の殺しでは、こんなことはあり得ない。自分たちは今、自然をも相手にしているのだと沖田は強く意識した。

8

相澤はペースを崩さなかった。崩すつもりもないようだった。取り調べ開始五分でそれを悟った西川は、早くもストレスを感じ始めていた。今日は庄田が記録係に入っているが、ストレスを感じているのは彼も同じだろう。西川からは座っている彼の背中しか見えないが、緊張のせいか、普段より肩が盛り上がっている。

西川は相澤の顔を正面から見た。不貞腐《ふてくさ》れたような表情を浮かべ、前髪を弄《いじ》っている。

ああ、こういうタイプなのだと西川は納得した。色気づいた頃からずっと、髪型ばかりを気にしてきたのではないだろうか。留置場暮らしが長くなり、髪は乱雑に伸びて脂っ気も抜けているが、逮捕された時には、ワックスでえらく複雑な髪型に整えていた。元気がないのは、自由を失ったからではなく、髪型を弄れないからではないかと西川は疑った。

「もう一度、死体遺棄の話をしましょうか」

相澤がちらりと西川を見た。どうでもいいと思っているようで、すぐに目を逸らしてしまう。

「あの遺体、誰なんですか」

無言。視線をテーブルに這《は》わせる。

「あなたが殺したんですか」

またも無言。西川は早くも怒りを覚えていた。沈黙にも様々な種類があるが、相澤の沈黙は人を怒らせるそれだ。事実西川は、自分の怒りに驚いている。普段、どんな相手を取り調べていても、怒りを感じることはないのだが。

「相澤さん、死体を遺棄しただけ、というのはあり得ないんですよ。死体遺棄事件は、普通に埋葬できない遺体があるのが前提ですから。つまり、事件か何かに巻きこまれて亡くなった人がいるわけです」

理詰めで追い詰めたが、相澤は依然として無反応だった。一瞬、沖田に任せようかと弱気な考えが頭に浮かぶ。あの男は、違法ギリギリのやり方で容疑者を脅し上げたりするが、相澤のような男には、そういうやり方が効果的かもしれない。どれだけ理詰めで説得しても、黙秘を貫かれては何にもならない。

「あなたは、強盗致傷事件については自供していますよね。この被害者三人は特定できていますが、その他にやり過ぎた相手はいないんですか？」

「やり過ぎた？」相澤が顔を上げ、久々に声を発した。目には戸惑いの色が浮かんでいる。

「どういう意味ですか」

「つい力を入れ過ぎて、殺してしまったとか。それで始末に困って、山の中に死体を埋めた」

「まさか」相澤が急に声を荒らげて否定した。「殺すつもりなんか、全然なかったですから」

「手違いということもあるでしょう」

「ないです」相澤がさらに強硬に否定する。「人を殺すようなことは絶対にしません」

「じゃあ、あの遺体は何なんですか」西川は最初に立ち戻った。「勝手に遺体が目の前に現れたわけじゃないでしょう」

またも無言。この件に関しては、どうしても話したくないらしい。

「私は別の考えを持っているんですけどね」西川は両手を組み合わせた。「あなた、誰かに頼まれたんでしょう？　今回の被害者を殺した人間から依頼されて、死体を遺棄した。だからあなたは、被害者が誰かも知らない——違いますか」

相澤が、上目づかいにちらりと西川を見る。何とも嫌らしい視線で、西川は背筋に冷たいものを感じた。

「誰に頼まれたんですか」

無言の行が続く。西川は手を解き、両の掌をテーブルに置いた。ひんやりとした感触で、少しだけ気持ちが落ち着く。

「いいですか、死体遺棄は重大な犯罪です。そもそも、嫌悪感を覚えるでしょう。誰だって、死体には触りたくない。それをやったということは、あなたはよほどのプレッシャーを感じていたか、共犯者に大金を詰まれたか、あるいは義理を感じていたか、です。私はプレッシャーだと思いますが、どうですか」

相澤が、右手で左手の爪《つめ》を弄り始めた。だいぶ伸びており、一度気になり始めたら苛立ちは収まらないだろう。後で爪切りでも使わせてやろうか、と西川は思った。便宜供与にもなりかねないが、留置されている人間にも、身だしなみを整える権利ぐらいはあるはずだ。

「逆らえない相手から頼まれた——命令されたんじゃないんですか」

「言えません」

西川はがっくりきた。ようやく口を開いたと思ったらこれか……しかし諦めず、なおも論理的に攻めることにした。

「あなたは、死体遺棄については自供した。それは、良心の痛みに耐えかねたからでしょう。自供したのは立派なことだと思います。反省して罪を償えば、社会復帰の道は開けますよ」

　殺していたら終わりだがな、と皮肉に考える。死刑になるかどうかは微妙だが、人生で一番充実するはずの長い時間を、社会から切り離されて送ることになるのは間違いない。

「迷う気持ちも分かりますよ」西川は穏やかな声で話しかけた。「殺した人間——あなたに死体を処理するよう頼んだ人間を怖がるのは当然です。でもあなたは今、日本中で一番安全な場所にいるんですよ。何を喋っても、誰かに危害を加えられる恐れはない」

　相澤が突然笑った。甲高い、抜けのいい笑い声で、西川は一瞬たじろいだ。精神状態が揺らいでいるのか……。

「皮肉な話ですね」相澤が一瞬で真顔になって、ぽつりと言った。「自由を奪われているから安全っていうのは、変な話です」

「それが事実なんですよ」西川はネクタイを緩めた。「外にいる人間は、あなたを襲うことはできないんだから。それどころか、二度と会わないかもしれない」

「裁判で会うかもしれないでしょう。こっちが証人で呼ばれたりすれば」

「そういう風になると思っているんですか」

　相澤が急に唇を引き結んだ。しまったと思ったがもう遅い。表情は強張り、もう喋るような感じではなくなってしまっている。しかし、唐突に口を開いた。

「どこへ行っても安全な場所なんかないですよ」

「いや、留置場や刑務所は絶対に安全ですよ」

「物理的には、そうでしょうね」

「物理的？」

「精神的なものまでは、防ぎようがないでしょう」

「何のことですか」言葉の意味が分からず、西川は思わず声を荒らげてしまった。「適当なことを言われても困るんですが」

「呪《のろ》いを信じますか？」

「は？」冗談だろうと思ったが、相澤の声は真剣だった。目も笑っていない。おいおい――西川は軽く頭を横に振った。異常さをアピールして罪を軽くしようとしているのか、それとも本当にイカれているのか。沖田ならからかうところだが、西川はそんなことができる性格ではない。つい真面目に話を続けた。「不能犯という考え方があるんですけど、知ってますか」

相澤が無言で首を横に振った。それはそうだろう――これは刑法学上の概念であり、普通の人が耳にする言葉ではない。

「例えばですけど、呪い殺すというのは実際には不可能です。だから刑罰の対象にはならない。相手を呪っても、何も危険なことはありませんから、罪にならないという考え方なんです」実際にはもっと複雑で、学説も分かれているのだが……。

「実際に殺されたら、そんなことは言っていられないでしょう」彼には、不能犯という概念が理解できないようだ。あるいは、本当に呪い殺されると心配しているか。

それきり相澤は黙りこんでしまった。ここからは独演会をやるしかないのか……西川は覚悟を決めた。何かのきっかけがあれば相澤が喋る、ということは分かっている。だったら、そのきっかけを摑むまで喋り続けるだけだ。カバンにのど飴《あめ》は入っていただろうか、と心配になってくる。


昼飯時に、取り調べは一度中断になった。西川は特捜本部で用意された弁当を食べ、しばらく自分を緊張感から解放することにした。仕事にはすべからく、緩急が必要なのだ。刑事に追い詰められる容疑者以上に、刑事は捜査の動きに追い詰められる。

庄田の姿が見当たらない。弁当を嫌って、外に食べに行ったのだろうか……いや、あいつはそんな勝手なことをする男ではない。近くに座っているさやかに、庄田の行方を聞こうかと思った瞬間、会議室に本人が飛びこんできた。額に汗を浮かべ、右手にコンビニエンスストアの袋をぶら提げている。

「参りました。コンビニ、遠いですね」西川の前に袋を置くと、庄田がハンカチで額の汗を拭った。しかし、拭った側から汗が流れ落ちる。クソ暑い雨の日は最悪だ。

「何してたんだ」

「買い物ですよ、もちろん」

袋の中を覗くと、スポーツドリンクとのど飴が入っていた。

「これは？」

「取り調べの最中、咳してたじゃないですか。夏風邪だと大変ですから」

「ああ……ちょっと喋り過ぎただけだよ」いずれにせよ、こののど飴はありがたい。「助かるよ」

「点数稼ぎしてるの？」

さやかが皮肉っぽく訊ねる。庄田の耳がすぐに真っ赤になったが、何も言わなかった。言い返さないことが、庄田にとって進歩なのかどうかは分からない。さやかを言い負かせるぐらいになったら大したものだと思うが、今のところはぐっと我慢して呑みこんでいるわけだ。

「コンビニ、駅の方まで行かないとないだろう」

「不便ですよね」答える庄田の顔色は普通に戻っていた。急に声をひそめて、「こんなところに赴任だったら大変でした」と愚痴を零す。

「いや、これからどうなるかは分からないぞ。頑張れば、本部から出ないで済むだろうけど」上司が手放したがらない刑事になればいいのだ。もちろん出世すれば、管理職として所轄にも出なければならないわけだが。

庄田がようやく弁当に手をつけた。クソ真面目というか、何というか……西川の感覚では、署が用意してくれた弁当は、かなり貧相だった。おそらく、コンビニの弁当の方がよほど美味い。自分の分だけ買ってくるチャンスもあったのに、皆と同じ物を食べるのが義務だとでも思っているのかもしれない。まあ、これがこの男のいいところだ。

西川はスポーツドリンクを一口飲み、飴を口に放りこんだ。穏やかな果実の味、その向こうに軽いハッカの味わいが広がって、喉を慰めてくれる。これなら午後も頑張れそうだ――喉だけは。

大急ぎで弁当を食べている庄田に声をかける。

「相澤は、何で喋らないんだと思う?」

「……どうしてですかね」庄田が顔を上げる。口の端に飯粒が一つついていた。「共犯が怖いんじゃないですか」

「呪い殺される話か? あり得ないだろう。そんなことを本気で信じているとしたら、話にならないな」

「何ですか、呪いって」さやかがいきなり話に割りこんできた。嬉しそうな表情を浮かべ、目はキラキラしている。

「何だ、ホラーとか好きなのか」

「大好きなんですよ。特にホラー映画」

「まさか君も、呪いを信じてるわけじゃないだろうな」

「何言ってるんですか。あくまでエンタテインメントとしてですよ」急にさやかが真顔になった。「それより相澤の奴、そんなこと言ってるんですか」

「ああ。共犯者がいることはほのめかしている。言わないのは、ばれたら呪い殺されると思っているからだ」

「ええ？　でもニュースで流れているんだから、その共犯者だってもう遺体が見つかったことは知ってるんじゃないですか」

それはそうだ。今日の朝刊で、二つの遺体発見のニュースは大きく扱われていた。テレビのニュースも、昨日の夜からずっとトップ扱いである。

「じゃあ、話さないための適当な言い訳かな」

「本当に呪いだったら面白いですけどね」

「おいおい、エンタメじゃなかったのかよ」

「まあ……」さやかが右手の親指と人差し指を、一センチぐらい開けて見せた。「これぐらいは信じてるかもしれません」

「勘弁してくれよ」西川は飴を嚙み砕いた。口の中一杯に甘みが広がる。「ただでさえ面倒臭い犯人なんだぜ？　それを、呪いなんか持ち出されたら、話が厄介になるだけだ」

「ホラー話だったら、私が合わせられますけど」

「冗談じゃない」西川はぴしりと言った。「あくまで取り調べで、趣味の会合じゃないんだから」

「しょうもない……」

庄田が小声で言ったのを、さやかが耳聡《みみざと》く聞きつけた。「何か言った？」の反論をきっかけに言い合いが始まる。いい加減にしてくれ……西川は立ち上がり、廊下に出た。行く当てがあるわけではなかったが、二人の喧嘩《けんか》を仲裁する気にはなれない。ハンカチで手を拭《ふ》きながら——トイレからの帰りだろう——歩いて来る大竹と出くわした。

「照合作業の方は、何か進展はあったか？」

大竹が、ハンカチを持っていない右手をぱっと広げた。

「五人まで絞った？」

大竹と話す場合、ジェスチャーから真意を読み取ってやらなければならないこともある。急いでいる時には困りものだが、頭の体操にはなる。大竹が首を横に振った。

「五十人か」

訂正すると、今度は素早くうなずいた。被害者の疑いがある行方不明者が五十人——そろそろ、直当《じかあ》たりしてもいいぐらいの人数である。対象が五十人ぐらいなら、特捜本部総出で一日使えば確認できるはずだ。

「それで？　その五十人に対して電話確認作業か」

「午後からです」か細い声で大竹が言った。

「頑張ってくれよ。被害者が誰か分かれば、相澤にぶつける最高の材料になる」

「まだ何も喋らないいんですか」

今度は西川が無言で首を縦に振った。無口な相手に対しては、こちらも無口で対応するしかない。大竹はそれだけで納得したようで、すばやくうなずいて去って行った。

少し外の空気でも吸うか……考えてみれば今日は、朝一番で外へ出たきりである。まだ新しいあきる野署の建物は、環境的には悪くない場所なのだが、いかんせん空気が淀《よど》んで湿っている。外に出ても湿っているのは同じだろうが、空気は新鮮な方がましである。

西川は、庁舎の裏口から駐車場に出た。檜原街道に面した正面には、マスコミの車が停まっているだろう。それに、そちらから外へ出ると、副署長席の前を通ることになる。数人の記者がそこで粘っているのが見えたので、無用のトラブルを避けたのだ。

雨はまだ降っており、風も強くなってきていた。そう言えば台風が近づいているはずだが、大丈夫だろうか。「超大型で非常に強い」台風は、最近では珍しくないが、こういう田舎ではどんな被害が出るか分からない。しかし相変わらず気温は下がらず、熱波が顔に叩きつけてくるので、不快なことこの上なかった。今年の夏も暑さはまだまだ続きそうだ……そしてこの事件のせいで、「長く暑い夏」として記憶されることになるだろう。

一台の車——追跡捜査係の覆面パトカーだ——が駐車場に滑りこんでくる。庁舎に近い場所が空いていなかったので遠くへ停まると、沖田が傘もささずに飛び出して来た。馬鹿かあいつは、と呆れる。左手には傘を持っているのだ、させばいいだけの話ではないか。日頃から「傘は嫌いだ」と言っているのだが、阿呆《あほう》としか言いようがない。一秒かそこらの手間を惜しんだせいで、スーツが駄目になる。あるいは雨に濡れるのが格好いいと思っているのか。後者ではないか、と西川は想像した。沖田は、変なところで格好をつけたがる癖がある。

「いやあ、よく降るな」裏口へ飛びこんで来た沖田が言って、思いきり頭を振った。わずか数十メートル走る間にもびしょ濡れになってしまい、雨滴が飛び散る。

「傘ぐらいさせよ」

「面倒なんだよ」

沖田が傘を振る。さしてもいないのに濡れており、雨滴が西川のズボンを濡らした。まったく、こいつは……西川は少し距離を置いた。沖田はまったく平然とした様子で、煙草をくわえた。今度は煙草か……確かに近くに灰皿が置いてあるが、何かの区切りで必ず煙草を吸う喫煙者の性癖が、西川には理解できない。非喫煙者にとっては、ただ鬱陶しいだけ、あるいは時間の無駄である。煙が流れ出してきて、西川は思わず顔の前で手を振った。

「聞き込み、上手くいかないな」先に沖田が切り出した。

「そうか?」

「田舎の人たちだから親切で協力的なんだけど、いかんせん情報がない。場所が悪過ぎるな」

「確かに、人が通るようなところじゃないからな」それには西川も同意せざるを得なかった。

「それより、現場がやばいぞ。穴を掘ったところが崩落し始めてる」

「それは……まずいな」何とかしたいところだが、西川には知恵がない。土木関係は専門ではないのだ。

「台風が直撃でもしたら、もっとまずいことになるぞ」

「上と相談するよ」北野も、そんなことを相談されても困るだろうが。

「役場に相談した方がいいかもしれないぜ。連中なら、何か上手い手を知ってるかもしれない」

「そう言えば友利には会ったのか？」

「会った。何だかオッサン化してたぜ」

「それはしょうがないだろう」

「今、観光関係の仕事をしてるんだけど、観光客が引くんじゃないかって本気で心配してる」

「そうかもしれないな」西川はうなずいた。他に大きな産業がない檜原村にとって、観光客の減少は確かに死活問題になるだろう。「早く解決してやらないとな」

「まあ……被害者は二人とも、地元の人じゃないだろうし」

「どうしてそう思う？」大竹たちが潰していたリストにも、檜原出身者は確かにいなかったのだが、沖田はそれを知らないはずだ。

「何かあれば必ず噂になるからだよ。ここは、それぐらい小さな村なんだ」

「そうか……」

「おっと」沖田が大きな腕時計に視線を落とした。「ちょっと北野さんと話してくる。聞き込みにはもっと人を割いた方がいいな」

「そのうち、村の人全員から事情聴取できるかもしれないぞ」

「人口二千四百人だそうだ」沖田がうなずく。「不可能じゃないな」

沖田が煙草を灰皿に投げ捨て、庁舎に入って行った。ふと違和感を覚えたが、すぐにその原因に気づく。こちらの仕事のことを、何も言わなかったのだ。普通は必ず一言二言話をして、いちゃもんをつけたりするのだが。

眼中にもないのかと頭にきたが、文句は言えない。自分は何も結果を出していないのだから。

9

一度署に寄ってから、沖田は昼食に出かけた。友利お勧めの舞茸天ぷらは、確かに美味かった。ほとんど味などないだろうと思っていたのに、意外に濃い味わいだったのに驚く。満足して、食堂の隣にある土産物のスペースを冷やかし、店を出ようとした瞬間、店員たちの会話が耳に入ってしまった。

「……怖いわねえ」

「二人もって……」

そう言えば、店内はがらがらである。午後一時過ぎで、昼飯時は過ぎているのだが、早くも事件の影響が出ているのかもしれない、と沖田は心配になった。これが都心部なら、噂はいつの間にか立ち消えになり、人々の口に上らなくなるだろう。だがこの村では、嫌な記憶として延々と語り継がれそうな気がする。解決しなければなおさらだろう。

解決しない――とは思いたくない。店を出て、外のウッドデッキで煙草を吸いながら、沖田は心に決めた。雨脚は依然として強く、雨粒が煙草の先を直撃して火が消えてしまった。何という偶然か……。

腰が曲がった老人が一人、ウッドデッキに出て来た。肩に傘をさしかけ、震える手で煙草に火を点けようとする。しかしなかなか火が点かず、何度も試して最後には諦めた。沖田は思わず歩み寄り、ライターに火を点けて差し出した。老人ははっとして一瞬動きを止めたが、すぐに再起動して、顔ごと火に近づける。何だか危ない感じがして、沖田はゆっくりとライターの火を移した。ようやく火が点くと、満足そうな笑みを浮かべて老人が頭を下げる。

「いや、申し訳ない」

「いえいえ……この辺の方ですか?」

「ああ、ここで、ボランティアでね」

そう言えば友利は、この店はNPO法人の運営だと言っていた。

「事件、大変ですね」

「うん?　ああ……」老人の顔が歪んだ。「嫌な話ですね」

雑談で終わらせるべきか、それなりにきちんと話を聴くべきか一瞬悩んだ末、沖田はバッジを取り出した。老人が認識するのに少しだけ時間がかかったが、ほどなく表情を引き締めてうなずく。

「ああ、ご苦労様です」

「二つの遺体の身元がまだ分かっていないんです」

「そうですか」

「この辺で、行方不明になった人はいないんですか」

「いやあ……」老人が、ほとんど髪の無くなった頭を撫でた。「そういうのは記憶にないなあ」

「あまり人が通らない場所らしいですね」何度同じ質問をしただろう。切り出し方としては悪くないのだが、だいたい「そうですね」と相手が相槌を打って話が終わってしまう。

「土日はオートバイが凄《すご》いよ」

「そうなんですか?」

「ああいう道路は、オートバイで走ってると楽しいんじゃないかね。私には分からないけど」

確かに……ほどよくカーブが続くワインディングロードは、ライダーにとっては天国だろう。行く手を邪魔する車も少ないし。オートバイに乗らない沖田でも、その爽快感《そうかいかん》は何となく想像できる。

「よく事故が起きそうな場所ですけどね」

「実際、無料になってからは、特に大変なんだ。それに圏央道ができてからは、車もバイクもぐっと増えたしね」

「有料だったんですか？」沖田は少し驚いたが、すぐに納得した。数馬付近を過ぎてからは民家もほとんどないので、生活道路としての意味合いは低いのだろう。行きつく先は奥多摩湖だし……。

「最近——平成二年だったかな？　無料になったんですよ」

それはまったく最近ではない、と沖田は苦笑した。四半世紀前、沖田が警察官になる以前の話なのだ。年を取ると、時間の感覚が違ってくるのかもしれない。

「何か見ている人がいてもおかしくないんですが、目撃者が見つからなくて参ってます」

「まあ、あの辺は人がいないからねえ……ああ、一人、いるかな」

「誰ですか？」

「あの近くに実家がある、早川《はやかわ》という人なんだけど……家は世田谷かどこかにあるんだけどね」

「その人は……」

「あそこをしょっちゅうバイクで走ってるんだよ。実家へ帰って来るついでなんだろうけど、あの辺では有名な人ですよ。要するにカミナリ族だね。いい年をして……」

「何歳ぐらいなんですか？」

「五十は過ぎてるね」

いわゆる「リターンライダー」だろうか、と沖田は想像した。結婚してバイクから離れたライダーが、子育てが一段落して再びバイクに乗る——最近、そういうのが流行《はや》っているという。その手のライダーは、若かりし頃に乗れなかった大型の高価なバイクを好む、と聞いたことがある。

「仕事は何をしてる人なんですか」一刻も早く摑まえて話を聴いてみたいが、昼間は無理かもしれない。

「書評家」

「え？」

「いや、だから書評の仕事をしてるんですよ。大学でも教えてるみたいだけど、本業は書評家」

それで生活が成り立つのだろうかと心配になったが、それは自分が気にすべきことではない。沖田は老人に礼を言い、その場を辞去した。雨はようやく小降りになっており、これから都心部へのドライブも楽しめそうだった。

世田谷区烏山《からすやま》——だだっ広い世田谷区の北西部に当たる場所で、ちょっと足を延ばすと三鷹《みたか》市に入る。早川の自宅は、新築からまださほど時間が経っていないらしい一戸建てだった。特に特徴のない建売住宅のように見えたが、ガレージの大きさに驚く。実際、一階部分は全てガレージで、シャッターが開いていたために、車が二台とバイクが一台停まっているのが見えた。車はベンツのVクラスとマツダのロードスター、肝心のバイクはスズキの隼《ハヤブサ》だった。もしかしたら隼のエンジンは、ロードスターよりも高出力かもしれない。有機的でボリューミーなデザインは、一種独特の迫力を醸し出している。ドイツのアウトバーンを一直線に吹っ飛んでいくのが似合うバイクだ。日本の道路では、実力の十分の一も発揮できないだろう。

それにしてもずいぶん儲《もう》けているんだな、と少し白けた気分になった。二十三区内に、車が二台とバイクが一台入るガレージの家を建てるのに、どれぐらいかかるものか。

ガレージの真ん前に車を停め、脇の階段を上がる。玄関まで行き着かないうちにドアが開き、早川が顔を見せた。とても大型バイクを振り回すようには見えない、ほっそりした体型である。沖田は一度足を止め、ひょこりと頭を下げた。

「先ほど電話しました、警視庁の沖田です」

「どうも、ご苦労様です」

早川が丁寧に頭を下げる。書評家というからどんなタイプかと思っていたのだが、常識人のようなのでほっとした。

室内に通される。玄関を上がってすぐの広い部屋は、リビングではなく仕事部屋のようだった。中央に作りつけらしい広いデスクがあり、巨大なモニターが二台置かれている。その中央にキーボード。右と左を交互に見ながら作業をしているのだろうかと沖田は訝った。

「どうぞ、こちらへ」

早川がデスクの下に入っていた椅子を引き出した。背もたれもない木製で、座面も硬い。長時間座っているとストレスが溜まりそうだった。一方早川が座った椅子は、ハイテクデザインのいかにも座り心地がよさそうなもので、ぶっ続けで十時間の作業をしても背中を守ってくれるだろう。

「すごいバイクですね」

「ああ、まあ……」早川が照れ臭そうに言ったが、表情は輝いていた。

「あれですか、今流行のリターンライダーとか?」

「いや、ずっと乗ってるんですよ。ただ、隼は三年前からですね」

「高いんでしょう?」

早川が苦笑した。えらくダイレクトな質問を……とでも思っているのかもしれない。

「安くはないですね。でも、ロードスターの方が高いですよ」

「それは、車とバイクですから、比較はできないでしょうね……バイクはもっぱら、ワインディング用ですか?」

「そうです」

「檜原街道で」

「ああ……何か噂でも聞きました?」

「カミナリ族なんていう死語を持ち出した人がいましたよ」

「確かに、静かではないですね」早川が苦笑する。「でも、檜原街道は、あまり人に迷惑をかけない場所なので」

「夏でも冬でも行くんですか？」

「そうですね。冬も、雪が降らない限りは……あの辺、結構降るんですけどね」

沖田は手帳を広げた。ここまではウォーミングアップ、これからが本番である。

「一か月ぐらい前ですが……」

「二つ目の死体遺棄の件ですか？」

「ニュース、チェックしてました？」

「ええ」早川がモニターの一つを沖田の方へ向けた。ニュースサイトが開いていて、ちょうどこの件の記事が出ている。「そういうお話だということですから、読んでおきました。これはかなり、複雑な事件ですね」

素人が何を言うか……と少し白けた気分になった。だが、デスクの脇の本棚に綺麗《きれい》に並んでいる本を見て、その認識を少しだけ改める。

「そちらの本は……」

「ああ。ここは商品ディスプレーみたいなものです。解説を書いたり、帯に推薦文を載せた本を置いてあります」

早川が一冊の文庫本を取り上げ、沖田に渡した。『ディシプリン』。真っ赤な背景に黒い無数の人影が映るという、なかなか不気味かつ印象的な装丁だった。沖田は知らない作家

説のようだった。

だったが――実際ほとんど本は読まない――帯を見る限り、イギリスを舞台にした警察小
「これが、最近解説を書いた本です」

「売れてるんですか」図々しい質問かなと思いながら、沖田は訊ねた。

「ああ、これは……本はあまり読みませんか？」

「暇がなくてですね」いきなり弱点を突かれた気分になり、顔を赤らめながら沖田は答えた。

「翻訳ミステリは不調なんですけど、この作家だけはいつもよく売れます。毎年、年末のベストテンの常連ですしね。私も、彼のお陰で食べさせてもらっているようなものですよ」

「なるほど……」とはいえ、自分が読むことはないだろうな、と沖田は思った。ひどく分厚い――最終ページを確認すると、五百ページを超えていた。こんな本を読むには、一年かかってしまうかもしれない。沖田は手首が疲れるほど重い本を早川に渡した。「こういう本の書評を書いているということは、警察の仕組みや捜査にはある程度詳しいんですね」

「外国の事情ばかりですけどね。間違いがないように、自分でもチェックしなければいけませんから。日本の警察の事情は、参考までに知っている程度ですよ」

「そうですか……とにかくこれは、相当異例で難しい事件なのは間違いありません」

「でしょうね」真剣な表情で早川がうなずく。その途端、はっと気づいたように両手を打ち合わせた。「失礼しました。お茶も出さずに」

「いや、お構いなく」その時間も惜しい。むしむしする陽気で、氷の入った冷たい麦茶は恋しかったが。「話を戻しますが、一か月ほど前のことです」

「それが二度目の死体遺棄の時期なんですね」

「はっきりしてはいませんが」

「日付は特定できていないんですよね？　一か月単位で、死亡した日を特定するのは無理ではないですか？」

それなりに事件や捜査に詳しいな、と沖田は悟った。ということは、質問も慎重にいかないと。下手な質問をして突っこまれては、本末転倒だ。

「無理ですね。解剖である程度は絞りこめると思いますが」その解剖は、ちょうど今行われているはずだ。何か手がかりが出てくるだろうか。

「でしょうねえ」早川が訳知り顔でうなずく。「なかなか難しいところだと思います」

「曖昧で申し訳ないんですが、だいたい一月ぐらい前に、あの辺で何か見た記憶はないですか」

「場所は、正確にはどの辺りなんですか」

沖田は、ずっと持ち歩いていて皺だらけになってしまった地図を取り出した。それを見て、早川がパソコン上に地図を展開する。

「なるほど……奥多摩周遊道路に入る直前ですね。確かに何もないところだ」

「そう、何もないですね」沖田は話を合わせた。「人もあまり通らないところだとか」

「平日よりも、土日の方が多いかもしれませんよ。山へ行く人や、バイクや自転車で走りに行く人が増えるので」

「早川さんも、その一人ですね」

「そういうことです。最近はマナーが悪くて、ですね……」そのまま話が脱線しそうになったが、早川は口をつぐんだ。そういう場合ではないと分かっているのだろう。「一か月前でしたね」

今度はウェブ上のカレンダーを開く。画面に顔を近づけて――相当目が悪いようだ――確認し、そのままの姿勢で沖田に告げた。

「一か月前で私が檜原に行った日というと、ちょっと幅を取って七月十一日の土曜日、十八日の土曜日、二十六日の日曜日辺りが対象になりますね」

「毎週行っているんですか？」

「何しろ平日は座りっ放しなもので。大学では立って講義しますけど、ここで本を読んでいるか原稿を書いている時間の方が圧倒的に長いんですよ」沖田に向き直り、早川が肩をすくめる。「バイクで飛ばすのが、唯一のストレス解消法です。バイクは震動もあるから、肩凝りも解《ほぐ》れますしね」

「本当ですか？」

「私は、そんな気がしています」

早川が真面目に喋っているかどうか、分からなくなってきた。沖田は手帳に日付を書きつけ、顔を上げた。

「その辺りの日で……」

「ちょっと待って下さい」早川は額に拳を押し当てていた。そのまま二度、三度と軽く小突く。「一つ、変なことがあったんですよ」

「変なこと？」沖田は思わず身を乗り出した。早川の膝《ひざ》と自分の膝がぶつかりそうになる。

「どんなことですか」

「人を見たんだけど、あれ、いつだったかな……」また額を拳で叩く。「今、日記を確認しますね」

フォルダを開き、ファイルをクリックすると、テキストエディタが立ち上がった。日記用のソフトを使っているわけではなく、ただテキストをベタ打ちしているようだ。

「あ、七月二十六日ですね。だいたい四週間前だ」

あくまで概《おおむ》ねだが、タイミング的には合っている感じがする。沖田はさらに追及した。

「それで、誰を見たんですか」

「女性なんですが、一瞬だったので……」

ぴんときて、沖田は激しくうなずいた。「どういう状況だったんですか」と少し前のめりになって訊ねる。

「私は奥多摩湖の方まで行って、こっちへ戻って来る途中だったんです。奥多摩周遊道路はもう出てましたね……そこで、道路を歩いている女性を見たんです。都民の森方面へ」

「歩いていた？」それは確かに異常だ。家も何もないあの辺りを、女性が一人歩いているというのは、意味が分からない行動である。

「何時頃ですか？」

「もう暗くなってましたから、午後七時ぐらいだったんじゃないかな。それも変なんですよ。あんな山の中で、夜になってから女性が一人で歩いているのは妙です」

「登山客じゃないんですか」

「違うと思いますよ」言ってから、早川が顎に拳をあて、一瞬天井を仰いだ。「一瞬見ただけですけど、登山客の格好じゃなかったですから」

「だったらどんな格好だったか、覚えていますか？」

「普通の格好ですね。とにかく、登山の格好ではありませんでした。スカートとか、だったかな……」

「服装のことは、思い出したら教えてもらえますか」現場から服は見つかっていないが、もしも発見されれば重要な手がかりになる。

「ええ、まあ……ちょっと自信はないですけど」

「でも、見たのは間違いないんですよね」沖田は念押しした。

「それは間違いないです。そもそも登山客でも、あんなところは歩きませんから」

「年齢はどうですか？　若い人でしたか？」遺体の年齢は、推測で二十代から四十代。腐敗が進んでいたから、幅が広いのは仕方がないところだ。

「いや、どうですかね……お年寄りではなかったと思います。結構速く、すたすたと歩いてましたから」

「あそこ、都民の森方面へ向かっては緩い上りですよね」

「ええ。健脚な人じゃないと、あんな風に速くは歩けませんよ」言葉を切って、早川が右の拳を左の掌に打ち下ろした。「ああ、そう言えば、帽子を被ってました」

「帽子？」

「チューリップハットって言うんですか？　今時そんなのはないかな……でも、そういう感じの帽子でした。顔は完全に隠れていましたから、相当大きい帽子だったと思います」

「色は？」

「白っぽかったと思いますけど、どうかな……」また自信なげな口調になり、ひょいと頭を下げる。「ごめんなさい、そこはやっぱりよく分かりません」

「いや、よく覚えていたと思いますよ」沖田は持ち上げにかかった。「バイクで通り過ぎるのなんて、一瞬でしょう」

「それだけ異常な感じだったんでしょうけどね」

「異常だったんですか？」沖田は食いついた。

「いや、女性自体が異常なわけではなくて」早川が慌てて否定する。「あそこを誰かが歩いているのが異常、ということです。結構なカーブだったんで、スピードを落として走っていたので……だからそれなりに見えたと思うんですが」

「バイクに乗ってると、周りの様子はよく見えないような気がしますけど」

「そんなことないですよ」早川の顔が急に真剣になった。「バイクの方が、車よりもよほど周りに気を遣います。変な話、猫が飛び出して来ても、車だったら轢《ひ》いても自分に影響はないでしょう。でもバイクは、転んでしまう可能性があるから。情報をインプットして処理しての繰り返しです」

「なるほど」雰囲気は分かる。「ところで、その時点――目撃した時点で、どうして警察に通報しなかったんですか？」

「え？」早川が目を見開いた。「いや、だって……警察に通報するようなことじゃないでしょう。あそこ、歩行者が歩いていけない場所ではないですし」

「まあ、そうですけどね……」言葉を濁すことで沖田は不満を表明した。おかしいと思ったのなら、少し突っこんでみればよかったのに。「ちなみに、村の人ではなかった？」

「それは分かりませんけど」早川は慎重だった。

「分かりました」沖田は手帳を閉じた。「檜原の方には、今もどなたか家族がいるんですか？」

「ああ、母親が……もう八十歳になるんですよ。足腰もしっかりしてるし、ぼけてもいないんですけど、さすがに心配ですからね。ツーリングを兼ねて、週に一回は様子を見に行くようにしてるんです」

「ママですね」

「それは、家族ですから」

家族のことになると、人は真剣になるわけか……響子との問題を放り出して長崎からトンボ返りすることを選んだ自分には、家族のことを云々《うんぬん》言う資格はないな、と沖田は自嘲《じちょう》気味に思った。


ここを人が歩いているとはね……夕方近くに現場へ戻った沖田は首を傾げた。歩く意味が分からない。もしかしたら被害者なのかもしれないが、だとしたら殺害現場はここなのだろうか。そして、「通り魔」ではないかという疑念が頭に生じる。

仮に被害者が、相澤の知り合いだったとしよう。例えば相澤がここまで連れてきて殺そうとしたが、慌てて逃げ出したとか……それなら、通りかかった早川や他の車に助けを求めそうなものだ。しかし早川の記憶では「ただ歩いていた」。危険な様子は感じなかったという。

しかし、こんな場所で通り魔というのはあり得ない。何しろ襲う対象がいないのだから。

立ち番をしているあきる野署の若い警官と話してみた。普段、この辺を歩いている人はいるか？

「いないと思いますよ」まだ少年の面影を残す警官が、驚いたように言った。「工事とか林業関係の人ぐらいでしょうけど、そういう人は車ですしね」

「近くに住んでる人は？」

「一番近い家でも、ここからだと結構離れてます。それに、この辺りの人は、移動する時には大抵車ですから。お年寄りはバスも使いますけど」

そうなんだよな……地元の事情をよく知る若い警官の説明を、沖田は自然に受け入れた。

「分かった。それより現場、どうするんだ」

低く雲が垂れこめているせいで、既に暗くなっている。雨脚はまた強まり、風も時々立っているのがきついほど強く吹く。ここへ戻って来る途中ラジオのニュースで聞いたのだが、台風は今日の夜から明日の朝にかけて関東地方を直撃するらしい。

「一応、警戒は続けます」

「土砂崩れしないのかね」言いながら現場を見上げると、いつの間にかブルーシートの範囲が広がっている。

「あ、役場の人が協力してくれまして。上の方までシートで覆ったんです。木が多いところですし、これ以上土砂崩れはしないだろうっていう話でしたよ」

「そうだといいんだがな」最近、予想もできない自然災害が目立つ。

「できることはやったと思いますよ」若い警官は自信たっぷりだった。

「いずれにせよ、現場検証はしばらく無理だろうな」

台風が直撃すれば、明日は一日、また現場を放置せざるを得なくなる。下手をすると明《あ》後日《さって》も……地盤が緩んでいないかどうかをしっかり確認しないと、作業は再開できないだろう。警察や消防、自衛隊が一番避けなければならないのが二次災害なのだ。

「それで、君たちはここでずっと警戒なのか？」パトカーをちらりと見て、沖田は訊ねた。山が崩れ、パトカーが呑みこまれてしまう場面をつい想像してしまう。

「交代はしますけど、そうなりますね」

「警戒は、必要ないんじゃないかな。台風が迫っている時に、わざわざ現場を荒らしに来る奴もいないだろう。上に進言してみるよ」

「自分たちは、別に大丈夫ですけど」

「大丈夫だと思うのは勝手だけど、死んだら何にもならないぞ。東京にいるとあまり実感できないかもしれないけど、自然災害を舐めちゃいけない」

「ええ……そうですね」言ってはみたものの、若い警官には切迫感はないようだった。それはそうだろう。コンクリートで覆われた街・東京を、いきなり土砂崩れや津波が襲うとは想像しにくい。しかし最近のゲリラ豪雨の激しさを思えば、警戒し過ぎることはないのだ。道路がいきなり水没し、車が取り残される様子をテレビのニュースででも見ていれば、嫌でも恐怖を感じる。ましてやこの辺りは土もむき出しで、都心部よりもずっと自然の影響を受けやすいはずだ。

あきる野署に引き揚げ、沖田はまず北野に早川の事情聴取結果を報告した。

「なるほど」硬い表情で北野が言った。「確かにおかしな話だが、決定打じゃないな」

「ええ。でも、歩いている人がいたら明らかに変な場所ですし、日にちも時間も分かっています。もう少し周辺の聞き込みを強化してみますよ」

「そうだな……解剖結果でもあまり手がかりはなかったし」

「ああ、終わったんですね」

そこで沖田は、近くの椅子を引いてきた。話が長くなりそうな予感がする。北野が、自分の手帳に視線を落としながら説明を始めた。

「最初の遺体の方は、死後半年から八か月。この辺は、相澤の証言と合っている。おそらく二十代の女性で、出産経験はない。死因だが、頭蓋骨に二か所、亀裂骨折が認められる」

「撲殺ですか」

「いやあ、それがな……」北野が目を瞬かせた。「解剖だけでは結論が出せない。後から——埋められてからついた傷の可能性もあるというんだ。調べるにも限界はある」

「でしょうね」

「いずれにせよ、身元が分からない限り、何とも言えないな」

「二つ目の遺体の方はどうですか?」

「こちらも二十代の女性だ。やはり出産経験はない。それと、同じように頭蓋骨に骨折の跡が認められた。ちなみに新しい——埋められたのは一月ぐらい前だろう」

沖田は思わず目を見開いた。二つの遺体ともに、頭蓋骨骨折……やはり連続殺人だろうか。同じ手口で殺し、同じ場所に埋めた？

「相澤ですかね」

「どうかな。何とも言えない」北野もまだ明確な判断を下せないようだった。

「ですよね」沖田も同調した。わずか数時間遅れだが、途中から捜査に入った事情もあるせいか、今回の件をどこか客観視している自分に気づく。普段なら、最初からある程度目途をつけて犯人を絞りこんでいくのだが、今回はまだ網は広げたままだった。

「当面は、あらゆる可能性を捨てないで捜査を進める」捜査会議で指示するように、北野が宣言する。「ただ、西川が相澤を疑っていてな」

沖田は首を傾げた。西川には頑固なところがあり、一度こうと思いこんだら、絶対に自説を曲げない。今回、彼が異常に相澤に固執する理由が分からなかった。それを北野に質《ただ》すと、何故か渋い表情を浮かべる。

「第一印象だと言うんだがね」

「相澤のですか？　それとも現場の？」

「現場の方だ。奴は、二つ目の遺体が見つかった時にも現場にいたから、そういう印象が強くなったんだろうな」

「西川にしては珍しいですね。普段は、こんなに材料が少ない状態で結論を出すことはないんですけど」

「そうなのか？」

「基本的には慎重な男ですから」

「そうか……」北野が腕組みをした。「だいぶ厳しく相澤を攻めてるんだが、向こうも持ちこたえてる。そもそもあいつの証言が異常だと思うよ」

「確かにそうですね。どうして死体遺棄だけ自供したのか……」

「良心の痛みと、共犯者を庇う気持ちの板挟みになってるんだと思うが、変な男だよ。呪いがどうのこうのとか言い始めてな」

「呪い？」沖田は思わず眉をひそめた。「本気でそんなこと言ってるんですか」

「西川は本気だと思っている」

「まさか」沖田は思わず呆れて言ってしまった。容疑者がそんなことを言い出すのは勝手だが、刑事が信じたら話にならない。「どういう意味の呪いなんですかね」

「それは、相澤もはっきり説明しないようだが」

「どうせ時間稼ぎでしょう」沖田はあっさり結論を出した。「きちんと自供する気持ちが固まるまで、適当に話しているだけですよ」

「俺もそう思うが、西川は何か事情があると考えている」

沖田はまた首を傾げざるを得なかった。こういうのは、本当に西川らしくない。あいつの捜査手法を簡単にまとめれば「合理的」かつ「論理的」である。「呪い」などというのは、そこから最も離れたところにあるはずだ。

いったいどうしてしまったのだろう。まさか、西川本人が「呪い」にかかった？……馬鹿馬鹿しい。沖田は頭を振って、現実に戻った。

「それより、現場の警戒はもう必要ないんじゃないですか」

「悩ましいところではある。台風直撃だから、危険だしな」

「一度引き揚げさせた方がいいんじゃないでしょうか」本来、自分にはそんなことを言う権利はないのだと思いながら、沖田は進言した。

「奥多摩周遊道路も通行止めになりそうなんだ」

「じゃあ、尚更《なおさら》……二次災害に巻きこまれたら、洒落になりませんよ」

「分かってる」北野が険しい表情で言った。「お前に言われなくても、な」

「失礼しました」沖田は立ち上がって椅子を元に戻した。「雨、相当ひどいですよ。車で走ってるのも危ない感じですから」

　北野が窓に目を向ける。横殴りの雨が窓ガラスに叩きつけられ、奇妙な模様を作っていた。北野の目の前の電話が鳴る。受話器を取り上げ、相手の言葉に耳を傾けていたが、すぐに元に戻した。

「奥多摩周遊道路が通行止めになった。現場から一時撤収することにする」

　北野の宣言に対して沖田は無言でうなずき、その場を去った。あそこで立ち番をしていた若い警官たちが土砂に巻きこまれずに済む……ほっとして、西川を捜しに行く。あいつの真意を聞いてみないと。依怙地《いこじ》なだけに、暴走すると手がつけられなくなるのだ。それにストップをかけるのは自分だろう、と思った。

10

窓を叩く雨の音が気になり出す……それだけ、会話が長く途切れている証拠だ。相澤はずっとうつむいたまま、沈黙を保っている。西川も攻め手をなくし、言葉を失っていた。解剖結果が新たな手がかりになるのではと思っていたのだが、予想していたよりも材料は少なかった。少なくとも、相澤にぶつけて口を割らせるほどの重みはない。「殴って殺したのか」と聞いても、返ってきた答えは「殺していません」だけだった。

相澤は、「呪い」について口にしなくなった。西川は何度も聞いてみたのだが、その都度口を濁されてしまう。逆にそれで、相澤の本気度が窺《うかが》えたのだが……そういうことは、口にすると悪い結果を招くのではないか。

何とか質問をつなごう……こうなったら相澤の私生活の話でもいい。肝心の容疑に関しては何も喋らなくとも、自分のことについては喋る容疑者もいるのだ。いや、大抵の容疑者は、自分のことを刑事に知ってもらいたいと思っている。どんなに強がっていても、自分がヘマをして刑務所にぶちこまれそうになっているのは分かっているのだ。それ故、何とか自分の心情を理解してもらって、同情を得たい——西川は、そういうべったりした取り調べがあまり好きではなかったが、仕方がない。

口を開こうとした瞬間、ドアをノックする音がした。クソ、誰だ……気合いを削《そ》がれること甚だしい。取り調べを邪魔するのはルール違反なのだ。しかし無視しているわけにもいかず、立ち上がってドアを開けると、沖田が立っていた。

「何だよ」

睨みつけたが、沖田は平然と手招きした。仕方なく廊下へ出ると、沖田が「今日は終わりだ」と告げた。

「終わりって……まだ六時だぞ」

「一日に八時間以上取り調べしてると、問題になるぞ。今日も朝から叩いてるんだろう?」

「そうだけど、そういう問題じゃない」我ながら理屈になっていないと情けなく思いながら、西川は言った。

「とにかく、今日はこれまでだ。奥多摩周遊道路が通行止めになったし、現場を警戒している制服組も引き揚げさせた。台風直撃モードなんだぜ」

「だったらちょうどいいチャンスだ。このまま取り調べを進めればいい」

「相澤を一度、強盗致傷事件の捜査本部に戻さないといけないんだ。向こうの取り調べが滞っている」

「冗談じゃない」西川は色をなした。強盗致傷事件の捜査も大事だが、こちらでは遺体が二つも見つかっているのである。捜査を先送りできるものではない。

「二度目の起訴が迫ってるんだ。検事がせっついているらしい」

「強盗致傷事件の取り調べなんか、ここでやればいいじゃないか。担当の刑事がこっちへ来ればいいんだから」西川はなおも食い下がった。沖田に言っても仕方がないことは分かっているのだが。

「そうもいかない。警察っていうのは、何かと融通がきかないんでね」しれっとした表情で沖田が言った。「とにかく、台風が近づいてるから。早目にここを出すように、上が判断した」

「そうか……」結局、警察も台風には勝てないわけか。「で、俺たちはどうする」

「早めに捜査会議をやって、今夜は解散だ。電車が動いてるといいけどな」

「それより問題は、明日の朝無事に出勤できるかどうかだぞ」

「ああ、俺はここに泊まるから」沖田があっさりと言った。「旅行に出てたから、着替えもまだあるしな。お前はさっさと帰れよ。署に何日も泊まりこみなんて、お前らしくないぞ」

「分かってるよ」むっとして言ったが、確かに沖田が指摘する通りだ。特に追跡捜査係に来てからは、どんなに大きな事件に直面しても、泊まりこみで捜査を続けることはなくなっている。元々が遊軍的な立場で、特捜本部の方針に必ずしも従う必要もないのだが。

「捜査会議はすぐに始まるから」

「分かった」

不満はたくさんあったが、いつまでも愚痴を零していても仕方がない。仕事の「切れ目」はいつかは来るのだ。

しかし西川は、またも愚痴を零すことになった。しかも一人、車の中で。追跡捜査係の覆面パトカーを本部に戻さなければならず、誰が運転していくかでじゃんけんしたのだが、一発で一人負けしてしまった。

「まあ、高速道路の方が電車より安全なんじゃないか。いざとなったら緊急走行で突っ走ればいいんだし」

沖田が慰めるように言ったが、車も当てにはならない。何しろ東京の交通網は、天気の変化に弱いのだ。雪の時などに特に強く感じるが、最近は強烈な夏の雨も脅威になっている。それこそ、前が見えなくなるほどの雨も珍しくないのだ。

激しく雨が降り続き、中央道ではワイパーを最速で動かしても視界が確保できなくなった。時折強風が吹きつけて、車が危なっかしく揺れる。必然的にスピードは落とさざるを得なくなった。これだけ空《す》いていれば、一時間も走れば警視庁に着くのに……ぶつぶつ言いながら、西川は必死で覆面パトカーを運転した。

午後八時、げっそり疲れてようやく本部に辿り着く。キーを返すために追跡捜査係に上がっていくと、珍しく鳩山が居残っていた。

「どうしたんですか？」

「帰りそびれただけだ」鳩山が憮然《ぶぜん》とした口調で言った。

「台風のせいで？」

鳩山が無言でうなずく。まだ電車には影響が出ていないはずだが……鳩山は有楽町線経由で東西線に乗り換え、浦安まで帰る。東西線は確かに風の影響を受けやすく、台風の時などしばしば止まってしまうのだ。

「今日は泊まりかもしれませんね」

「ま、それもしょうがないな。お前は帰れるのか？」

「帰りますよ」意地でも。せっかく都心部まで戻って来たのに、これで本部に泊まりこみとなったら馬鹿馬鹿しい。今は一刻も早くシャワーを浴び、さっさと寝て、明日に備えたかった。捜査会議の始まる八時半にあきる野署に到着するには、家を七時前に出なくてはならない……やはり泊まるべきだったか、と一瞬悔いた。明朝、電車が動く保証もない。

「まあ、俺も様子を見て引き揚げるが……あきる野署の方、どうなんだ？」

「まだ何とも言えません。相澤の奴、『呪いが』なんて言い出しましてね」

「どういうことだ？」

「喋ると呪いがある、みたいな感じです」

「馬鹿な」鳩山が丸い腹を揺するように笑い飛ばした。「まさかお前、そんなことを本気で気にしてるのか？」

「気にしてるわけじゃないですが……」実際には気にしている。本当に呪いがあるかどうかはともかく、相澤が何を気にしているかが引っかかっているのだ。

「二件とも奴の犯行じゃないのか」

「俺はそう思ってますけど、特捜の中では少数意見ですね」

「相澤も否定してるんだろう?」

「その件に関しては……強硬です」

「なるほどねえ」鳩山が丸い顎を撫でた。「ま、被害者の身元が割れれば、相澤も喋るんじゃないか」

そんなことは分かっている……呑気な台詞に苛立ちながら、西川は、遺体の身元がまだ分からないことを不思議に思っていた。行方不明者との照合作業は既に始められているが、今のところ当たりはゼロ。行方不明者届が出された後で自発的に帰宅しているパターンも結構あるのだが、一々警察にそれを報告しない家族も多い。失踪課では全ての行方不明者届をフォローしているが、それでも当然漏れは出てくる。だいたい、行方不明になったからといって、誰かが行方不明者届を出すとは限らないのだ。一人暮らしで、家族とも折り合いが悪い場合、失踪したことを家族が知らないケースもあり得る。会社や友人も、心配こそすれ、警察に届けるまでは頭が回らないこともある。だいたい、世間とのつき合いを完全に断っている人も、東京では珍しくないのだ。

「何だか嫌な予感がするんですがね」

「お前が予感なんて言うのは珍しいな。そういうタイプじゃないと思ってたが」

「何となくですよ、何となく」西川は少しむきになって言った。

「そういうのは、沖田の方が得意だろう」

「あいつのは勘じゃなくて、単なる思いつきです」

馬鹿馬鹿しい……沖田と比較されるほど不快なことはない。

「それより、今後も捜査には参加していいんですよね」成り行き上こうなってしまったが、いつ「撤収しろ」と言われるか、不安で仕方がなかった。中途半端に捜査を投げ出すほど嫌なことはない。

「今のところ、そういう方向だ。一課長も、正式に捜査に参加させると言っているから。要は、人手が足りないんだ」

「ああ……」この夏はやけに事件が多かった。猛暑日が続いているせいかどうかは分からないが、七月から八月にかけて、都内では殺人事件が連続して発生し、特捜本部が三つもできている。所轄や機動捜査隊も応援に出ているが、それでも辛うじて人のやりくりができている状態だろう。こういう時、追跡捜査係は、しばしばいいように使われる。遊軍と言えば聞こえはいいが、実態は雑用係ではないかと思うこともしばしばだった。普段、好き勝手に未解決事件に首を突っこんでいるから、その意趣返しではないかとも思えてくる。

「とにかく、あまりトラブルを起こさないようにな」

「それは沖田に言って下さい」

「やだよ、面倒臭いから」

まったく、この人は……西川は呆れた。仮にも係長なのだから、そういうことはきちんとしてもらわないと困る。昔から、非常に無責任なところがある人で——捜査が上手く回っている時は、この「良きに計らえ」の態度をありがたく感じることもあるが、言うべきことがあるならきちんと言葉にすべきではないか。

「帰りますよ」西川はバッグを肩に担いだ。

「帰れる人はいいよな」

鳩山が愚痴を零す。彼が帰れようが帰れまいが、自分には関係ない。西川はわざと冷たい視線を投げて、部屋を後にした。


ほぼ四十時間ぶりに自宅へ帰ったが、酷い目に遭った。傘がなかったので、駅前のコンビニエンスストアで五百円の傘を買ったのだが、強風のせいで十メートルも歩かないうちにひっくり返ってしまい、五百円をドブに捨てた結果になってしまった。開き直って、傘なしで歩き出したのだが、家に着いた時には靴下までびしょ濡れになっていた。このスーツはクリーニング行きだし、靴はどうなることか……。

妻の美也子が風呂を用意してくれていたので、ありがたく湯船に身を沈める。夏場はほとんどシャワーだけで済ませてしまうのだが、今日は熱い風呂がありがたい。ゆっくりと汗を流してから上がり、ビールではなく冷たい麦茶で体を内側から冷ました。

テレビはL字型画面になって、延々と台風の動きを伝えていた。既に静岡県付近に接近しており、これから明け方にかけて、関東地方では風雨がさらに強まるらしい。そもそも明日の朝、五日市線は動いているのだろうかと心配になった。

「一応、朝までには抜けるみたいよ」美也子が慰めるように言った。「ちょっと東の方にずれてるみたいだし」

「でも、もうだいぶ電車が止まっているじゃないか」東西線は運休していて、鳩山はやはり、本部に泊まることになるようだった。「ざまあみろ」という気分がかすかに湧いてくる。

「今日も泊まってくれればよかったのに。明日の朝、行けるかどうか分からないわよ」

「着替えがなかったんだよ」

最悪、コンビニエンスストアで着替えを調達する手もある。しかし、署の一番近くの店を覗いたら、シャツも下着も売っていなかった。

「明日、何枚か持って行く？」

「そうだな……しかし、檜原があんなに田舎だとは思わなかった」あそこで毎日仕事をするのかと思うとぞっとする。住んでいる人には悪いと思うが、自分はあの村に住むのは絶対に無理だ。

「昔行ったの、覚えてない？」

「そうだっけ？」

「結婚する前に」

「ああ」ふいに記憶が蘇《よみがえ》って、西川はうなずいた。日帰りで小旅行に行こうという話になって、わざわざ車を借りて飛ばしていったのだ。あの頃は当然圏央道もなく、中央道の八王子インターを降りてから、滝山街道と檜原街道を延々と走って……やけに時間がかかった記憶があるだけで、村の印象は残っていない。「何であんなところへ行ったんだっけ？」

「あなたが言い出したんだけど」美也子が不審そうに言った。

「そうだっけ？」

「都内のことは隅から隅まで全部知っておきたいからって。昔から真面目だったのよね」

「ああ、まあ……」確かにそんなことを言った記憶はある。しかしあれは、真面目な視察ではなかった。ただ美也子とドライブがしたかっただけである。

「私は、嫌いじゃなかったけど。秋川渓谷、綺麗だったわ。見た？」

「そんな暇はないよ」苦笑したが、ふいに記憶が蘇った。美也子と出かけたのも確か八月で、役場の近くにある橋のところから、渓流まで降りていったのだ。岩肌が露出する中を流れる急流は、いかにも日本の原風景という感じで、涼しさも相まってしばらく見とれていたものだ。靴を脱いで足を浸した時の冷たさまで、急にリアルに思い出す。「だいたい、遊びに行くからいいところなわけで、仕事で行く場所じゃない」

「でも、私たちには縁がある場所だから、大事にしないと」

「まあな」美也子には、妙にロマンティックな一面がある。それはそれで悪いことではないのだが、あの村で死体が二つも見つかっていると思うと、西川は話に乗れなかった。ふと思いついて、訊ねてみる。「なあ、呪いとか信じるか？」

「何言ってるの」美也子が声を上げて笑った。「まさか、あなた、信じてるわけじゃないでしょうね」

「いや、別に……」美也子に言われると、鳩山にからかわれた時よりも、よほどダメージが大きい。一つ咳払いをして、「明日のコーヒー、ちょっと多めに持たせてもらえないかな」と話題を変えた。

「じゃあ、大きいポットを出さないと」ダイニングテーブルを離れ、美也子がキッチンの棚を開けた。

今日、どうにも調子が出なかったのは、美也子のコーヒーを飲んでいなかったからかもしれない。

第二章　穴の外

1

バスだな、と沖田は思った。

檜原村内の公共交通機関は、バスしかない。早川が見かけた女性も、あの地点まで行くのにバスを使ったとしか考えられない。

村内を走るバスには、複数の系統がある。南側、北側をそれぞれ路線バスが走っているほか、より細かく地域を回るコミュニティバスがある。ただしコミュニティバスは地元の人の足であり、外から来た人が使うとは思えない。

沖田は、村内を走る路線バスに絞って調べてみた。武蔵五日市駅を出たバスは檜原街道を西へ進み、役場を過ぎると二つのルートに分かれる。早川が女性を見かけたのは村の南側なので、北側を走る藤倉方面行きのバスは無視していいだろう。南側――数馬、ないし都民の森行きのバスは、一日十数本ある。早川の目撃場所と時間からすると、女性は午後六時台後半に、死体遺棄現場付近でバスを降りたのでは、と推測された。

さっそくバス会社に電話をかけ、状況を確認する。

「土日の夕方の便ですか？」担当者が訝《いぶか》しげに言った。「そうですね……午後七時過ぎに数馬に着くのが最終便になります」

時間的には合っているようだ、と沖田は気持ちを強くした。

「利用者は多いんですかね」

「いや、週末のこの時間帯になると、ほとんどいないと思いますよ。だいたいこの路線は、観光客が使うことが多いですしね」

「地元の人は乗ってないんですか」

「もちろんご利用いただいてますけど、数は少ないと思います。基本的には皆さん、マイカーですからね」

「どんな人が使ってるんですかね」

「そうですねえ……」担当者がどこか面倒臭そうに言った。「自分で車を運転できないお年寄りとか、ですかね。五日市まで買い物に出る人もいるんです」

「とすると、乗っている人もだいたい分かるんじゃないですか？」

「お馴染《なじ》みのお客様はいると思いますが……」

「その日に担当していた運転手さんが誰かは、分かりますよね」沖田は念押しした。

「ええ」不審げに担当者が言った。

「いや、別にそちらに問題があるわけじゃないんですよ」沖田は慌てて言った。「乗客を割り出したいだけでね」

「ああ、そういうことなら……日時がはっきりしていれば担当者は分かりますけど、本人が覚えているかどうかは保証できませんよ」

「構いません」沖田は言い切った。この際、手がかりになりそうなことなら何でもいい。「運転手さんと会えるように、手配してもらえますか？」

幸いなことに、運転手は普段、五日市営業所に詰めているという。営業所は武蔵五日市駅前にあり、あきる野署からも近い。電話を切った沖田は、さやかを伴ってすぐに出かけた。

「割り出せますかね」怪訝《けげん》そうにさやかが訊《たず》ねた。

「それは分からないけど、何もやらないよりはましだろう」

「分かれば、一気に解決するかもしれませんけど……」

「変に期待するな」ぴしりと言って、沖田はハンドルを握る手に力を入れた。「とにかく運転手に会ってからだ。虚心坦懐《きょしんたんかい》でいこう」

「……了解です」

さやかが溜息《ためいき》をついたのを、沖田は聞き逃さなかった。台風騒ぎで気が抜けたのだろうか――台風は結局太平洋側に逸《そ》れ、スピードを上げて、日付が変わる頃には東京は暴風域を脱していた。朝方、都内の交通にはほとんど影響はなかったのだが、あれやこれやで心配すると精神的に疲れるものである。

今日は台風一過でよく晴れ上がり、朝から気温が上がっていた。予想最高気温は実に三十七度。夏はまだまだ終わらない……それを考えると、また疲れる。

覆面パトカーを停《と》めて外へ出ると、凶暴な夏の光が嚙《か》みつくように降り注いだ。都心のビル街の暑さも強烈だが、この辺りの暑さはもっと自然に近く、生々しい感じがする。沖田は額に手をかざして、周囲を見回した。駅舎を除いて高い建物はほとんどなく、陽光は脳天を直撃する。

営業所では、運転手が待っていてくれた。三十分後に出発するバスに乗らないといけないというので、とにかく急いで話を聴いてしまおう、と沖田は決めた。少し歩いただけで吹き出した汗を冷房で鎮める時間も惜しく、椅子《いす》に座るなり切り出す。

「お名前からお願いします」

「あ……富田《とみた》です。富田康夫《やすお》です」

五十代前半ぐらいの男だった。小柄ででっぷりしており、制服は腹の辺りがきつそうだ。短くした髪は半ば白く、眼《め》の脇には深い皺《しわ》が刻まれている。用心しているというより緊張した様子で、沖田と目を合わせようとしない。

「七月二十六日の日曜日なんですが、夕方の数馬便を運転していましたね」

「ああ、はい」富田が手帳を広げ、確認する。顔を上げた一瞬だけ沖田と目が合ったが、すぐに逸らしてしまった。

「その時、数馬付近ではバスに何人ぐらい乗っていましたか?」

「五、六人ですね」

沖田はうなずいた。この辺は、正確にチェックできるだろう。運賃の支払い記録から確認可能なはずだ。

「地元の人ですか?」

「だと思います。皆さん、よく乗られる人なので」

「若い女性は乗っていませんでしたか?　二十代ぐらいの」

「ああ、はい」富田がうなずく。妙に自信ありげな態度で、ようやく沖田の顔を正面から見た。「いらっしゃいましたね」

「地元の人ではない?」

「地元の人かどうかは分かりませんけど、初めて見る方でした」

「間違いないですか」沖田は念押しした。人間の記憶は不思議なもので、当然覚えているべきであるようなことが記憶から抜け落ちてしまう一方、何故《なぜ》こんなことを、というような些《さ》細《さい》な事実を覚えていたりする。

「ちょっと、普段あの辺で見るような恰好《かっこう》の人ではなかったので」

「と言いますと?」

「普通の恰好だったんです」

「普通?」曖昧《あいまい》な言い方が気になった。「どういう感じで普通だったんですか」

「ええと、それは……」富田の口調が曖昧になった。「あの辺、地元の人でなければ、登山やハイキングの観光客が多いんですよ。そういう人は、恰好を見ただけで分かりますよね。でも、そうじゃなかったんで……その辺の街中を普通に歩いている感じでした」

「もうちょっと詳しく分かりませんか」沖田は身を乗り出した。二人の膝《ひざ》がぶつかりそうになる。

「いや、それは……」自信なげに富田が身を引いた。椅子が床を擦《こす》って耳障りな音が響く。

「そんなに詳しくは見てません」

「帽子は被《かぶ》っていませんでしたか？」誘導尋問だと思いながら沖田は訊ねた。

「帽子ですか？　いやあ、どうですかね……」

「あの、もう夜でしたよね」さやかが割って入った。「七月でも、午後七時近くなら、あの辺は結構暗くなってたんじゃないですか。それとも、まだ陽射《ひざ》しはありましたか」

「七時ですよね？　もう日は落ちていたんじゃないかと思います」

「普通の人は、暗くなったら帽子は被らないんじゃないかと思います。この季節の帽子は、日よけじゃないでしょうか」

「ああ……」納得したように富田がうなずいたが、表情は渋いままだった。「そうでしょうけど、すみません、よく覚えていません」

沖田とさやかはなおも追及を続けたが、それ以上の情報は得られなかった。地元の人ではないらしい女性は確かに乗っていたが、それが早川が目撃したのと同じ女性かどうかは分からない。残念ながら、特徴らしい特徴と言えば「帽子」しかないのだ。

三十分の制限時間が過ぎ、二人は事情聴取を切り上げた。何か思い出したら連絡してくれというお決まりの台詞《せりふ》を残して沖田が立ち上がろうとしたところで、富田が「あ」と声を上げる。

「何か思い出しましたか」中腰のまま、沖田は訊ねた。

「その人、バスを降りた後で、木村《きむら》のバアサンと何か話してましたね」

「木村のバアサン？」沖田は本格的にもう一度腰を落ち着けた。

「あの辺りに住んでる人なんですけど、お喋《しゃべ》りでね」富田が苦笑する。「バスにはよく乗るんですけど、私にも必ず一言二言声をかけてくるんです。誰か知り合いと一緒だと、ずっと喋りっぱなしで……乗客が少ないから、よく聞こえるんですよ」

「フルネーム、分かりませんか？」

「いや、そこまでは……でも、あの辺で聞けば分かると思いますよ」

「分かりました。助かります」沖田は腿《もも》を叩《たた》いて立ち上がった。捜査にはこういう時がある。事態が急に動き出し、刑事の方がそれに引っ張られるような時が——今がそのタイミングであることを、沖田は祈った。

「木村っていう名前だけで割り出せますかね」さやかは懐疑的だった。

「数馬付近に、どれだけ民家があると思う？　大して時間はかからないよ」檜原街道沿い、それに脇道にわずかな旅館や民家がへばりつくように建っているだけである。聞き込みをすれば、すぐに行き当たるはずだ、と沖田は意を強くした。

実際、聞き込みの成果は、早くも一軒目で得られた。間違いなく人がいるはずだと、旅館——「山荘」を名乗っていた——を訪ねてみると、「木村のバアサン」の正体はすぐに割れた。

「木村春枝《はるえ》さんです」高校生にしか見えないような若い女性従業員が、あっさり教えてくれた。

「この辺の人ですか?」沖田は食いついた。

「このちょっと先の旅館の大女将《おおおかみ》さんです」

「大女将ですか……まだ働いているんですかね」

「いや、もう楽隠居ですよ」

楽隠居という言葉がすっと出てくるぐらいだから、この女性は高校生ではないだろうと沖田は判断した。

「じゃあ、会えますすね」

「そうですね、パソコン教室に行ってなければ」

「パソコン教室?」沖田は思わず目を細めた。

「ええ。熱心に勉強してるみたいで、旅館のホームページもご自分で作ってるんですよ」

どんなバアサンなんだと訝りながら、沖田は礼を言って辞去した。急な坂を大股《おおまた》で上りながら、首を横に振る。

「どうしたんですか？」

「いや、パソコンの話にならないといいな、と思ってさ」沖田本人は、ＩＴ関係が苦手である。だが、話のとっかかりとして、その辺りの話題に乗っかる必要があるかもしれない。

「そういう話になったら、私がやりますから」

　さやかがさらりと言ったのが気に食わない。何だか馬鹿にされているようでもあり……だが、人にはそれぞれ得手不得手があるから仕方ないのだ、と沖田は自分に言い聞かせた。だいたい、パソコンを弄《いじ》っている暇があれば、捜査技術を磨いた方がいい。

　車で三分ほどの場所に、木村春枝が大女将を務める旅館「山水荘《さんすいそう》」はあった。看板がなければ、古民家だと思ってしまっただろう。車を降りると、玄関前で打ち水をしている女性の姿が目に入った。打ち水した瞬間に蒸発してしまいそうな気温だが……ゆっくりと腰を伸ばす姿を確認して、沖田は「木村さんですか？」と訊ねた。

「はい？」

「木村春枝さんですね？」

「そうですけど、どちら様ですか」

　旅館の女将にしては妙に猜疑的《さいぎてき》だな、と沖田は不思議に思った。普通、もう少し愛想がいいのではないだろうか……そして春枝は、年齢不詳だった。七十歳かもしれないし、九十歳かもしれない。腰は少し曲がっているものの、顔には若々しさの欠片《かけら》が残っているので、混乱させられるのだ。沖田はバッジを示したが、春枝の疑わしげな表情が消えなかったので、さやかに目配せして対応を任せることにした。彼女は何故か、年寄りに受けがいい。

「警視庁の三井です」

「女の刑事さん？　何だかドラマみたいだね」

途端に春枝が喋り出す。結果が得られるなら誰が相手をしてもいいのだが、自分が完全に無視されたようで、沖田は少しだけむっとした。

「二日前、この近くで遺体が見つかった話はご存じですか？」

「もちろん、もちろん」

春枝がポリバケツを下に置き、さやかに近づいて来た。さやかが思わず引くような勢いで、お喋り好きと言うよりむしろゴシップ好きではないかと沖田は疑った。

「何？　犯人が見つかったの？」

「それはまだなんですけど、ちょっとお聞きしたいことがありまして」

さやかが沖田に目配せする。自分が話していいか、と無言で確認してきた。沖田はうなずいて、そのまま話を進めるよう無言で指示する。さやかがうなずき返し、春枝に向き合った。春枝の目は、明らかな興奮で輝いている。

「七月二十六日のことなんですが」

「先月？」

「そうなんです」

「ちょっと待って」春枝が玄関の戸を引いた。中は土間のようになっており、靴が何足か並んでいる。上がったところの左側に、懐かしいピンクの公衆電話があった。その奥がロビーということなのだろうが、全体に和風で古びた中で、大画面の液晶テレビが違和感を生んでいた。

春枝が声を上げながらサンダルを蹴《け》り脱ぎ、ロビーに上がる。沖田とさやかが土間で待っていると、「上がって下さいよ」と声をかけてきた。

ロビーは薄暗く、外より明らかにひんやりとした空気が流れていた。ロビーというか、居間だ……絨毯《じゅうたん》のざらついた感触が、足裏に鬱陶《うっとう》しい。春枝は、壁のカレンダーに顔を近づけて確認している。

「何日だっけ？」さやかに声をかけてきた。

「七月二十六日です」

「ああ、パソコン教室に行ってた日だね。毎週日曜日、五日市まで行くんですよ」

「その帰りのことなんですけど……こちらへ帰って来たのは夕方ですよね？」さやかが念押しで確認する。

「夕方っていうか、午後七時ぐらい？」春枝が首を傾《かし》げた。「教室で一緒の人と、ちょっとお茶を飲んじゃって。普段より遅くなったんですよ」

「パソコン教室へ通うなんて、すごいですよね」

話をスムーズに進めるためだろう、さやかがさらりと褒めた。だがそれは逆効果――いや、効果的過ぎた。春枝の喋りが一気に加速し、ロビーの片隅にあるデスクに向かうと、自分のパソコンを紹介し始めた。一台がノートパソコン、もう一台が巨大なディスプレーのデスクトップ。スペックの話を始めたので、沖田はうなずきながら聞き流した。パソコンのスペックを話して、何が楽しいのだろう……さやかの表情もゆっくりと引き攣《つ》り始めた。どうやら春枝は、二年に一度はパソコンを買い替えているらしい。そこまで頻繁に買い替える必要はないと思うのだが、パソコン好きの人は、常に最新スペックを追い求めないと気が済まないのだろう。

「ＯＳを入れ替えるのが面倒でね。新しいＯＳが出ると、つい本体も買い替えるんですよ」

「ああ、はい――それで、二十六日のことなんですが」さやかがようやく、話を本筋に引き戻した。

「二十六日が何なんですか」話の腰を折られたと思ったのか、春枝が急に不機嫌な表情になった。

「その日、バスを降りたところで若い女性と会いませんでしたか？」

「ああ――三浦《みうら》さんね」

「まさか、お知り合いなんですか？」名前を知っている？　沖田は思わず身を乗り出した。それなら話は変わってくる。

「一度でも話した人は、知り合いでしょう。人間って、そういうものだから」

「その、バスを降りたところで話しただけなんですか？」

「いえ。その日はうちに泊まりましたよ」


こういうこともある……昨日から追い続けた手がかりがあっさり消えてしまい、沖田は何度も溜息をつきながら、自分を納得させようとした。

「そんな、がっかりしないで下さいよ」さやかが言った。

「お前に慰められるようじゃ、俺もおしまいだな」

反論すると、ハンドルを握るさやかがむっとしたのが分かる。すぐに機嫌を損ねるからな……と思いながら、謝る気にもなれず、頰杖《ほおづえ》をついて窓の外を眺めた。緑一色の光景は目を和ませてくれたが、心のささくれまでは治してくれない。分かっている――途中で手がかりが切れたり、まったく別の話だと分かったりすることは珍しくないのだ。刑事をしているうちに、何十回何百回と経験しているのだが、それでもダメージはある。

春枝が話してくれた三浦美知《みち》の事情は、予想外のものだった。

美知は、自殺志願者だったというのだ。バスの中で、この辺りでは見かけない女性を見つけた時に、春枝は既に違和感を覚えていた。登山客にも見えない若い女性が、一人で檜原にいる――しかも夕方、というか夜になってからバスに乗っていたのは、春枝にすればかなり異様なことだった。ぽつんと一人で座ったのを確認して、知り合いと話しながらも、ずっと様子を観察していた。

バスを降りた時に思い切って話しかけてみたのだが、どうにも要領を得ない。「知り合いに会いに来た」というのだが、集落に向かうでもなく、檜原街道を歩き始めたのが明らかにおかしかった。一度は旅館に戻りかけた春枝は、気になってすぐに引き返し、とぼとぼと歩いている美知を見つけて声をかけたのだった。美知はいきなり泣き出し、死にたくなってここまで来たのだが、どうしていいか分からない、と打ち明けた。それで旅館まで連れて帰り、一晩ゆっくり、酒を呑《の》みながら話を聴いたのだという。

翌朝、美知は一応元気を取り戻して都内の自宅へ帰って行った。春枝は彼女の住所と連絡先を教えてくれたので、後で確認しなければならないが……あくまで念のためであり、彼女が今回の犠牲者とは考えられなかった。

早川は、春枝と一度別れた直後の美知とすれ違ったということなのだろう。時間的にも合っている。これ以上の確認は無理だ、と沖田は諦《あきら》めた。いい手がかりかと思ったのだが……諦めきれない気持ちがわずかにあり、沖田は釈然としない思いを味わっていた。

美知に電話して当日の様子を確認する作業は誰かに任せよう、と弱気になってしまう。

2

「車？　車がどうした」北野が不機嫌そうに訊ねた。

昼食時。電話で話す北野の様子を横目で窺いながら、西川は箸《はし》を使っていた。遺体発見から四日目、捜査は完全に停滞している。沖田が追っていた手がかりは消え、行方不明者と遺体の照合作業も行き詰まってしまった。西川は連日取り調べを続けていたが、相変わらず相澤は何も喋ろうとしない。当然ながら、弁当も味気なかった。昼食の時間は唯一の休憩なのだが、まったく気持ちが休まらない。北野が受けている電話にも、何の意味があるのだろう……。

「林道作業用の道路？　現場の近くなんだな？　それは分かったけど、何で今頃になって気づいたんだ……ああ、なるほど。そんなにしょっちゅう使っているわけじゃないんだな」

北野が手帳にボールペンを走らせる。西川は妙に気になり、箸を置いて立ち上がった。北野がすぐに電話を切り、西川の顔を見る。眉間《みけん》に皺が寄り、普段にも増して厳しい表情になっていた。

「車がどうかしたんですか？」

「持ち主不明の車が、現場近くで放置されていた」

「もしかしたら――」

「いや、まだ分からない」北野が首を振った。「発見現場は、普段は林業関係者だけが利用する道路なんだ。今日、久しぶりに作業に入った人がいて、以前にはなかった車に気づいた」

「ずっと放置してあった可能性もあるんですね？」

「ああ。ちょっと行って調べてくれないか？　うちの連中も向かってるが、もしかしたら重大な手がかりになるかもしれない」

「鑑識の出動を要請した方がいいかもしれませんね」

北野が無言でうなずき、受話器に手を伸ばした。西川は、近くで弁当を食べていた庄田に声をかけ、一緒に現場へ向かうことにした。北野の言う通り、もしかしたらこれが手がかりになるかもしれない——庄田の目がいきなり輝き始めた、あまりにも動きがないので、この情報にすがりたいという気持ちになったようだ。

「あまり期待するなよ」西川は釘《くぎ》を刺した。

「でも、初めてのまともな手がかりかもしれないじゃないですか」

庄田が消沈していたのは西川にも分かっている。沖田が追いかけていた線が途切れたと分かった時、露骨にがっかりした表情を見せたのだ。普通、刑事は「チームワークだ」と言いつつも、自分のことばかりを気にする。他の刑事が手柄を立てると、上辺では拍手を送るが、内心は「どうして俺じゃないんだ」と嫉妬《しっと》の炎を燃やすものだ。逆に誰かが失敗すれば、「ざまあみろ」と顔に出さずに嘲《あざけ》る。ただし中には、庄田のように完全にチームに溶けこみ、他人の失敗を自分の失敗として悔しがる人間もいる。こういう人間がいないと、チームは上手《うま》く動かない。

車が見つかったのは、遺体発見現場から一キロほど東側、檜原街道から北の方へ入って行く細い林業作業用の道路だった。パトカーが停まっていなければ、見過ごしてしまいそうなほど、目立たない場所である。道路の入り口には、既に制服警官が二人立って、警戒していた。関係者以外に、この細い道に入るような人間もいないと思うが。

道路は舗装されているが、タイヤが踏まない中央部分は苔《こけ》むして緑の帯になっている。右側が渓谷——秋川渓谷の支流だろうか——左側は山の斜面で、緑の壁のようだった。所々が石を積み上げた壁になっているのだが、これは崩落防止のためだろうか。しかし、もう長い間人の手が入っていないようで、苔がびっしりと生え、森と一体化してしまっている。途中から、舗装は半ば剝《は》がれてしまい、上の方からちょろちょろと流れてくる水で濡《ぬ》れていた。車を降りると、むっとするような緑の臭いが襲いかかってきて、西川は頭がくらくらするのを感じた。何故か冷蔵庫が放置してあって、一瞬どきりとする。まさか、ここに遺体が……しかし冷蔵庫自体、何十年も昔のもののようだ。古いタイプのツードアで、塗装が剝がれてあちこちが錆《さ》びついている。どうやら人目につかないのをいいことに、勝手に粗大ゴミを捨てている人間がいるらしい。

車はすぐに見つかった。濃紺のプジョー。外車か……目立ちそうなものだが、そもそもここに足を踏み入れる人など滅多にいないのだろう。既に、特捜本部の刑事たちが周辺を調べていた。ドアをこじ開けるのは、鑑識が到着してからか。

西川は先着していた刑事たちに挨拶《あいさつ》して、車をざっと見て回った。背後に回りこむと、「208」のエンブレムがある。恐らくプジョーの中でも一番小さいモデルだろう。雨ざらしだったはずだが、特に外見に変わったところはなかった。

こういう車に乗るのはどういう人間だろう、と訝った。昔は——それこそ西川が二十代前半の頃は、小型ハッチバックというのは免許取り立ての若者が選ぶ車の代表だった。扱いやすいし荷物もたくさん乗せられる。それがフランス製となると、何となくお洒落《しゃれ》な感じもしてくるのだが……。

「こいつはいくらぐらいするのかな」

庄田は車に詳しかったと思い出し、聞いてみた。庄田は「一番安いモデルで二百万円ぐらいですかね」とあっさり答えた。

「ずいぶん安いな。外車って感じじゃない」

「向こうでは、このクラスは完全に実用車ですからね」

「そうか……日本で言えば軽自動車の感覚かな」

「そうですね。一番小さいモデルなんて、今は一・二リットルの三気筒エンジンですよ」

「三気筒エンジンなんてあるんだ」西川は車にそれほど詳しくない。というより、仕事でつき合う以外にはほぼ関心がない。

「最近は、どのメーカーもエンジンを小型化して燃費効率を上げる方向に向いてますから」

「だったら二気筒でもいいんじゃないか？　バイクみたいに」

「それだと、振動を押さえるのが大変だと思いますよ」

うなずき、ドアのウィンドウから車内を覗《のぞ》きこむ。持ち主を想像させるものは……後部座席に新聞が放《ほう》り出してあった。畳んであるので日付は分からないが……その他には何もない。持ち主が男性なのか女性なのかも分からなかった。ゴミでも落ちていれば、そこから何となく推測できるものだが。車検証を見れば一発なのだが、そのためにはロックを解除せねばならず——ドアハンドルを引くと、鍵はかかっていなかった。

「ドアを開けてみよう」西川は、近くにいた特捜本部の刑事に言った。

「いや、しかし……鑑識を待った方がいいんじゃないですか」刑事が反対する。

「ロックされてなかったから、ここで開けても影響はないよ。指紋を残さなければ、それでいい」

「本当にいいんですか？　追跡捜査係で責任を取ってくれるんですか？」

下らないことを……西川は一瞬、頭に血が昇るのを意識した。誰が責任を取るとか取らないとか、どうでもいい話ではないか。躊躇《ためら》っている間にも、真相は遠のいてしまう。しかし言い合いをする時間すら惜しく、西川は「俺が責任を取るから」と言い切った。反対していた刑事は、薄ら笑いを浮かべている。これで大事な証拠を失いでもすれば、追跡捜査係の評判は地に落ちる、と思っているのかもしれない。自分で努力せずに、相手の失敗を待っているのは馬鹿馬鹿しい限りだが……。

西川はラテックス製の手袋をはめ、ドアに手をかけた。何かしかけがしてあるのでは、と一瞬動きが止まってしまったが、思い切ってドアを引く。中にはむっとするような熱気が籠《こも》っていたが、特に異臭はしない。少しだけほっとして、振り返って庄田に合図する。心得たもので、庄田はすぐに後部座席のドアを開けた。当然、中には入りこまず、まず新聞を取り上げる。それを確認して、西川もドアを開けてグラブボックスを確認した。中から車検証を引っ張り出す。

車のオーナーは野田久仁子《のだくにこ》、住所は三鷹市になっていた。西川は、先ほど文句を言った刑事に車検証を示した。

「この女性に心当たりは？」

「あ……」すぐに何かに気づいたようで、刑事が手帳を引っ張り出す。挟んであった紙を取り出して広げ、首を折るようにして覗きこんだ。「いました」

「チェックしていた行方不明者か？」

「ええ。確か、実家が栃木の人ですね。ご両親が行方不明者届を出しています」

「当たり、かな」西川はぽつりと言った。内心はかなり興奮しているのだが、こんなことで大喜びするわけにはいかない。仮に「当たり」でも、捜査はようやく第一歩を——小さな一歩を踏み出すだけなのだ。「すぐにチェックだな。家族には接触したんだろうか」

「電話では話を聴いていると思いますが……」刑事の顔が歪《ゆが》んだ。確認のためには遺体を見てもらう必要があるが、半ば腐敗している。面会は地獄だろう。出来ればＤＮＡ鑑定で確定させたい。実家には、照合対象がいくらでもあるはずだ。

「西川さん」

庄田が呼びかける。新聞を広げ、日付を確認していたようだ。

「いつの新聞だ？」

「七月九日です」

西川は携帯電話を取り出し、カレンダーを確認した。木曜日……世間が夏休みに入る前で、しかもまだ梅雨は明けていなかったはずだ。ということは、この辺にはほとんど人出はなかったはずである。そして何より大事なのは、これで相澤に対する容疑が深まったことだ。

七月九日には、相澤はまだ逮捕されていなかった。


この事実を相澤に突きつける前に、西川たちは車の持ち主の身元確認作業に追われた。

野田久仁子、二十七歳。高校卒業と同時に栃木市の実家を出て、都内の大学に進学。卒業後は旅行会社に就職して総務畑を歩き、二年ほど前からは海外ツアー担当の「旅行二部」で働いていた——そこまでは、行方不明者届を見ただけで分かった。

栃木に住む両親が、すぐに上京することになった。遺体との面会については無理強いできなかった——特捜としてはむしろやめた方がいいと忠告したのだが、特に父親の方が、絶対に自分で確認したいと言い張っているという。両親がそこまで言うなら、拒否もできない。念のために、ヘアブラシなどがあれば持って来るように依頼する。一人暮らしの部屋でも、ＤＮＡ照合のための素材は手に入るはずだが、念には念を入れ、だ。

両親の対応には、さやかが選抜された。特捜の中で唯一の女性刑事という事情からだが、本人はぶつぶつ文句を連ねた。

「女だからって、被害者の両親が安心するとは思えないんですけど」

「性別は関係ない。君の場合は、当たりが柔らかいからだよ」西川は宥《なだ》めた。実際には相当気が強く、相手に辟易《へきえき》されることもしばしばだったが。

「まあ、いいですけど……」両親を迎えるために、さやかともう一人の刑事が車で大宮まで向かった。栃木市から電車を乗り継いで来ると、相当な時間がかかる。大宮まで来てもらえば、あとは高速道路を乗り継いで一時間半ほどだろう。

数人の刑事と鑑識課員が、三鷹にある久仁子のマンションに向かった。西川は沖田と組んで、久仁子が勤めていた旅行会社で事情聴取をすることにした。一人暮らしの女性のことを一番よく知っているのは、恋人か会社の同僚である。行方不明者届を見ただけでは、恋人がいるかどうか分からないから、ここは会社の同僚に頼るしかない。

新宿にある会社に着くと、沖田が「ここはお前に任せるから」と素っ気なく言った。

「何で遠慮してるんだ」

「ちょっと気分が乗らない」

この男でもそんなことがあるのか、と西川は驚いた。常に前のめり、後ろから首根っこを摑《つか》んでおかないと、いつ暴走するか分からないタイプなのに。まあ、余計なことを言われるよりはましだろう。西川は気合いを入れ直して、歩き始めた。ただし、車を停めた場所から本社ビルまで歩く五分で汗だくになり、多少気合いが削《そ》がれてしまったが。

どういう具合に事情聴取を進めるか……車の中で検討してきた通り、まずは直属の上司に話を聴くことにした。同僚からは、その後で個別に事情聴取したい。上司の目があると、本音を出しにくいのだ。

最初に対応してくれたのは、旅行二部課長の峰《みね》という男だった。どことなく線が細い感じがするのは、モノではなく旅行という「サービス」を扱う会社の人間だからだろうか、と西川は想像した。こういうタイプの人に対しては、強引に押してはいけない。

「あの……間違いなく野田さんなんですか?」最初に峰が切り出した。

「まだ確認中です。それほど時間はかからないと思いますが、まず間違いないと思います」

「そうですか……」峰が溜息をつく。厳しく事情を聴ける雰囲気ではなく、西川は淡々と、柔らかくいこうと決めた。

「ご両親が行方不明者届を出したのは、七月十三日でした。その前後の状況を教えていただけますか」

「はい」峰が手帳を繰った。「野田さん、その前の週の木曜日……九日から無断欠勤していたんです」

「珍しいことですか?」

「そうですね。病欠もほとんどない人だったので、おかしいと思って……金曜日も休みで、連絡が取れなかったので、その日は家まで様子を見に行ったんです」

「ずいぶん面倒見がいいというか、動きが早いですね」普通、二日無断欠勤したぐらいでは家まで行かないのではないだろうか。

「ええ、あの、実は野田さん、重要プロジェクトを抱えていまして。社内の話なので詳しくはお話しできないんですが、彼女がいないと動かなくなる感じでした。それでどうしても見つけなければいけないと……」

「家にはいなかったんですか？」

「いませんでした。そこまでやるのはどうかと思ったんですが、管理会社に連絡して、オートロックの記録を確かめてもらったんです。九日の朝に家を出て以来、帰っていないようでした」

よく教えてもらえたものだ、と感心する。峰という男は、頼りがいのない外見と違って、交渉能力に長《た》けているのかもしれない。ここは持ち上げておこうと、西川は「大したものですね」と言った。

峰の顔がすぐに赤くなる。

「いや、それをやったのは私ではなく……弊社では、そちらのＯＢの方に来ていただいていますので」

保安担当というやつか、と合点がいった。多くの会社が、警察ＯＢを社員や顧問に抱えている。会社には、いろいろな人間が攻撃をしかけてくる。単なる因縁の時もあるし、株主総会のトラブルもあるのだが、そういう時にまず交渉の前面に立ち、事件になるような話ならば警察との橋渡し役になるのが、ＯＢの役目だ。天下りとも言えるのだが、企業の自己防衛のためには必要な存在である。

「どなたですか？」自分が知っている人間かもしれない、と思って西川は訊ねた。

「捜査二課にいらっしゃった船岡《ふなおか》さんという方なんですが」

「そうですか……すみませんが、存じません」

「ああ」気の抜けた声で峰が言った。

「それはそれとして――とにかく野田さんは、自宅にいなかったんですね」

「ええ。車もなくなっていました」

「プジョーの２０８」

「そうです」手帳に視線を落としながら峰が答える。

「実家に連絡したのは、月曜日ですね」

「ええ。一応、週末は様子を見ようと思いまして」説明してから、探るような視線を西川に向ける。「まずかったでしょうか」

　心配するのも当然だ、と西川は納得した。自分たちの判断が間違っていたから久仁子が殺されたとなったら、一生罪悪感に苛《さいな》まれるだろう。峰は、そういう事実を必要以上に重く受け止めてしまいそうなタイプである。

「いや……」西川は人差し指で眼鏡を押し上げた。この先の話は、打ち明けていいかどうか微妙なところである。捜査の基本にかかわることで、第三者である峰に話すと、支障が生じる可能性もある。しかし話を円滑に進めるために、思い切って話すことにした。「実は、野田さんの車の中に、七月九日の日経新聞が残っていました。だから彼女は、その日までは生きていた可能性があると思うんです」

峰が無言で、息を吐き出した。一安心したといった様子で、薄い笑みを浮かべる。

「ご両親へは、いつお話ししたんですか」

「十三日の午前中です。結局その日も出社しなかったもので……ご両親はすぐに上京して、弊社までいらっしゃいました。それで一緒にマンションに行って、中を確認して」

「ご両親は部屋の鍵《かぎ》を持っていたんですね」

「ええ」

親子とはいえ、鍵まで渡すのは珍しい。特別に仲がよかったのだろうか。

「部屋の中は、どんな様子でしたか」まずいな、と思いながら西川は訊ねた。会社の人間や両親が部屋をひっくり返していたら、鑑識の連中が嘆くだろう。素人がいじったら、犯罪の痕跡《こんせき》は消えてしまう。

「綺麗《きれい》に片づいてました。あの、私が見た限りでは」

「争ったような痕跡はない？」

「ないと思います。私は素人なので、よく分かりませんが」

荒らしたんですか、と聴こうとしたが、質問を呑みこんだ。今さらそれを確認しても意味があるとは思えない。西川は手帳のページを一枚めくり、質問を変えた。

「野田さんの交友関係ですが……独身ですよね」

「ええ」

「恋人は？」

「それは……私は把握していません」

西川は顔を上げ、峰の目をまじまじと見た。途端に峰が顔を赤くし、「今はそういうことを聞いただけでもセクハラになるんですよ」ともごもごと言い訳した。

「分かります。ちょっと息苦しい世の中になりましたよね」

西川が同調すると、峰がほっとした表情でうなずいた。

「ですから、恋人がいないとは言いきれないんです。私が知らないだけで」

「その辺の事情は、同僚の方がご存じですかね？」

「何とも言えませんが、そこは聴いていただければ」

「分かりました。では、次の方をお願いします」

腰を浮かしかけた峰が、また椅子に座った。

「私も立ち会いたいんですが」

「それはちょっとご遠慮いただけますか」西川は硬い声を出した。「率直な意見をお聴きしたいので……上司の方がいると、何かと緊張するものですからね」

「……分かりました」

「ご心配なく」突然沖田が声を上げた。「取って食うような真似《まね》はしませんから」

余計なことを――西川は横目で沖田を睨《にら》んだが、沖田は気づく様子もない。あるいは無視している。蒼《あお》い顔で峰が退室した後、西川は思わず文句を言った。

「怖がらせなくてもいいじゃないか」

「あれぐらいで怖がる方がおかしいんだよ。気に食わないね」

「何かおかしなことでもあったか？」西川は慎重に訊ねた。自分が分からなかった異変に沖田が気づいたとしたら、正直悔しい。やはり、この男には負けたくないのだ。

「いや、特には」沖田が腕組みをした。

もったいぶったことを言いやがって……文句を言おうとした時、小さな会議室のドアをノックする音が響いた。西川は立ち上がり、「どうぞ」と声をかけた。ドアがゆっくり開き、恐らく久仁子と同世代の女性が遠慮がちに入って来た。瞬間、西川は「まずい」と判断した。既にハンカチを顔に押し当て、泣き顔である。まともに事情聴取できるかどうか、自信がなくなった。かといって、沖田に任せればもっと面倒な状況になりそうで……泣いている女性は苦手なのだがと思いながら、西川は腹を決めた。ここは自分で何とかしないと。

女性が椅子に浅く腰かけた。

「お名前からお願いします」

女性は名乗らず、手にしたままの名刺をそっとテーブルに置いた。本島亜希《もとじまあき》。所属は久仁子と同じ旅行二部である。

「同僚なんですね？」

「一年後輩です……あ、私が」

かすれる声で亜希が言った。緊張してはいるが、一応きちんと話はできそうだと、西川は少しだけほっとした。

「野田さんが会社に出て来なくなる前のことですが、何か変わった様子はなかったですか」

「ええ、あの……」言いにくそうに、亜希が体を揺らす。

「何でも構わないんです。事実ではなく、印象でも」

「ストーカーが……」

「ストーカー？」

沖田が言って、思い切り身を乗り出した。恐怖を感じたのか、亜希が身を引く。西川は腕を伸ばして止めようとしたが、沖田は意に介する様子もない。やや甲高い声で畳みかけた。

「誰かにつきまとわれていたんですか？　警察には届けたんですか？」

「届けてない……と思います」

沖田が西川の顔を見た。何だこれは、とでも言いたそうな表情。西川は首を横に振った。この程度の情報では、何のことか分からない。直後にうなずき、このままお前が進めろ、と合図した。質問者がころころ変わると、向こうも混乱する。

「あなたは、そういう話を聴いていたんですね」沖田が念押しした。

「はい」

「どんな感じのストーカーだったんですか？」

「家に無言電話がかかってきたり、誰かが待ち伏せしているような感じがするって……待ち伏せは、直接確認したわけではないようでしたけど」

「なるほど。野田さんに恋人はいたんですか？」

「……はい」

「かなり深い関係でしたか？　例えば結婚を前提にしてつき合っているとか」

「いえ、まだそういう感じではなかったと思いますけど」亜希がようやくハンカチを顔から離した。

「つき合ってどれぐらいになるんですかね」

「たぶん、一年ぐらいじゃないでしょうか」

この手の話題なら楽に話せるようだ、と西川は判断した。もっとも、恋人よりもストーカーの存在が気になるのだが。

「あなた、その恋人に会ったことはありますか？」

「あります」

「そうですか」沖田の声に勢いが増した。「どういう状況だったんですか」

「あ、あの……会社の前で彼と待ち合わせしていたみたいで。私は久仁子さんと一緒に会社を出たんですけど、その時に『あの人だから』って言って紹介してくれて」

「どんな感じの人ですか？」

「普通に感じのいい人に見えましたよ。三歳年上だって、久仁子さんは言ってました」

「上手くやってる感じでしたか？」

「そうですね、仲良さそうでした」

「それがいつ頃ですか？」

「三か月ぐらい前……ゴールデンウィークが終わってからでした」

「なるほど。それで……」沖田がゆっくりと手を解いた。「その恋人の名前は？」

「あまり脅すなよ」事情聴取を終え、西川は沖田に警告した。

「緩急自在の急の方、と言ってもらいたいね」沖田が肩をすくめ、手帳を広げた。「まあ、いいじゃないか。恋人の存在が分かったんだから」

牧野《まきの》靖貴《やすき》、三十歳。製鉄会社に勤めるサラリーマンで、久仁子とは出会い系サイトで知り合ったという。出会い系サイト、というところで西川は引っかかった。犯罪の温床ではないか。それを指摘すると、沖田が声を上げて笑う。

「まったく、これだからオッサンは……頭が固いんだよ」

「何がオッサンだよ。同い年だろうが」

「俺の知り合いで、出会い系サイトで知り合って結婚した人間が二組いる。どちらも、その後は幸せに暮らしましたとさ」

「そっちが例外じゃないのか」

「出会い方は関係ないんだよ……さて、この恋人にご対面といこうか」沖田が覆面パトカーのドアに手をかけた。「直接会社に行くしかないな」

「ああ」西川は腕時計に視線を落とした。既に午後四時。上手く立ち回らないと、相手を摑まえ損ねる。なにしろ牧野の会社は川崎にあるのだ。新宿から川崎——近いようで遠い。しかし、事前に電話でアポを入れるのは避けたかった。急襲して、「素」の反応を見たい。

助手席に乗りこんだ瞬間、携帯が鳴った。北野だった。沖田にちょっと待つように合図してから電話に出る。

「西川です」

「ご両親が遺体を確認した」

「……そうですか」

「念のためにDNA型の鑑定もするが、まず間違いない……会社の方、どうだった？」

「つき合っていた男がいたようですね。これから会ってみます」

「分かった。今、沖田と一緒だな？」

「ええ」

「お前、ちょっとこっちへ戻ってくれないか？　今晩、相澤をまたあきる野署へ移送する。

遺体の身元が分かったことをぶつけて、反応を見たい」

「はあ」正直、相澤との対決にはうんざりしていた。本音がまったく読めない……こういう容疑者は珍しい。のれんに腕押しとはまさにこのことで、顔を見る度にストレスが積み重なって胃が痛い。西川はひそかに、胃潰瘍《いかいよう》についてネットで検索を始めていた。

とはいえやはり、途中で投げ出すわけにはいかない。相澤が依然として、最初の死体遺棄事件の容疑者であることに変わりはなく、しかも新たな疑いが出てきた……おそらく、久仁子の遺体が山中に埋められた時には、相澤は逮捕されていなかった。自由の身で、普通に動けていた——これは強力な材料になる。

「分かりました。今新宿ですから、一時間半ぐらいで戻れると思います」

「頼む」

北野もずいぶん弱気になっているものだと思いながら、西川は電話を切った。重要な容疑者を取り調べて自供を引き出すなら、部下に任せようと考えるのが、強行班の係長として当然だろう。それを西川に頼むとは……自分の腕が認められているのはありがたい話だが、強行班はそこまで人手不足なのだろうかと心配にもなる。

沖田に事情を話し、思いついて「やり過ぎるなよ」と忠告する。

「お前こそ、な」沖田がさらりと言った。

「俺がいつやり過ぎた？　その忠告は意味がないぞ」

「今回、お前は相澤に固執し過ぎてるんだよ。そこまでこだわる理由が分からない。勘違いや思いこみは危険だろう」

「分かってる」

分かってはいるが、心に根づいた疑念は、簡単には消えてくれない。

3

さて、これで少しだけ楽になった。

西川と一緒だと、沖田はどうしても気詰まりになる時がある。容疑者や参考人へのアプローチが違うので、話しているだけでもぶつかりがちなのだ。沖田に言わせれば、西川は甘過ぎる。相手の立場を考えるばかりで、調べが止まってしまうことも少なくないのだ。

「さっさとやるか」独り言をつぶやいて、沖田はアクセルを踏みこんだ。首都高四号線から環状線を通り、一号線へ。まだ夕方の渋滞は始まっておらず、スムーズに走れた。浜川崎で首都高から降り、そのまま海側にある工業地帯へ向かう。どこを見ても同じような光景が広がっているだけだが、何とか牧野が勤める製鉄会社に辿り着いた。ここに本社機能と「川崎工場」がある。

受付で一悶着《ひともんちゃく》した後——警備員は「アポがないと会えない」と言い張った——ようやく構内に入る。「東京ドーム●個分」という表現がいかにも相応《ふさわ》しい広さで、指定された駐車場に車を停めると、本社の社屋まで相当歩いて行かねばならないことが分かった。もっと近いところも空いているのに。クソ、さっきの警備員、意趣返ししやがったな……しかし駐車場のナンバーを書いたカードを渡されているので、他の場所に停めるわけにもいかない。

太陽は少し西側に傾いているものの、陽射《ひざ》しは依然として強い。しかも製鉄所なので、脳天を直撃するような騒音があちこちから聞こえてくる。ここで働く人たちは、この騒音に慣れてしまったのか、それとも耳栓でも使っているのか……俺には絶対無理だな、とハンカチで汗を拭《ぬぐ》いながら沖田は思った。

本社ビルのロビーに入った途端、冷房に全身を包まれ、ほっとする。ここにも受付があり、用件を告げると、受付の女性がすぐに電話をかけてくれた。表情は引き攣ったままだったが。

五分ほど冷房の感触を楽しんでいるうちに、牧野らしい男がエレベーターホールから走って来た。ＩＣカードをゲートに翳《かざ》して外に出ると、きょろきょろと周囲を見回す。俺のことが分からないようだな……しかし沖田は声をかけずに、しばらく観察することにした。牧野は受付の方へ走って行って、すぐに確認し始める。

落ち着きのない男だな、というのが第一印象だった。ノーネクタイで、薄い青のシャツ姿。脇の下に染みができているのに沖田はすぐに気づいた。これだけ冷房が効いているのにあれだけ汗をかくのは、異常に緊張している証拠である。おいおい、イケメンさんが台無しだぜ……細面の、いかにも今風の若者なのだ。

ってきた。

「どうも、お待たせしまして」

声は少し甲高い。地声なのか、それともこれも緊張のためなのか……沖田はふいに、この男も現段階では容疑者の一人なのだと意識した。あまりいい印象がないのだが、今はそれは脇においておこう。これから告げる事実が、牧野にどんな影響を与えるか、心配にな

「警視庁捜査一課の沖田です。ちょっと座りませんか」

立ったままで話をするのは危険だ……ロビーにベンチが何脚か置いてあるのは確認していたので、沖田はそこに座るように勧めた。牧野は沖田の誘いに素直に乗り、受付から一番遠く離れたソファに腰を下ろした。既に嫌な予感を覚えているのか、体を斜めにして沖田の方を向いているのに、目は泳いでしまっている。沖田は、近くのベンチに人がいるのが気になった。話を聞かれたくないのだが、いつまでも適当な話題でつなぐわけにもいかないだろう。思い切って、淡々と事実を告げる。

「野田久仁子さんが遺体で発見されました」

「ああ……」

牧野の嘆息は、風船から空気が漏れるような音だった。右手をソファにつき、必死で体を支える。その右手が痙攣《けいれん》するように震えているのに沖田は気づいた。

「発見された、というのは正確ではないんです」事実は事実として告げておかないと。沖田は訂正にかかった。「実は、檜原村で身元不明の遺体が見つかりまして……それが野田

さんだと見られています」

「檜原村」牧野がぽつりと言った。「檜原って、東京の西の……」

「一番西ですね」

「何でそんなところで？」牧野の両目には涙の膜が張っていた。泣き出すのは時間の問題だろう。

「それは、現在調査中です。野田さんは、檜原に何か縁はありませんでしたか？」

「ないです……いや、ないと思います」野田が自信なげに言った。

「車で出かけたようなんですが、彼女の愛車、プジョーですよね？」

「はい……でも、何で檜原なんかに？」

「それは今、調べています。檜原で、車が発見されたんです」

「彼女に会えますか？」

「それは……」会わない方がいい。恋人とはいえ、半ば腐敗した遺体と対面するのは耐えがたいだろう。遺体を確認した両親の我慢と哀《かな》しみを想像すると、沖田は「イエス」とは言えなかった。

「会えませんか？」牧野がぐっと体を近づけてきた。

「会えるかどうかは、あなた次第なんです」

「どういう意味ですか？」目を細めた拍子に、とうとう涙が零《こぼ》れる。

「埋められていたんです。山の中に」

「ああ……」牧野が両手を広げて、そこに顔を埋めた。肩が震え始め、やがてそれが全身に広がっていく。

こういう場面に、沖田は何度も立ち会っている。自分で被害者の死を告げ、遺族の悲しみを受け止める——しかし何十回、何百回経験しても慣れるものではない。沖田は、こみ上げてくる酸っぱいものを何とか呑み下し、牧野が落ち着くのを待った。

何がきっかけになったかは分からないが、牧野は取り敢《あ》えず落ち着きを取り戻したようだった——完全にはでないが。そしてすぐにあきる野署へ行く、と言い出した。しかし冷静でないのは、いきなり出発しようと言い出したことからも明らかだった。それを指摘すると、牧野は動揺して、どうしていいか分からなくなったようなので、沖田はすぐに「一応、上司に一言報告した方がいいと思いますよ」とアドバイスした。既に午後五時を回っており、もう就業時間ではないかもしれないが。

一旦《いったん》沖田と別れた牧野は、わずか三分で戻って来た。左手に鞄《かばん》、右手に上着を持ち、ほぼ全力疾走で走って来る。あまりにも勢いがつき過ぎて、滑りやすいロビーの床で、一度転びそうになった。だが何とか姿勢を立て直すと、沖田の直前でブレーキをかける。「お待たせしました」という声は、完全に裏返って息切れしていた。

「車で来ていますから、そのまま行きましょう」言いながら、沖田は頭の中で首都圏の高速道路網を展開していた。これから都心部に戻り、中央道を使ったら混雑に巻きこまれるだろう。緊急走行しても、どれだけ時間がかかるか分からない。こういう時には圏央道か……東名高速の海老名《えびな》ジャンクションで乗り換えればいいのだが、東名までのアプローチが分からない。

「ここから東名に乗るには、どうしたらいいですかね」沖田はわざとのんびりした口調で訊ねた。

「え？」まったく想定外の質問だったらしく、牧野がぽかりと口を開けて立ち止まってしまう。

「いや……ある野署まで行くのに、圏央道を使いたいんですけど、神奈川県の道路には詳しくないんですよ」

「ああ、それだったら、保土ヶ谷からバイパス経由だと早いですよ。この時間だと、まだ渋滞していないはずですから」

「ちょっと道案内をお願いできますか」

「私がですか？」不審げな口調で牧野が訊ねる。

「あなた、神奈川県内の道路事情には詳しそうだから」

「それはそうですけど」

牧野はまだ不満そうだったが、沖田は「お願いします」と言い切った。こういう時、ただ助手席で座っているだけだと、哀しみに押し潰《つぶ》されてしまう。何か仕事があれば——それが簡単な道案内であっても、少しは気が紛れるだろう。

沖田はオーバースピード気味に覆面パトカーを走らせた。幸い、神奈川県内の首都高も保土ヶ谷バイパスも空いており、ほとんど渋滞に引っかからずに東名に乗ることができた。あとは一時間ほど車を飛ばせば、あきる野署に着く。

高速に乗ってほっとしたところで、沖田はまた牧野に話しかけた。

「野田さんとのつき合いは長いんですか」

「一年ぐらいですかね」

「きっかけは？」こういう質問を何十回しただろう。警察の仕事でなければ気軽な話題なのだが、沖田が恋の話を持ち出すのは、大抵誰かが死んだ時だ。

「ああ、あの……出会い系サイトなんですけど、別に不真面目《ふまじめ》なものじゃありません」

「婚活サイトのようなものですか？」沖田は合いの手を入れた。既に知っていた答えだったが。

「それに近いです。そろそろ身を固めないといけないなと思って……係長になる話が出てるんですよ」

「三十歳で係長は早くないですか？」

「まあ、遅くはないです……」遠慮がちに牧野が言った。「それで、身を固めた方が上の受けがいいって、上司に言われまして」

「今時、そんな話があるんですか？」警察ではよく聞く話で、沖田も一時は散々上司から結婚を勧められた。いつしかぱったり聞かなくなったのは、ついに婚期を逃したと上層部が判断したからかもしれない。

「うちみたいな重厚長大産業は、体質が古いんです。女性は今も、結婚したらだいたい辞めますしね」

「今時、警察でもそれはないですよ」できるだけ軽い調子でいこうと、沖田は気さくな口調で返事した。牧野には、とにかく喋っていてもらいたい。そうすることで気も紛れるはずだ。

「そうなんですか？　公務員の人の方が大変そうな感じですけど」

「警察も段々変わってきてますからね。それであなたは、出世のために奥さんを見つけようとしたんですか？」

「いや、まあ、露骨に言えばそういうことだったんですけど、久仁子さんは素敵な人でしたから」

「上手くいったわけですね」

「ええ。出会い系サイトも馬鹿にしたものじゃないです」

「分かりますよ」沖田は相槌《あいづち》を打った。「もう、結婚を前提におつき合いしていたんですか？」

「まだはっきりしたことは言ってませんでしたけど、私はそのつもりでした」

「彼女も？」

「たぶん……向こうのご両親にも挨拶に行きましたし」

「だったらもう、結婚間近っていう感じじゃないですか」

「プロポーズしようと思ってたんです」牧野の声が震え始める。「夏休みに旅行に行って、そこで……でも彼女が行方不明になってしまって」

まずい。結局泣かせてしまった。だが、運転しながらでは、できることに限りがある。沖田は頰《ほお》の内側を嚙みながら、静かに時が過ぎるのを待った。ちょうど車は東名から圏央道に入るところだ。東名からこのルートに乗るのは初めてなので、少し集中しないと……夕陽がちょうど目を焼く時間帯でもあるし。

圏央道に乗ると、牧野はようやく落ち着いた様子だった。しゃくり上げる声が聞こえなくなるのを待って、沖田は質問を再開した。

「彼女が行方不明になったのは、いつ知ったんですか」

「七月十三日です」

「月曜日ですね……どういう経緯で？」

「彼女のご両親から連絡があって……」

「週末は一緒じゃなかったんですか」

「前の週は、香港《ホンコン》へ出張していたんです。戻ったのが日曜日……十二日の夜で。その日はそのまま家に戻ったんです」

「彼女と連絡は取らなかったんですか」だとしたら少し不自然……不思議だ。最近は——特にスマートフォンが普及してからは、それこそ二十四時間三百六十五日、人とのつながりが保たれているし、そういう状態の中毒になっている人も多い。

「ええ。出張中はちょっと忙しいんで、連絡は取れないって予《あらかじ》め言っておいたんです。帰る日に、香港の空港からＬＩＮＥでメッセージは送っておいたんですけど、それには返事がなくて。未読のままでした……元々、あまりすぐに反応するタイプでもないんです」

そういえば久仁子の携帯は見つかっていない。携帯からは、様々なことが分かるのだが……遺体を全裸にして遺棄するような犯人だから、その辺は抜かりなく処分しているに違いない。

「じゃあ、行方不明になる一週間ぐらい前から連絡は取ってなかったんですね？」

「最後に会ったのは、前の週の日曜……出張に行く前の日でした」

カレンダーが頭にすっかり入っているので、五日だとすぐに分かった。しかし久仁子が会社に出て来なくなったのは九日の木曜日だから、この辺の話はあまり参考にならない。

「ご両親からは、どんな風に連絡があったんですか」

「連絡が取れなくなったんだけど、知らないかって……びっくりしました。彼女のご両親も、会社から教えられて初めて知ったそうで、こっちも何のことか分からなくて」

「それはそうでしょうね」ハンドルを握り締めたまま、沖田はうなずいた。車が少ないせいか、いつの間にか百二十キロまで出てしまっている。アクセルを踏む右足から力を少しだけ抜いた。

「ご両親が行方不明者届を出したのはご存じですね」

「ええ、もちろん」

「その後、どうしたんですか」

「ビラを配ったりしたんです」

「ビラ？」少し大袈裟《おおげさ》だな、と沖田は思った。その時点では、事件に巻きこまれたと決まったわけでもないのに……普通、もう少し状況がはっきりしないとビラ配りなどしないのではないだろうか。成人女性が行方不明になる事件など、しばしば起きている。

「彼女の家の最寄駅とか、会社の近くとか……ご両親が必死になっていたんで、僕も何か手伝いたいと思って」

「それは、放っておけないですよね」相槌を打ち、沖田はまたアクセルを踏む右足に力を入れた。「ちなみに今日、ご両親はあきる野署にいます」

「そうなんですか……」暗い声で牧野が応じる。「会わないといけないでしょうね」

「会いたくないんですか？」

牧野が溜息をついた。ちらりと横を見ると、額に拳《こぶし》を押し当ててうつむいている。

「行方不明になった時、ご両親、すごくショックを受けてましたから。今もそうなんでしょうね……きついです」

沖田は無言でうなずいた。沖田自身は会っていないが、「大変な」という形容詞では足りない衝撃を受けていることは容易に想像できる。一人娘がいなくなって一か月以上。いきなり「山の中に埋まっていた」と知らされた瞬間、少しは残っていた希望は一気に砕け散っただろう。いつかは誰かが教えなければならないとはいえ、警察官であることの辛さはまさにそこにある。被害者の遺族と向き合う――これさえなければ、ストレスの八割は消えるんだが、と沖田は思った。殺人事件を担当する捜査一課の宿命には、いつまで経《た》っても慣れない。牧野は「恋人」であって家族ではないのだが、それでも彼の哀しみは、波のように伝わって沖田の心も濡らした。

「久仁子さん、どんな人だったんですか？」

「明るい人でしたよ。料理が得意で……本人も、結婚願望は強かったんです。この二年ぐらいで、周りの友だちがばたばた結婚して、自分だけ取り残されたような気分になっていたそうです」

「最近の感覚では、結婚が早くないですか？」

「そういうのは、人それぞれなので……僕は、三十歳になるんだって意識したら、急に焦りました」

　焦る必要があったのだろうか、と沖田は訝った。線の細い爽やかな顔は、いかにも最近の若い女性に受けそうな感じである。何も出会い系サイトを使わなくても、女性と知り合うチャンスはいくらでもありそうなのに――しかし、この場で持ち出すのに適切な話題とは思えず、沖田は言葉を呑みこんだ。

　その後は会話も弾まず、沖田も途中からは無言を貫いた。車を運転しながらでは雑談しかできないし、その中で重要な話が出てくるとは思えなかったからだ。ちらりと横を見ると、ショックに押し潰されて疲れてしまったのか、牧野はじっと目を閉じている。しかし、しきりに右手で左の指先を弄《いじ》っているので、寝ていないのは分かる。この先、この男に待っているのは長い不眠だ。安らかな眠りを取り戻すのは、ずっと先になるだろう。

あきる野署に着いた時には、すっかり暗くなっていた。身元が判明したというので、今日はさらにマスコミの数も多く、署の前の檜原街道は中継車やハイヤーで埋まっている。まあ、こうやって車で裏から入って行く限りは見つからないだろう。マスコミの連中は、意外に視野が狭いものだ。目の前のことに集中していると、他のちょっとした動きは視界に入らなくなる。

「マスコミの連中がいますから、気をつけて下さい」沖田は忠告した。

「え」久しぶりに聞いた牧野の声はかすれていた。「何か聞かれるんですか？」

「大丈夫だと思います。あなたの名前はマスコミに漏れていませんから……万が一ですが、何か聞かれても何も答えないで、とにかく速く歩いて下さい。二階へ上がってしまえば、連中も追いかけて来ませんから」

「……分かりました」牧野の喉仏《のどぼとけ》が上下する。

車のドアを開けようとして、沖田は今まで牧野に確認しなかった情報を思い出した。こんな場所で、とも思ったが、今後二人きりになるチャンスがあるかどうか分からないので、確かめておくことにする。

「一つ、聴かせてもらっていいですか？」

「何でしょう」自信なげに牧野が言った。

「久仁子さんなんですが、ストーカーの被害に遭っていませんでしたか？」

「ストーカー？」脳天から突き抜けるような甲高い声だった。「何ですか、それ」

「そういう情報があるんです。あくまで情報で、確定した話ではありませんが」

「聞いてないです」牧野が消え入りそうな声で言った。「その情報、嘘《うそ》じゃないんですか？　だって本当なら、僕は聞いているはずですよ。二人の間には、秘密なんかなかったですから……」

そうとも限らない。確かに生前の久仁子に一番近い存在だったのは、牧野だろう。互いに結婚を意識するほどの関係。しかし亜希はまた、違う立場である。恋人や夫には言えないことでも、同性の友人に打ち明けるのは珍しくない。いや、そういうことはしばしばある。

「本当にストーカーなんかいたんですか」牧野が食い下がった。

「あくまで情報です。まだ確認は取れていません」この話題はこれで打ち切りだ、と沖田はぴしりと言った。牧野が不機嫌な表情になるのが分かったが、無視して車の外へ出る。情報の真偽は……何とも言えない。

幸い、マスコミの連中は見当たらなかった。後から降りてきた牧野が、首をすくめたまま庁舎へ向かって歩き出す。沖田は彼の前に出て先導し、庁舎に入った。

一階の警務課付近に、マスコミの連中が固まっている。副署長が応対しているが、辟易しているのは顔を見ただけで明らかだった。何となく申し訳ない気分になり、沖田は歩調を速めて階段を上がった。二階へ来ると、一階の喧噪《けんそう》から完全に遮断されて、ほっとする。だがそれも束《つか》の間《ま》、これから厄介な再会が待っているのだと思うと、また気が重くなる。

沖田は取り敢えず、特捜本部が使っている大会議室の脇にある小さな会議室に、牧野を誘った。幸い大竹がいて、何か書類を整理していたので、牧野を託す。例によって大竹はうなずくだけで何も言わなかったが、命じられたことは絶対にやり通す男である。確実に牧野を守るだろう。

首を回し、ばきばきという硬い音を聞きながら、沖田は特捜本部に入った。すぐに北野に状況を報告する。西川から既に事情を聴いていたのか、「何かあるか」と短く質問を返してきた。

「今のところはめぼしい情報は出ていませんが、車で来る途中、雑談しただけですからね……これからじっくり話を聴きます。本人は、野田久仁子の遺体と対面したがっているんですが」

「それは、やめるように説得してくれ」北野が引き攣った表情を浮かべた。「ご両親は会ったんだが、母親の方が倒れて大変だったんだ」

「でしょうね」沖田は顔から血の気が引くのを感じた。死体慣れしている沖田でもショックを受けるような状態だったのだ。「適当に理由をつけて、会えないことにしておきます……それより、野田久仁子のご両親と面会させてみようと思うんですが、どうですかね」

「そうだな……それで反応を見るか」

「ご両親はどうしてます？」

「事情聴取が終わって、今は休んでもらっている。とても栃木まで帰れる様子じゃないから、近くに宿を取ろうかと思っているんだが」

「その方がいいでしょうね……西川はどうしてます？」

「相澤を叩いているが、相変わらず駄目だな」

「おかしいですね」沖田は首を傾《かし》げた。「あいつのしつこさに勝てる容疑者は、そうはいないと思いますけどね」

「俺もそう思ったから任せたんだが……相澤は何かに怯《おび》えているんだと思う」

「まさか、係長まで呪《のろ》いを信じてるんじゃないでしょうね」

「冗談じゃない」北野が鼻で笑った。「ただ、バックに何かある——誰かいるのは間違いないな」

「共犯者でしょうね」

「そうとしか思えないんだが……それだったら西川は、とうに口を割らせていると思うんだ」

「西川を買い被り過ぎじゃないですか」沖田は鼻を鳴らした。

「同僚を悪しざまに言うなよ……とにかく、向こうは西川に任せろ。お前は家族の方を頼む」

「分かりました」

沖田はうなずき、特捜本部を後にした。隣の会議室に移り、椅子に座って手持無沙汰にしている牧野に声をかけた。

「行きましょうか」

「はい」弾《はじ》かれたように、牧野が立ち上がる。顔色は蒼く、額に汗が滲《にじ》んでいた。

大竹も立ち上がったが、沖田は首を横に振って押しとどめた。何人もが同席したら、ろくに話もできなくなるだろう。

「今、ご両親には誰がつき添っている?」

「三井です」

大竹が短く言った。沖田はうなずいて「了解」のサインを送る。さやかか……あの明るい性格は、家族の慰めになるかもしれないが、さやか本人は大きなストレスを感じているだろう。刑事にも、哀しみは降り積もる。

牧野を連れて、地階にある食堂へ向かう。夕食を摂《と》る当直の署員が何人かいる中、久仁子の両親とさやかが座っている一角だけは、照明が暗くなっているように見えた。いち早くさやかが沖田に気づき、立ち上がる。久仁子の恋人を連れて来る話は聞いていたのだろう、牧野に向かってさっと頭を下げた。それを見て、さやかの向かいに座っていた両親が立ち上がる。牧野が歩調を早めて歩み寄り、三人は抱き合う恰好になった。呻《うめ》くような泣き声が漏れ、沖田はその場から動けなくなってしまった。何度も経験していることだが、毎回胸が締めつけられる思いがする。

　待つしかないだろう……何だか自分が罰を受けているような気分になってきた。

「牧野さんには、本当に良くしてもらって」久仁子の母親、三枝子《みえこ》が涙ながらに言った。「ビラ配りをした時、大変だったのよね。三十七度もある日で」

「いや、それは……」牧野が何故か嫌そうに言った。

「どうかしたんですか」沖田は訊ねた。

「私が倒れたんです」苦々しげな表情で牧野が認めた。「熱中症でした。水分は取るように気をつけていたんですけど」

「全部無駄になったね」

　父親の卓郎《たくろう》がぽつりと言うと、三枝子がまた泣き出す。牧野は必死で涙をこらえていた。余計なことを……と沖田はむっとしたが、何を言っても、家族を亡くした遺族は責められない。哀しみで頭が一杯で、自分の言葉が引き起こす影響など考えられないのだ。

「今日は、宿を確保しました」

　さやかが言った。先ほど誰かと電話で話していたのはそのことか、と沖田は合点がいった。二人は疲れ果てて見え、とても長時間電車に乗れそうにない。

「何でしたら、ここで食事していただいても構いません」さやかが続けた。「署員が使う食堂ですから、大したものは出せませんが」

三人が顔を見合わせた。結局卓郎が首を横に振り、「今は、食べる気になりません」と言った。

「では、宿の方にご案内します」さやかが立ち上がった。

「あの」牧野も慌てて立ち上がる。「彼女に……久仁子さんに会わせてもらえませんか」

「牧野さん、それはやめた方がいい」卓郎が忠告した。「綺麗なままで、あなたの記憶に残しておいてくれませんか」

「そんなにひどいんですか」

三枝子がまた泣き出す。今日は時間がかかりそうだ、と沖田は天井を仰いだ。


久仁子の両親を宿に送り届け、牧野を都内の自宅へ送るのに、大竹に覆面パトカーを出すように頼んだ。三人の被害者関係者がいなくなり、沖田はどっと疲れを感じた。既に午後八時を過ぎ、夕飯もまだなのに空腹を感じない。

「お疲れ様でした」さやかが同情をこめて言った。

「そりゃ疲れるわ」沖田は両手で顔を擦《さす》った。「君は？　半日ご両親の世話をして、大変だっただろう」

「まあ、何とか……」さやかが言葉を呑みこんだ。「大丈夫」と言おうとしたものの、あまり大丈夫でないことに気づいたのだろう。

「しばらくすれば落ち着くさ。それで、ストーカーの件は聞いてくれたか？」この件は、北野から指示があったはずだ。

「ええ。でも、心当たりはないそうです」

「そうか」となると、やはり何かの間違いなのか。亜希が勘違いしたかもしれないし、久仁子が大袈裟に話した可能性もある。

「ご両親、何か犯人のヒントにつながるようなことは言ってなかったか」

「ないですね……何か覚えているかもしれませんけど、まだ冷静に考えられないんじゃないかと思います」

「それは、印象で？」

「そう、ですね」さやかの声には自信がなかった。「まだ何とも……」

「分かった。しばらく、あの三人からは目を離さないようにしよう」

「何か疑ってるんですか？」

「心配なだけだよ」言ってから、沖田は牧野に対してだけは、ニュートラルな気持ちでいられることに気づいた。同情だけではない何かが心に忍びこんでいる。実際の関係はどうだったか、まだ分からないのだ。さらなる周辺捜査が必要だ。

「これから後、どうするんですか？　被害者の身元が割れたとして、どんな風に捜査を進めるんですかね」

「交友関係の捜査だろうな。通り魔は考えられないし」

「他の場所で殺されて、こっちへ遺棄されたのかもしれませんよ」

「だったら車の件はどうなる？」

「あ、そうか」

惚《ほう》けたようにさやかが言ったので、沖田は彼女の疲労を意識した。追跡捜査係へ来る前に、彼女は既に捜査一課の強行班で経験を積んでいる。こんな基本的なことには気づいていて当然のはずだ。車からは、久仁子の指紋以外発見されていない、と沖田は聞いている。もちろん犯人が自分の指紋を拭った可能性もあるが、ほとんどの犯人は、証拠隠滅まで気が回らないものだ。

ただし、あのプジョーに久仁子と犯人が一緒に乗っていた可能性はある。いや、もしかしたら牧野こそが犯人では……海外にいたという彼の説明は、きちんと裏を取る必要がある。

まだ真相は闇《やみ》の中だな、と沖田は気を引き締めた。

4

やはり、こんな容疑者は初めてだ。

西川は、頭の芯《しん》が痺《しび》れるような疲れを感じていた。相澤は都合の悪い話が出ると黙りこみ、彫像になったように微動だにしない。これならいっそ、最初の証言を覆してくれた方がましだ、と西川は弱気になっていた。「死体遺棄に関与していない」と言ってくれた方が、まだ叩きがいがある。

　二つ目の遺体の身元が割れたと告げても、相澤はまったく反応を示さなかった。あまりの無反応ぶりに、西川はやはり、久仁子の死体遺棄については相澤は関係していないのではないか、と考え始めた。いや、やはりそれは無理がある……あそこは「墓」ではないのだ。二つ遺体が埋まっていたのは、絶対に偶然ではない。

　既に午後九時過ぎ。夕方から始まった取り調べは、三時間を超えている。切り上げ時だと判断して、西川は相澤を解放した。

　後から取調室を出ると、背中と肩がばきばきに凝っているのが分かった。廊下の壁に両手を当ててストレッチの真似事《まねごと》をしていると、沖田が通りかかる。渋い表情をしていたのに、西川を見ると何故か顔を綻《ほころ》ばせた。

「全然ストレッチになってないぞ」

「体が硬いんだから、しょうがないだろう」言いながら、西川は左手で右の肘《ひじ》を摑み、頭の後ろにぐっと持っていった。肩に鋭い痛みが走る。

「相澤は、相変わらずか」

「ああ」

「あいつのことは、しばらく放っておいたらどうだ。放置プレーか、誰かに相手をさせておけばいいだろう」

「相澤は俺の獲物だ」

「おやおや」沖田が目を回してみせた。「お前がそんな縄張り意識の持ち主だとは思わなかったな」

「一度相手にした人間は、落とすまで担当すべきだろうが」西川は少しむきになって言い張った。

「気分転換も必要じゃないか？　明日から、野田久仁子の周辺捜査をすることになったから、お前も手伝えよ。少し歩いて、体を解した方がいい。年を取ってデスクにへばりついてると、足腰が弱る一方だぜ」

「俺は老人じゃないよ」

「このままだと、そう遠くない将来、老人になる」

「煩《うるさ》いな」西川は左手を放した。今度は左肘を右手で引っ張る。肩凝り解消にいい運動だと聞いたのだが、あまり効き目はないようだ。「まあ、特捜の方針なら従うけど」

「相澤には大竹をつけてやれ。どっちが喋らないか、勝負させればいい」

「冗談言ってる場合じゃない」西川は溜息をついた。先ほどから、肩関節の中に鋭い痛みが走るのが気になる。まさか、四十肩じゃないだろうな？

「これから簡単に捜査会議をするそうだ。そこで、明日の仕事の割り振りが決まる」沖田の口調が真面目に戻った。

「……分かった。ところで、遺体はどうなる？」

「解剖も終わってるから、明日遺族に引き渡すことになると思う。弟さん……野田久仁子の叔父《おじ》さんが葬儀を仕切ってくれるそうだ。ご両親には無理だろうな」

「ああ」両親の気持ちを考えると、西川も暗い気分になる。「牧野さんの方は、どうなんだ」

「どうかな」

沖田が言葉を濁したので、何か疑っているのだと西川には分かった。

「何かあるのか」

「何もないよ」沖田がしれっとした表情で言った。

「お前が『どうかな』って言う時は、だいたい疑ってるんだよな」

「今のところ、虚心坦懐で」

「虚心坦懐？　言葉の意味、分かって使ってるのか？」

「当たり前だろう」沖田が西川を睨んだ。「とにかく俺の気持ちはフラットだから」

言い残して、沖田が大股で去って行く。フラットということは……同情する気持ちも疑う気持ちもあるわけだ、と西川は解釈した。普通、被害者の恋人に会えば、まず同情する。だが、素直に「可哀想だ」と言わなかった沖田は、一片の疑いを抱いているに違いない。あいつ得意の勘か——馬鹿にしたものではないが、根拠がないだけに、本人にも説明できないのだろう。

そういうのは、捜査技術としては後輩に伝えられないんだよな……俺にも分からないんだから、庄田やさやか辺りにはまったく理解不能だろう。

まあ、いい。俺の捜査に「勘」はない。事実と推理の積み重ねだけだ。途中の思考も全《すべ》て論理的なもので、他人に問われれば、筋道立ててきちんと説明できる。沖田の場合は無理だろう。具体的な証拠や推理を飛ばして、いきなり結論に至ることが多い。

悔しいのは、それがよく当たっていることだ。

遺体の確認から二日後の夜、久仁子の通夜を観察するために、西川とさやかは栃木市にいた。参列者の中に犯人がいるとは思えなかったが、様子を見ておいて損はない。それに、被害者に礼を尽くすのは大事なことだ。

通夜が始まるまで、西川たちは駐車場で待機した。午後六時近くになっても一向に涼しくならず、立っているだけで汗が吹き出してくる。ネクタイが邪魔で仕方なかったが、何とか耐えた。焼香して外へ出たら、すぐに外そう。

偵察に出ていたさやかが、建物から出て来た。怪訝そうな表情を浮かべている。

「どうした」

「牧野さんが来てないんですよ」

「仕事なんじゃないか？」今日は土曜日だが、仕事は待ってくれないのかもしれない。

「でも、恋人の通夜ですよ」さやかが顔をしかめる。「ご両親と会った時にも、三人で一緒に泣いていたぐらいですから、来ないはずがないでしょう」

「それは……」西川は言葉に詰まった。確かに、さやかの言う通りである。牧野は久仁子の遺体に対面することにこだわっていたというし、通夜や葬儀というけじめに顔を出さないのは、どこか妙だ。「ちょっと探りを入れてくれないか？」

「え？」さやかの表情が暗くなる。

「ご両親は、牧野さんから連絡を受けてるかもしれないじゃないか。ただ遅れてるだけなら、別に問題ないけど」

「それ、私たちが知らないといけない情報なんですか？」

「気になったから俺に言ってきたんじゃないのか」

「……分かりました。もう一回見てきます」

むっとした表情で言って、さやかが駆け出す。元気なことで、と皮肉に考え、西川は彼女の背中を見送った。この陽気で少しでも走ったら、自分は汗だくになってみっともない姿を晒《さら》してしまうだろう。

さやかは五分ほどで戻って来た。先ほどよりもさらに疑わしげな表情を浮かべている。

「どうした？」

「出張らしいです」

「出張？」西川は首を傾げた。「こんな大事な時に出張？」

「どうしても外せない仕事らしいですけど……ひどくないですか？」さやかは、自分が馬鹿にでもされたように憤っていた。

「個人的な感情は抜きにして……ちょっと変だな」沖田の勘が当たるのだろうか、と西川は思った。もちろん沖田は、牧野が犯人だと指摘したわけではないが。

「変ですね」さやかが同調する。

「調べてみる価値はあるな」西川はうなずき、携帯電話を取り出した。沖田が都心部で聞き込みをやっているから、牧野の会社で確認してもらおう。

「それは変だ」駅のホームにでもいるのか、緊張した沖田の声のBGMはざわつきだった。「この前見た様子だと、通夜に出ないのはあり得ない。ショックで参列できないなら分かるけど、仕事？　そいつはおかしいよ」

「ちょっと会社の方に確認してくれないか？」

「特にパイプを作ってないんだけど……分かった。とにかく聞いてみる」

電話を切ると、既に午後六時になっていた。通夜に来たのだから、とにかく焼香はしないと――西川はさやかにうなずきかけて、斎場に入った。

参列者は五十人ほどだろうか……親族、友人、会社関係。西川が事情を聴いた、後輩の亜希もいる。やはり鼻をぐすぐす言わせており、無事に焼香できるかどうか、不安になるくらいである。しかし終わったら何とか宥めてまた話を聴いてみよう、と決めた。久仁子をよく知る人間の一人なのは間違いないのだから。

焼香を終えると、遺族の挨拶はなく、そのまま会場の外へ出る方式だった。参列者は通夜振る舞いの席に案内されるので、西川は急いで亜希を摑まえた。一瞬、西川のことが分からなかったようで、恐怖に怯えたように目を見開く。「警視庁の西川です。先日お会いしました」と言うと、ようやく表情を緩めた。すっと頭を下げ、密《ひそ》かに溜息を漏らす。

「ちょっと話をしてもいいですか」

「あ、はい……」左腕を持ち上げ、時計を見る。「これからすぐに戻らないといけないんですが」

「時間はかかりません」

「分かりました」

西川は、亜希を駐車場に誘った。さすがに人が多い場所では話がしにくい。

「今日、牧野さんは来てませんでしたね」

「そうなんですか？　見てなかったので……」

「恋人の通夜に来ないって、どういうことでしょうね」非難するような口調にならないよう気をつけながら、西川は言った。

「ああ、そのことなんですけど……」亜希が言い淀《よど》む。

「何か事情でもあるんですか？」

「私が言っていいかどうか分からないんですけど……ちょっと話を聞いただけですし」

マイナスの情報だな、と西川にはぴんときた。牧野に対する悪口というか……うなずき、先を促した。

「最近、別れ話が出ていたそうなんです」

「それはいつ頃ですか？」亜希が牧野を見たのは五月だ。「仲良さそうでした」という感想を西川は思い出す。

「詳しいことは分かりませんけど……」

「あなた、五月に牧野さんを見てますよね？　その時の印象で、別れ話が出ているような感じでしたか？」

「あの時は……そうじゃなかったと思いますけど」

「分かりました」西川は亜希の顔を正面から覗きこみ、低い声で訊ねた。「その噂《うわさ》、誰から聞いたんですか？」


亜希のネタ元は、会社の同僚——久仁子と同期入社で、今は国内ツアーを担当する「旅行一部」に所属する柳沢真美子《やなぎさわまみこ》だった。亜希の説明によると、彼女よりもよほど久仁子と親しかったという。最初に教えてくれればよかったのに……。

亜希を見送った後、さやかが「どうしますか」と訊ねた。午後七時近く……どうにも動きにくい。葬儀場は、東武線の新栃木駅近くで、電車を乗り継いで新宿まで二時間近くかかるだろう。これから柳沢真美子を摑まえるのはまず無理だ。亜希も携帯電話の番号などは知らないというし、連絡の取りようがない。どうしたものかと考えているうちに、沖田から電話がかかってきた。

「会社の人間から話が聞けた。出張に出ているのは間違いない。ただ、ちょっとおかしいぞ」

「何が？」

「自分から進んで、出張を代わったそうだ」

「どういうことだ？」

「ぼけてるのか、お前」沖田が苛立《いらだ》たしげに言った。「他の人の代わりに出張に行ったっていう意味だよ」

「分かってるよ……問題は、どうしてそんなことをしたか、だ」

「どうしても代わらなければならない仕事でもなかったらしい。行き先は大阪、帰りは明《あ》後日《さって》の午後だそうだ」

「通夜と葬儀を上手く避けた感じだな」

「お前は、そういう見方しかできないのか？」

「ああ？」

「傷心旅行かもしれないじゃないか。とても通夜には出られないから、気持ちを紛らわせるために必死に仕事しているとか」

「馬鹿馬鹿しい。お前だって、そんなこと考えてないだろう？」

「――まあな」沖田が認めた。

「だったら何だと思う？」

「そんなこと、今言えるかよ」

「二人の間に、別れ話があったっていう情報があるんだ」西川は打ち明けた。

「マジか？」

沖田が目を見開く様が容易に想像できる。この男はすぐに感情を露《あら》わにするので、分かりやすい――自分にはない素直さだな、とも思う。

「ああ。さすがに今日はその噂を流していた人物は摑まらないだろうから、明日から当ってみようと思う」

「じゃあ俺は、牧野さんの会社の方を当たる。伝《つて》もできたし」

「庄田にでも手伝わせろよ」

「そのつもりだ。北野さんには誰が報告しておく？」

「ああ、じゃあ、俺が」

「よし。明日の朝は特捜に行かないで、そのまま動けるようにしておいてくれよ」

沖田が電話を切った。いつものことだが……と西川は苦笑した。事態が転がり出すと、沖田はいきなり張り切るのだ。こういう性格は、埋もれた事件を発掘する追跡捜査係には向いていないと思うのだが。


結局西川は、翌日も栃木に行くことになった。亜希に確認すると、柳沢真美子が葬儀に行ったと分かったからだ。前の日に分かっていれば、少しは時間に余裕ができたのだがと悔いながら、慌てて湘南《しょうなん》新宿ラインに飛び乗る。葬儀は十一時から。何とか、終わるまでには間に合いそうだ。

葬儀場に着くと、ちょうど出棺《しゅつかん》の時間だった。さすがにそのタイミングでは周りの人に聴いて回るわけにもいかず、霊柩車《れいきゅうしゃ》を見送ってから真美子を探す。幸い、久仁子の上司の峰がいたので、真美子を紹介してもらった。

真美子は、眉間に皺を寄せていた。泣いていた形跡はなく、明らかに怒っている。斎場のロビーにあるソファに座って話を始めたのだが、最初からいきなり喧嘩腰《けんかごし》だった。

「どうして犯人を捕まえないんですか」

「捜査は始まったばかりなんですよ」西川は思わずたじろぎながら言い訳した。

「あの人に決まってるじゃないですか」

「牧野さんですか？」

あまりにも強い決めつけに、西川は驚いていた。あるいは何か、確たる証拠でもあるのか。それを訊ねると、真美子が口をねじ曲げた。

「別れ話が出てたんですけど、ひどい話だったんですよ」

「結婚するような線で話が進んでいたと聞いてますけど」

「女です……そう、女」真美子が勢い良くうなずく。「別の女がいたんです」

「牧野さんに？」

「当たり前じゃないですか」真美子が言葉を叩きつける。「今、その話をしてたんですよ。ちゃんと聞いて下さい」

「つまり、牧野さんが浮気でもしていたんですか」

「浮気っていうか、何ていうか……いい加減な男ですよ、あいつ」

いきなり「あいつ」呼ばわりか。相当ひどい話を聞いているな、と西川は予想した。しかし感情むき出しの話は、多少割り引いて考えなくてはいけない。勝手な解釈が加わって、話が二倍、三倍に膨れ上がるのだ。

「詳しく話してもらえませんか」

うなずき、真美子がハンカチを頬に当てた。そうやって何とか怒りを抑えつけようとしているようだった。

「呑み屋、らしいんですけど」

「呑み屋？」

「バー、ですかね。そこで知り合った女が牧野さんにちょっかいを出して、牧野さんも悪い気はしてなかったみたいで……」

「関係ができたんですか？」

「たぶん。久仁子ははっきり言わなかったけど、たぶん牧野さんからは聞かされていたと思います」

「別れ話になるほどのことだったんですか？」

「泣いてましたから。裏切られたって」

「それ、いつ頃のことですか」西川は手帳を開いた。時間軸に沿って出来事を書きこめるようなページを作っておいたが、まだあまり埋まっていない。

「六月ぐらいですかね」

なるほど。うなずきながら西川は、六月のところに「別の女?」と書きこんだ。五月の連休明けには、二人は関係良好だった。その後で別の女が出てきて……というのは、特に矛盾しない。

「その女性が誰か、分かりますか?」

「それは、私は聞いていません」真美子が首を横に振る。「でも、バーの名前は分かりますから」

「教えて下さい」

西川は、真美子が告げた「ブラウ」という店名を告げた。詳しい住所は知らないが、原宿にあるという。ドイツ語で「青」か……ビールを呑ませる店ではないかと西川は想像した。

「あなたは、行ったことはないんですね?」

「ないです。久仁子もないと思います」

「牧野さんが出入りしていた店、なんでしょうね」

「たぶん……あの、今日、牧野さんは来てないですよね?」

「昨日も来てなかったですよ」

「やっぱりね」真美子の眉間の皺が深くなる。「そんなことだと思ったんですよ。もう別れるつもりでいて、どうでもいいと思ってたんだわ。彼にすれば、いい機会だったんじゃないですか」

「いや……ちょっと待って下さい」西川はボールペンの尻で額を小突いた。「牧野さんは、野田久仁子さんが行方不明になった直後、ビラ配りをしたりして、捜索に協力しています。別れ話が出ていたなら、そんなことをするのは変じゃないですか」

「ポーズですよ、ポーズ」真美子が鼻を鳴らす。「恰好だけの男なんです……久仁子はそう言ってました。だからもてるんですけど、長続きしない……自分とのことだけは本気だと思ってたのにって——ひどくないですか？」

「ご本人に話を聞いていないので、何とも言えません」西川は手帳を閉じた。「とにかく、ご協力ありがとうございました。この件は調べてみます」

「ええ……絶対、牧野さんが何かしたんですよ」真美子の態度は強硬なままだった。

「そう思うなら、あなたは何もしないようにして下さい」

「何もって、何ですか？」真美子が目を細める。

「牧野さんに電話して詰《なじ》ったり、非難するようなメールを送ったり……本当に危険な人だったら、あなたも危険な目に遭いかねませんよ」

瞬時に、真美子の顔が蒼褪《あおざ》めた。


「女癖は悪かったみたいだな」電話の向こうで沖田が言った。

「社内の情報か？」ずいぶんあっさり分かったものだ、と西川は驚いた。

「実際、一度トラブルを起こしている。社内でつき合っていた女性が自殺未遂騒動を起こして、責任を問われたんだ。とはいっても、本人の昇進が同期に比べて少し遅れただけだけど。遅れた分を取り戻そうと必死になっていた」

「ああ」

西川は納得して、気の抜けた声を出してしまった。よくある、日本的な「処分」。馘《くび》にするわけでも減俸するわけでもないが、閑職に追いやり、向こうが「辞める」と言い出すのを待つ。しかし牧野は、決して閑職にいるわけではない。仕事を任せられない間抜けな人間だったら、海外出張など行かされないのではないか。それを指摘すると、沖田は「仕事はそれなりにできるけど、肩書きがないんだ」と説明した。

「今も平社員なんだな？」

「ああ。あの会社だと、平均で二十八歳で主任になる。三十二歳で係長、そこまでは同期入社でだいたい同着らしいんだ。彼には、係長の話が出ている」

「それで何か変化でも？」

「普段どうしているかは知らないけど……とにかく、女の問題では何かあってもおかしくないな。出世のために、三十で結婚したいから野田久仁子とつき合うようになったって言ってたけど、それも本当かどうか分からない」

「そうか」

「この線は追うべきだ。今夜、その『ブラウ』とかいう店に行ってみようぜ」

「ちょっと待て」西川は、一瞬引っかかりを覚えた。

「どうした」沖田が不審げに訊ねる。

「どこかで聞いたことがある名前なんだ……お前と一緒に行ったこと、なかったか？」

「お前と二人で呑みに行くなんて、年に一回もないだろう」

「そうだけど……ああ、そうか」西川は思わず声を張り上げた。

「思い出したか？」

「相澤がバーテンをやってた店じゃないか」

5

沖田は拳を顎に何度も叩きつけた。相澤と野田久仁子の奇妙なつながり——まだつながったと決まったわけではないが、やはり気になる。こういう微妙な軋《きし》みやずれをきっかけに、捜査は急に動き始めたりするのだ。

「落ち着けよ」ハンドルを握る西川が言った。

「落ち着いてるよ」

「そうは見えないけどな」

「一々煩いな」

文句を言って、沖田は煙草《タバコ》をくわえた。覆面パトカーの中は禁煙だが、煙草の香りがないと落ち着かない。火を点《つ》けるつもりはないと分かっているのか、西川も何も言わなかった。

　既に街は暗くなっているが、原宿は異様に明るいままである。昔は「不夜城」というと新宿のイメージが強かったが、今は都内の繁華街はどこも二十四時間営業だ。原宿も例外ではない。中学生や高校生が集まる若い街のイメージが強いものの、実際には、夜になると大人が遊べる場所がいくらでもある。

　例えば「ブラウ」の近辺がそうだ。明治通りと平行して走るキャットストリート、そこからさらに一本入った細い裏通り――ブティックやカフェが建ち並んでいるのだが、日が落ちると、アルコールを出す店の看板が姿を現す。

「どうして相澤が勤めていた店だってすぐに気づかなかったんだ？」沖田は訊ねた。

「逮捕された時は、もう『ブラウ』にいなかったんだ。当時は、恵比寿の店で働いてただろう？」

「ああ、そうか」なるほど……職歴の一つとして記憶にあったわけか。自分は完全に頭から抜けていた。「それにしても、引っかかるな」

「ああ。相澤と牧野がつるんでいた可能性はないだろうか」

「どうかねえ」沖田は、西川の推測を頭の中で転がした。ないとは言えないが、今のところ積極的に推す材料もない。「ま、そこは話を聴いてからにしようぜ。しかし、喉が渇くな」沖田はシャツの首元に指を入れて広げた。

「ちなみに『ブラウ』はビール専門の店じゃないぞ」

「どうして？　『ブラウ』ってドイツ語だろう？　ドイツ語の名前の店って言えば、飲み物はビールに決まってるだろうが」

「俺もそう思って調べた」ハンドルを握ったまま、西川が肩をすくめた。「ドイツのワインやシュナップスなんかも呑ませる店らしい」

「シュナップス？」

「焼酎《しょうちゅう》だね。材料はジャガイモ。度数は四十度以上ある」

「美味《うま》そうじゃないか」芋焼酎の一種と言えないこともないだろう。

「別に、酒を呑みに行くわけじゃないんだから」

それはそうだが……この喉の渇きの原因が生理的なものか、精神的なものか、分からなくなってきた。ただ、アルコール度数四十度のシュナップスを呷《あお》っても、渇きは癒《いや》されないだろう。おそらく、ただ悪酔いするだけだ。

車を停めて歩き出す。明治通りの裏手は異常にごちゃごちゃと、細い道路が入り組んでいる。人出も多く、歩きにくいことこの上ない。沖田は一メートル進む度に、苛立《いらだ》ちが募るのを意識した。「ブラウ」に着く頃には、爆発してしまうかもしれない。

西川が道順を完璧《かんぺき》に調べていたので、限界に達する前に店に着いた。石畳の道路に入って少し歩いたところで、一階と二階がブティックになったビルの地下である。二人はしばらく道路に立ったまま、店へ降りる階段を観察していたが、降りる人は一人もいなかった。

「流行《はや》ってないのかね？」

沖田が訊ねても、西川は肩をすくめるだけだった。よし……いつまでも見ているだけでは仕方がない。沖田は、急な階段に足を下ろした。螺旋《らせん》階段で、深い闇の底に沈んでいくような感覚は、楽しいものではない。階段は十四段……辿《たど》りついたドアは暗い茶色の木製で、重厚な雰囲気を醸し出していたが、こういうのにビビっていたのはもっと若い頃である。今はどんどん図々しくなって、躊躇《ちゅうちょ》することがほとんどなくなった。特に今夜は、仕事で来ているのだし。

沖田は迷わずドアに手をかけた。重い手応《てごた》えがあったが、あっさり開き、冷気が顔にかかってくる。それでほっとして、ドアの隙間《すきま》から顔を店内に突っこんだ。照明は暗めに落とされ、沖田が知らないクラシックの曲が――そもそもクラシックについてはほとんど知らないのだが――耳障りにならない程度の音量で流れている。

西川に背中を押され、店内に入った。ドアの右側に長いカウンター、左側のフロアにはテーブル席が並んでいる。それほど広い店ではなく、客が二十人も入ったら一杯になってしまうだろう。

この店自体には容疑がかかっているわけではないので、沖田は下手に出ることにした。カウンターの奥に入っているバーテンに素早くバッジを示す。長い髪を後ろで一本に縛ったバーテンは、こういうことには慣れているのか度胸が据わっているのか、顔色一つ変えなかった。

「こちらで働いていた相澤のことで話が聴きたいんですが」

「相澤は辞めた——辞めさせましたよ」

「それは知っています。店にいた頃のことを聴きたいんですよ」

開店直後でほとんど客がいないのをいいことに、沖田はカウンターの椅子に腰を落ち着けた。座り心地は……あまりよくない。長居して徹底的に酔っ払うのではなく、一、二杯引っかけてさっと帰るタイプの店なのだろう。西川が隣に座るのを待って質問を続ける。

「あなたがオーナーですか?」

「ま、一応」

「相澤は辞めさせた、と言いましたね」

「いろいろと悪い噂があったもので」

「薬ですか、強盗ですか」

沖田の聴き方があまりにも直接的だと思ったのか、初めてバーテンの表情が崩れ、苦笑が浮かんだ。

「両方、ということにしておきましょうか。あいつがやっている悪さについて、耳に入れてくれる人がいましてね」

「店の評判が落ちる前に、安全策として辞めさせたわけですね」沖田は突っこんだ。

「何か起きてからでは遅いですから……遅かったですけどね」バーテンが苦々しげな表情を浮かべる。「まさか、うちの仕事をしながら、強盗をやってたなんて……考えられないですよ」

「実は、その件を調べているんじゃないんです」

「じゃあ、あっちの方ですか？」バーテンが眉《まゆ》をひそめる。死体遺棄事件については、マスコミもかなり大きく取り上げているのだ。もちろん、相澤の名前も出ている。

「そう、あっちの方」沖田はうなずいた。「この店の客で、牧野さんという男性はいなかったですか」

「その人は……」

「牧野靖貴。川崎にある製鉄会社に勤めるサラリーマンですよ。細面の、ちょっとイケメンで」

　話を補強するために、西川が無言で手帳を広げ、牧野の写真を取り出した。運転免許証の証明写真だが、それでもハンサムな顔立ちはよく分かる。

「どうですか？」西川がカウンターの上に写真を滑らせながら訊ねる。

　バーテンは腕組みをしたまま、写真を見下ろした。眉根が寄っている。

「女性と一緒だったかもしれない」沖田は助け舟を出した。

「あ、なるほど」バーテンが顔を上げた。が、謎《なぞ》が解けてすっきりした表情ではなく、やはり戸惑いが見える。「正確に言うと、一緒というわけではなかったです」

「と言うと？」沖田は身を乗り出した。

「その女性の方が、ちょっかいをかけてまして。まあ、お二人とも酔っていたので、じゃれていた感じですかね」

「それ、いつ頃ですか？」

「六月……ぐらいですかね」

この証言は信用していい、と沖田は思った。バーテンという人種には、人物観察の達人が多い。アルコールの入った客のトラブルを未然に防がなければならないから、どうしても観察眼が磨かれるのだろう。

「そういうこと、何度かあったんですか」

「二、三度」バーテンがうなずく。「最初は別々に店を出て行ったんですけど、二度目は……あれです。絡み合いながら出て行きましたね」

その表現に、沖田は思わず吹き出してしまった。しかしバーテンも西川も真面目な表情を崩さなかったので、咳払《せきばら》いして真顔に戻る。

「失礼……つまり、二度目に会った時には、かなりいい仲になっていた、ということですね」

「その女性、相澤とも知り合いだったみたいですね。他の店で親しくなったのかどうかは分かりませんけど、ごく親しげに話してましたから」

「その女性と牧野の仲を取り持ったのが相澤、ということですか」

「そういうわけではないと思いますけどね」バーテンが首を傾げた。そこまでの詳しい事情は知らないのだろう。このバーテンは、恐らく相澤を敬遠していただろうし。

「その女性が誰か、分かりますか」

「分かりますよ」

まったく期待していなかったのにあっさり答えが出てきて、沖田は思わず西川と顔を見合わせた。

「カードで払われたこともあるんで……名前、必要ですか」

「ああ、もちろん。お願いします」

バーテンがうなずき、カウンターの奥の方で何かごそごそと作業を始めた。すぐに伝票類を綴《と》じこんだフォルダを持って戻って来る。

「ご協力、感謝しますよ」沖田は素直に礼を言った。

「いや……やっぱり警察は味方につけておいた方がいいですからね」

その言い方に、かつてこのバーテンは警察とトラブルを起こしたことがあるのでは、と沖田は疑った。しかし今は、こうやって協力してくれているのだから、深く突っこまないことにしよう。

「ええと……三浦美知という人ですが……」

「何だって?」

沖田は思わず大声を上げて立ち上がった。冷静なバーテンの顔に、初めて驚愕《きょうがく》の表情が浮かぶ。

二人はすぐに覆面パトカーに戻り、作戦会議を始めた。

「何で三浦美知なんだ?」沖田は拳で額を打ち据えた。

「そんなことは後で考えればいい」西川は冷静だった。「それより、自殺未遂の件を確認するために、誰か三浦美知と直接話しているはずだよな?」

「庄田が電話で確認している」

「特に問題はなかった?」

「なかったというか、自殺未遂については詳しく聴く必要はないと庄田には言っておいた。生きていれば、どうでもいい話だったからな」

「庄田と話せよ。三浦美知に会う前に、電話で話した印象を聴いてみてくれ」

「分かった」西川に指示されるのは嫌だったが、沖田はすぐに携帯電話を取り出した。確かに基本的な情報として、刑事の抱いた「印象」は大事だ。

庄田は呼び出し音が五回鳴った後で電話に出た。何かしていたようで、迷惑そうな口調である。

「お前、三浦美知と話したよな?」沖田は前置き抜きで切り出した。

「ええ」

「どんな感じだった?」

「ちょっと暗い感じの……変な話ですけど、いかにも自殺しそうな感じの人でした」

「自殺のこと、聴いたのか?」

「聴いてませんよ」言い訳するように庄田が言った。「聴かないようにって言ったの、沖田さんじゃないですか」

「ああ、それはいいんだ……他に何か、印象に残っていることはないか？」

「そうですね……」庄田が言い淀んだ。「何か、どんよりした感じだったんですけど……話し方とか、ねっとりしてるんですよ」

「ねっとり？」

「電話だから分かりませんけど、面と向かって話していたら、すぐに相手の体に触りそうな感じ……分かりませんか？」

「ああ、何となく分かる」親しさの表現なのか、単なる癖なのか、そういう女性はいる。酔っているとさらにはっきりするのだが、素面《しらふ》でも同じようなものだ。ただ……男女問わずタッチしたがるタイプと、男性のみを対象にするタイプがいるのではないか。これまでの話を総合すると、美知は後者のタイプのような気がする。

「三浦さんがどうかしたんですか？」庄田が慎重に訊ねた。

「お前、ちょっと彼女に会ってみないか」

「自分ですか？」庄田が急に用心する。「捜査、ですよね」

「当たり前だ。ナンパされに行けとは言ってない」

「ナンパ？」

「ああ、いいから」沖田は見えない相手に向かって手を振った。「とにかく、近々会うことになるかもしれないから、覚悟しておいてくれよ」

「覚悟が必要なことなんですか？」

「もしかしたら、な」

電話を切り、沖田はそっと息を吐いた。西川がちらりとこちらを見たので、「どうも嫌なタイプの女みたいだな」と説明する。

「ということは、彼女の方から牧野にちょっかいを出して、それが野田久仁子さんの知るところになってトラブルになったとか？」

「何のトラブルかは分からないけどな……」分からないと言いながら、沖田の想像は勝手に走った。牧野はすぐに美知に夢中になり、久仁子と手を切ることを考え始めた。しかし久仁子は納得せず、別れ話がもつれて牧野はとうとう久仁子を殺して埋めてしまう――いや、それはおかしい。久仁子が行方不明になった時、牧野は日本にいなかったのだ。

共犯？

「まさか、三浦美知じゃないだろうな」西川がぽつりと言った。

「……今、同じことを考えてたんだが」

「二人の考えが同じだったら、むしろ疑ってかかった方がいい。そんなに簡単な結論はないよ」

「だろうな」

うなずき、沖田は今後の動きを考えた。今日はもう遅い。それに美知と接触するのは、もう少し周辺を調べてからにしたかった。

「引き揚げるか」

「ああ……」相槌を打ちながら、沖田はぼんやりと思考が漂うに任せた。何となく、途切れた鎖がつながっていく感覚はある。しかし今の段階では、まだ用心しないと……想像が先走りし過ぎると、それに合わせるために証拠を集めてしまいがちである。往々にしてそれが、冤罪《えんざい》を生むのだ。

三浦美知は、実際にはどういう女性なのだろう。沖田の頭の中では、まだ見ぬこの女性の名前が、どんどん大きくなっていった。


翌日、沖田はまた木村春枝を訪ねた。短い間に二度目の訪問ということで、春枝は不審げな表情を隠そうともしなかった。

「行き詰まって、私なんかに頼ろうとしてきたんですか」

「まあ、そうですね」沖田は渋々彼女の皮肉を認めた。「ちょっと力を貸してくれませんか」

「何の話で？」

パソコンに向かっていた春枝が、沖田の方に向き直った。客商売なのに、椅子を勧めようともしない。仕方なく沖田は立ったまま、背中で手を組み合わせた。

「三浦美知さんについて教えて下さい」

「何で？　あの人の話は終わったんじゃないんですか」

「自殺未遂については、もういいんです。所在も確認できました。無事でしたよ」

「じゃあ……」

「どんな人だったか、教えてもらえませんか」

春枝が、巨大な眼鏡の奥で目を細めた。

「そんな、あなた、一晩一緒にいただけの人を……」

「でも、みっちり話したんでしょう？」

「まあ、ねえ。あれですよ、今の言葉で言えばガールズトーク？」

春枝の口から意外な言葉が飛び出してきて、沖田は一瞬言葉を失った。もしかしたら暇に飽かせてネットの世界を彷徨《さまよ》い、若者を装って、ＳＮＳで本当に若い人と交流しているのかもしれない。

「その印象で教えて下さい。だいたい、どうして自殺しようとしたんでしょうね」

「あのね、自分でも理由が説明できなくても、死にたくなることだってあるでしょう。仕事や生活が、何となく上手くいかなくなって」

「そういうことだったんですか？」

「具体的な話は聞かなかったけどね。そういうのは、向こうが言い出さない限り、聞かないのが礼儀だから」

沖田は口をつぐみ、頭の中でカレンダーをひっくり返した。久仁子が行方不明になったのは、恐らく七月九日。その直後に殺されて、山中に埋められたのだろう。一方三浦美知が春枝と会ったのは、二十六日である。久仁子の失踪から二週間以上経っている……もしも美知が久仁子を殺したとしたら、それぐらいの時間では気持ちは落ち着かないだろう。むしろ時が経つに連れ、罪の意識が強くなるのではないだろうか。

「お酒は強い人だったね」春枝がぽつりと言った。

「それは、呑んでも酔わないという意味ですか」

「いや、酔っ払うんだけど、いつまでも同じペースで呑んでいるタイプ」

「酔うとどうなるんですか」

「ちょっと相手にしなだれかかるような感じで……私みたいなバアサンにしなだれかかったって、何にもならないのにねえ」

　接触が多いというのは本当だったのか。ただし、男女問わずに触るようなタイプだったのだろう。男だけが対象ではなかったわけだ。

「自殺しようと思ったのは、男女関係のもつれが原因ですか」沖田はなおも突っこんだ。

「それは……」春枝が言い淀んだ。

「お願いしますよ、女将さん」沖田は泣き落としにかかった。こういうタイプには、理性ではなく感情に訴えた方が効果的だ。「彼女は、重要な事件の証人なんです」

「証人の恋愛関係が、何か関係あるんですか」

　しまった……言葉の選択を間違えた。事件の「関係者」にしておくべきだったと悔いたが、春枝はもはや完全に疑ってかかっていた。

「証人じゃないでしょう。彼女、何かやったわけ？」

「そういうわけじゃないんですが」

「はっきりしないわね。警察は、そういう風に曖昧にしていてもいいわけ？」

「捜査の秘密もありますから」沖田は硬い声で言った。大抵はこれで、相手は納得する。

「もうちょっとはっきり言ってくれないと、こっちも話せないわね」

——春枝には通用しなかった。こういう女性は苦手だ。ぐいぐい来る強気な女性に対して、沖田は年齢に関係なく引いてしまうところがある。仕方ない、と覚悟を決めた。話しても問題ない範囲で話そう。ただしその前に、釘を刺すことにした。

「ここで出た話は、絶対に秘密にして下さいよ」

「私がそんなにお喋りに見える？」

春枝が憤然とした口調で言った。お喋りに見えるからこそ忠告しているのだと思いながら、沖田は続けた。

「捜査の秘密が漏れると、犯人に有利になってしまうかもしれません。だからとにかく、これでお願いします」沖田は唇の前で人差し指を立てた。

「余計な心配しないでも、私は何も言わないけどねえ」

春枝がパソコンに向き直った。クリック二回で、ディスプレーに写真を呼び出す。一杯に広がった写真の左側には春枝、右には……。

「これが三浦美知さんですか」顔を拝むのは初めてだった。

「そう」

沖田は春枝の背後に立ち、写真を確認した。場所は、この旅館の玄関の前。春枝は少し不愛想な顔で、後ろ手を組んでいる。美知は春枝よりもずっと背が高く、毅然《きぜん》とした表情を浮かべていた。いや、毅然としているというより、顔立ちそのものが少しきつい。沖田は何となく、もっと甘ったるい、男好きがしそうなルックスを想像していたのだが。写真の中の彼女は、腹のところで両手を組み、右足を少しだけ前に出して立っていた。写真に撮られ慣れている感じで、表情は自然だった。

「いつ撮った写真ですか」

「次の日の朝……出て行く前に、記念にね」

「記念、ですか……」沖田は少しだけ顔をしかめた。

「お客さんとは、必ず一緒に写真を撮るようにしてるのよ。後で、ホームページに使えるかもしれないし」

「彼女もOKしたんですか?」少し意外だった。自殺しようと彷徨っていた翌日、春枝と一緒に写真に収まる気になるものだろうか。

「もちろんあの人は、ホームページには使わないで欲しいって言ってたけどね」

「でしょうねえ」

「綺麗な娘《こ》なんだけどね……ちょっと陰があるでしょう」

　言われてみればその通りだ。最近のデジカメの解像度は高く、人の表情をありありと写し出す――表情どころか、時には内心さえも。

「何に悩んでいる感じだったんですか」

「まあ……やっぱり男でしょうね」春枝がようやく認めた。

「具体的には？」

「そこは、はっきり言わなかったけどね。でも、男問題なら放っておいてもいいと思ってね」

「そうですか？」

「男のことなんか、すぐに乗り越えられるんですよ。女にとっては、大したことじゃないんだから」

　同意するわけにもいかず、沖田は口を閉ざした。男女関係のもつれが事件につながるケースが、どれほど多いか……沖田は嫌というほど見てきた。

「その写真、私にももらえますかね。参考までに」

「変なことに使わないでくれればね」

「彼女の顔を、頭に叩きこみたいんです」沖田は耳の上を人差し指で叩いた。「相手を知ることから、全てが始まるんで」

6

「じゃあ、この店でも常連だったんですね」さやかが手帳から顔を上げた。

「そうですね……常連といっても、月に一回か二回いらっしゃっただけですけど。でも、いるだけで目立つ人はいるでしょう？」

「私は無理ですね」さやかが適当に話を合わせ、自虐的な台詞を吐いた。「地味なので」

「いやいや……」答えに窮して、店長が苦笑を浮かべる。

「ブラウ」のすぐ近くにあるイギリス風のバー「ホーリークロス」。店内は黒と茶の重厚な色合いで統一され、ビールの香りが店全体に染みこんでいる。結構歴史がありそうな店で、カウンターは磨きこまれているものの、よく見るとあちこちに細かい傷がある。

「うち、こういう店でしょう」まだ若い——おそらく二十代の店長が、さっと両手を広げる。「本場の雰囲気なんで、イギリス人のお客さんも多いですし、基本的には静かに呑む店なんです。要するに、社交場ですからね」

西川はうなずいた。イギリスのパブは男の社交場——話には聞いたことがある。本場のパブを訪れたことはないが、静かなＢＧＭにもかき消されてしまうような会話しか交わされていないのは、確かに紳士が集う場、という感じだ。そういうところで「目立つ」女性というのは、どういう感じなのだろう。

「別に、騒がれたわけじゃないですよ。でも場違いというか……入って来られると、ぱっと場が明るくなる感じなんです」

「つまり、この店の雰囲気に合わないと？」西川は質問をぶつけた。

「いやいや」店長がまた苦笑する。「明るいだけです。騒ぐとか、そういうことはないですから」

「最近も来ましたか？」

「そうですね、今月もいらっしゃったと思いますけど……ちょっと日にちは分からないです」

「一人で？」

「いや、この前はお連れ様がいらっしゃいました」

「男性ですか」西川は畳みかけた。

「そうですね」

よく覚えているものだ。それだけ、美知が印象深い女性だったのだろうか。沖田が手に入れた彼女の写真を思い浮かべる。自殺しようとして山の中を彷徨っていた翌朝の写真——陰があるきつい顔立ちなのだが、そこに惹《ひ》かれる男もいるかもしれない。

「その男性が誰か、分かりますか」

「いや、申し訳ないですが、そこまでは」店長が首を横に振った。

「どんな様子でしたか？」

「ああ……」困ったように、店長が視線を逸らした。「何と言うか……」

「言いにくいかもしれませんが、ここでの話は表に出ませんから」西川は保証した。

「ええ、それは分かりますけど……」

「何か、トラブルでも？」

「そこで呑まれてたんですが」店長が、西川とさやかが座るカウンターの席を指差した。

「何と言いますか……尋問？」

「どういうことですか」

「三浦さんが、お連れの男性にねちねちと絡んでいて。酔っていた感じではなくて、それこそ刑事さんの尋問のような感じだったんです」

「あなたは尋問されたことがあるんですか」

「とんでもない」店長が顔の前で手を振った。「警察とかかわり合いになったことなんかないですよ。あくまでイメージです、イメージ」

「そうでしょうね」西川は笑みを浮かべ、店長の緊張を解いてやった。「二人はどういう話を？」

　カウンターの向こうに立っていた店長が屈《かが》みこみ、西川との距離を少し詰めた。

「女性問題のトラブルだったようなんですけど」

「ああ、男性の方が浮気したとか？」

「そんな感じの話でしたけど、詳しいことは……ただ、私だったら、あんな風に責められたらすぐに謝りますね。浮気していようがしていまいが」

「そんなに厳しい尋問だったんですか」

「ええ、まあ……それを静かな声で、笑顔を浮かべたままやるんですよ。そういう方が、むしろ怖いですよね」

「一緒だった男性、この方じゃないですか？」さやかが牧野の写真を手帳から引き抜き、店長に示した。

「いや、うーん……」腕組みをしたまま、店長が写真を凝視する。ゆっくりと顔を上げて、「違いますね」と断言した。

「間違いないですか？」さやかが念押しする。

「顔が全然違います。もっと丸顔で……はっきり言えば、この人みたいなイケメンじゃないですね」

「そうですか」さやかが写真を手帳に挟んだ。

「他に何か、トラブルはありませんでしたか」

「うちの方で迷惑するような話はなかったですよ。ただ何となく、雰囲気が……それだけです。他のお客様にも気軽に声をかけていたんですが、それがちょっと違和感があるというか。気軽過ぎる感じでした」

「体を触ったり？」

「ええ。外国のお客様は、そういうのは全然気にしないんですけどね」

なるほど。相手の体にタッチするのは、彼女にとっては挨拶代わりなのかもしれない。

店を出た後、西川はさやかに聞いてみた。

「女の人で、相手によく触る人がいるだろう？　あれは、何なのかね」

「どうですかね」さやかが首を傾げる。「心理学的なことはよく分かりませんけど、相手を用心させせないためじゃないですか？　自分は警戒していない、だからタッチするみたいな。もちろん、男性に対しては誘いをかける意味もあるでしょうけど」

「親密な雰囲気を作りたい、と」

「だって、女性に触られて嫌な思いをする男性なんて、いないでしょう」

「それは相手によるけどな」

「何だか、セクハラの話みたいになりますね」

西川は無言でうなずいた。相手が不快感を持てばセクハラ、そうでなければただのじゃれ合い。男女の立場を逆にしても同じだろう。

「あー、何だか懐かしいです」急に背伸びしながらさやかが言った。

「何が？」

「昔、この辺でよく遊んでたんですよ」歩き出したが、周囲を見回しながらなので、ゆっくりした散歩になってしまう。

「警察に入る前か」

「実は、入ってからもです。所轄、ここだったんで」

「休みの日にぶらぶらして？」

「そういうこともありました……本当に、店がよく変わりますよね。私がいた頃にあった店なんか、全部なくなっちゃったんじゃないかな」

「典型的な東京の街だからな」

「それで」さやかが急に真面目な口調になった。「これから三浦美知の家に行くんですよね」

「ああ、偵察だけど」

「それと、実家なんですけど……檜原って、偶然ですかね」

「実家というか、本籍地だけどな」今そこに家族がいるかどうかは、まだ分かっていない。明日、確認するつもりだった。

「摑まりますかね。何の仕事をしているのかも分からないし」

「愛人業とか？」

「それ、仕事なんですか？」さやかが疑わしげな視線を向けてきた。

「金を貰《もら》ってれば、商売だろう」

「実質的に売春ですよね……」いかにも嫌そうな口調でさやかが言った。

「その反動で、他の男とつき合ってるとか、な」そう、もしかしたら牧野も、一時の火遊びの相手だったのかもしれない。今月は別の男の浮気を責めていたというし、複数の男を同時に手玉に取っていたのか。

それはある意味、男の権力欲と同じものかもしれない。多くの人間を自分の意志通りに動かす――そういう快感があるのは、西川にも理解できた。対象は部下かもしれないし、異性かもしれない。

ふと顔を上げると、遠くにタワーマンションが見えた。夜空に光を放つタワーマンションは、渋谷や原宿辺りでは珍しい存在だろう。このマンションは、渋谷駅から徒歩数分という好立地にあるだけに、芸能人らが多数住んでいるという噂を西川も耳にしていた。何となく、美知はああいうマンションに住むのが似合う人間に思えてきた。それこそ金持ちを摑まえてその愛人となり、家賃を出してもらって……そうしながらも目の届かないところでは、好きなように振る舞う。

もしかしたら自分たちは、とんでもない人間を相手にしているのかもしれない、と西川は思った。

実際には、美知はタワーマンションには住んでいなかった。同じ渋谷区内でも北の方――無理すれば原宿辺りまで歩いていけないこともない、という住宅街の中である。ささやかな商店街が広がり、若者向けの飲食店などもぽつぽつあるような場所だが、一方で古い、小さなマンションも目立つ。山手線の内側でも、早くからマンションなどが建ち並んだ地域のようだ。一階にブティックが入ったマンションの三階が美知の部屋だが、このマンション自体、八十年代のものだと西川は気づいた。外壁とベランダの手すりの特徴からすぐに分かる。

「やっぱり、直接当たってみよう」西川は腹を決めた。周辺捜査を進めるより、その方が早い。

「いますかね」さやかが腕時計を見た。既に午後八時。

「どうかな。今日も呑み歩いているかもしれないし」

直接美知に当たるのはこれが初めてだ。西川はかすかに緊張を覚えながら、マンションに入った。古い建物なのでオートロックもなく、そのまま部屋の前まで行ける。ドア脇の窓は真っ暗だった。電気のメーターは回っているが……何となく、いないのではないかという予感が走る。

「ノックしますね」さやかが一歩前に出て、ドアを叩いた。硬い金属音が響く。さやかが下がって、ドアがいきなり開くのに備えたが、反応はない。今度はインタフォンを鳴らすと、部屋の中でかすかに音が聞こえたが、やはり返事はなかった。

「いないみたいですね」

さやかが言うと、西川はいつの間にか拳を握り締めていたのに気づいた。ゆっくりと広げると、掌《てのひら》が汗で濡れている。そんなに緊張するほどのことなのか？　確かに今夜も暑いが、汗をかくほどではない……。

「出直そう」

「そうですね」どこか気乗りしない様子でさやかが言った。「取り敢えず、郵便受けでも調べてみますか?」

「そうだな」

しかし、郵便受けには鍵がかかっていた。ただし、蓋《ふた》の隙間《すきま》から中を覗いてみると空である。少なくとも今日の昼間までは家にいたのではないか、と西川は想像した。実際彼女は、どうやって生計を立てているのだろう。お手当だけ貰う愛人で、部屋はこういう古いマンションで我慢しているのか……これぐらい古い物件だと、家賃もそれほど高くあるまい。三十五年ローンを抱えた身としては、つい家のことには注目してしまう。

「また出直しですね」言って、さやかが溜息をついた。

「ああ」さやかの憂鬱な気分が伝染してしまう。何が心に重くのしかかっているか、自分でもよく分からないのだが。


檜原村の南——遺体発見現場からそれほど遠くない場所にある集落が、美知の本籍地だった。ただし今は、空き家になっている。近所で聞き込みをすると、美知の両親は既に亡くなり、今は誰も住んでいないことが分かった。

「彼女は、いつ頃ここを離れたんですか」

「高校に上がる時、ですね」

近所に住む宮脇登志子《みやわきとしこ》という女性は七十絡みで、畑仕事を中断して話をしてくれた。今日も陽射しは凶暴で、西川は登志子の麦わら帽が羨《うらや》ましくなった。

「高校はどこだったんですか」

「立川ですけど、ここからだと通い切れないからって」

「そんなに遠いですかね」五日市線から青梅線に乗り換えて、最速なら四十分程度だ——何日もこの村に通ううちに、西川は東京西部のＪＲの事情にすっかり詳しくなっていた。

「それほど時間はかからないはずですよ」

「でも、この辺からだと、五日市駅までバスで出ないといけないから」

「ああ……そうですね」それだけで二十分ほど通学時間に加算されるし、そもそもバスはそれほど本数がない。

「通学のこともあるけど、早く家を出たがってましたからね」何となく言いにくそうに登志子が説明した。

「ご両親と仲が悪かったんですか？」

「そんなこともないですよ。仲は良かったです。ご両親も、一人娘だから可愛《かわい》がっててね……欲しいものは何でも買ってあげてたし。またおねだりが上手い子だったんですよ」

西川はさやかと顔を見合わせた。さやかが「納得した」とばかりに素早くうなずく。両親は、子どもが一番最初に接する大人である。子どもの頃からおねだりが得意だった少女は、長じて男の心を掌握する術《すべ》も身につけたのだろうか。

「普通の子は、『買って、買って』って騒ぐだけでしょ？　デパートの床で転がって泣いてみたりとか。でも美知ちゃんは、そういうことをしなかったみたいですね。父親の背広の裾《すそ》を摑んで、じっと上目遣いに見るだけで、お父さんは参っちゃうわけですよ。ご自分でも『あれには太刀打ちできない』って言ってましたしね」

「ご両親のお仕事は？」

「お父さんは、地元で建築関係でした。ちょっと畑も作ってて」

「亡くなったのはいつですか？　美知さんが高校に進学した時は、まだお元気だったんですか」

「ええ。お父さんは、仕事中の事故で五十歳の時に亡くなって。お母さんはその前から病気だったんですけど、お父さんが亡くなって急に調子が悪くなって、二年後ぐらいに亡くなったはずですよ。もう、十年ぐらい前ですかね」

　十年前なら、美知はまだ二十歳だ。学生だったのか、働いていたのか分からないが、わずか二年の間に両親を亡くし、この家の始末を迫られたら大変だったのは容易に想像できる。西川も、美也子の父親が亡くなった時に後始末を手伝ったのだが、人が一人死ぬと、こんなに大変なのかと驚いたものである。人の死には慣れていたものの、自分が当事者としてかかわるとなると、事情はまったく別だった。

「ご両親と上手くいってたら、高校は家から通いそうなものですけどね」

「でも、やっぱりここは不便なんで……都心部の高校に行くのに、寮やマンションに入る子はいますよ。美知ちゃんは特に、早くここを出たがってたし」

「地元を嫌ってたんですかね」

「というより、自由が欲しかったんでしょうね」登志子が遠くを見た。陽光が彼女の眼鏡に反射して、西川の目を刺す。

「ここにいたら、自由じゃないんですか」さやかが訊ねた。

「ああ、あのね……」登志子が言葉に詰まる。「あなた、東京の出身？」

「名古屋です」

「名古屋だったら、大都会よね」

「ええ……」さやかが怪訝そうに目を細めた。

「大きな街にいると、何をしても目立たないでしょう。それが自由なのよ。でも、こんな小さな村だったら、ちょっとしたことでも人目について、次の日には村の全員が知ってる。そういうのが窮屈に感じられてもおかしくはないわね。私みたいな年になったら、どうでもいいと思うし、むしろ噂を広げる中心になったりするけど」

登志子が乾いた笑い声を上げる。自虐的な響きに、西川はかすかな不快感を覚えた。

「美知さんには、どんな噂があったんですか」

「あなたはどう思いますか」登志子が逆に訊ねた。

「すみません。質問しているのは私なんですが」不快感を表明するために、西川は少しだけ声を荒らげた。

「あなたはどう？」登志子がさやかに訊ねる。「中学生ぐらいで、自由が欲しくて、生まれ故郷の小さな村を離れたくなる事情って、何だと思う？」

「……まさか、男ですか?」低い声でさやかが言った。

「だいたいどこでも、事情は同じよねえ」登志子が溜息をついた。

「いや、でも、中学生ですよ?」西川は反論した。いくら何でも、男女の噂が出るには早過ぎるのではないか。

「男と女のことでは、早過ぎるってことはないのよ。逆に、中学生でいろいろあったからこそ、噂になるのよね」

「つまり、中学時代につき合っていた男との関係を詮索《せんさく》されるのが嫌で、この街を出たんですか」

「つき合っていた男というか、男たちというか」

西川は思わず、さやかと顔を見合わせた。複数の男? 中学生の頃から? 両親は、そういうことを知っていたのだろうか。

「知らなかったと思うわ」登志子が首を横に振る。「そういうことは、いくら噂になっても、両親の耳には入らなかったりするから。親はいつでも、置いてけぼり」

「すると何だ、三浦美知は、中学生の頃から乱れた異性関係を続けていたわけか」

「それは……」西川は苦笑した。沖田は時々、妙な言葉遣いをする。難しい言葉を考えると頭がショートしてしまうのだ、と西川は解釈している。「とにかく、一刻も早く檜原を離れたかったらしい。それで勉強は頑張っていたそうだから、本末転倒の感じもあるけどな」

「三浦美知、ねえ……」沖田が顎を撫でた。

「そう言えば、お前が聞き込みしてきた旅館の大女将は、彼女を知らなかったじゃないか。地元の子だったのに」

「ああ、あの旅館は十五年前からなんだ」

「そんなに新しいのか？」

「旦那さんが脱サラで始めたんだよ。ちょうど、三浦美知がこの村を出るのと入れ違いだったんじゃないかな。どんなに男関係で噂になっても、いなくなればさすがに話題にならないだろうし」

「そうか……」

「で、どうするんだ？」沖田が頭の後ろで手を組んだ。暑さ対策か、ワイシャツの胸元のボタンは二つ外し、肘《ひじ》の上まで袖《そで》をまくり上げている。

「取り敢えず、相澤にぶつけてみようと思う。あの二人が知り合いだったのは間違いないんだから」

「それで、奴がどんな反応を示すか、だな」

「あまり期待しないけどな」西川は膝を叩いた。「あれほど反応がない容疑者は初めてだよ」

「まあ……そこは西川先生の腕に期待するか。三浦美知の件はどうする？　もうちょっと村で聞き込みをしてみるか？」

「そうだな。小学校や中学校の同級生に当たれば、もう少し詳しい事情が分かると思う」

「問題はそういう人がいるかどうか、だな」うなずきながら沖田が言った。何だか腰が引けたような口調だった。「知ってるか？　檜原の人口は、ずっと減り続けてるんだよ。ここにいても仕事はないし、若い連中が都心に出て行くのは当然だよな。同級生も残ってないんじゃないかな」

「何だか、東京の話じゃないみたいだな」西川はぽつりと言った。

「なあ、本当にそうだよな」沖田が同調する。「東京も広いってことだろうけど、同級生がこの村で摑まるかどうかは分からないよ」

「友利にでも聞いてみたらどうだ」西川は提案した。「あいつもここの生まれなんだし、今は役場に勤めてるんだから、何か知ってるかもしれない」

「というより、噂の中心かもな」沖田が立ち上がったが、また腰を下ろす。

「どうした？」

「気乗りしないな」

珍しい。沖田は基本的にお喋りな男で、それ故聞き込みが大好きなのだ。

「気乗りしなくても、これは仕事じゃないか」

「分かってるけど……」沖田が顎を撫でる。

「三浦美知のことを調べる。それが捜査の基本だよ」

「分かってる」沖田が繰り返す。

「だいたいお前、彼女のこと、どう思ってるんだ」

「講評は差し控えたいね」

　これまた珍しい。第一印象で、相手に対する感想をずばりと言うのも、沖田の癖なのに。こと美知に関することになると、沖田は口が重くなるようだった。

「まあ……仕事だよな、仕事」自分を鼓舞するように言って、沖田がようやく立ち上がる。

　無言でうなずき、西川も立った。果たして相澤がどんな反応を示すか……怖いような楽しみなような複雑な心境だったが、すぐに「怖い」と認めざるを得なかった。この事件は、予想していたようには転がらない。どんどんおかしな方へ行ってしまいそうだった。


　相澤は疲れ切っていた。取調室には空調も入っているのだが、額には汗が滲んでいる。目の下には隈《くま》ができ、座った瞬間に疲れを押し出すように溜息を漏らした。

「三浦美知という女性を知ってますよね」西川は前置き抜きでいきなり切り出した。

　相澤がびくりと体を震わせる。何かある——西川は確信した。今まで何を言ってもほとんど無反応だったのに、思わず体が動いてしまうほどの衝撃を受けたようではないか。

「あなたが働いていたバーに、客として来ていましたね。客とバーテンとしての関係だけでしたか？」

　言葉はない。だが相澤は、珍しくきつく唇を嚙み締めた。苦しい内心を表すように、唇は真っ白になり、眉間には十円玉を挟めそうなほど深い皺が寄っている。状況が違う……

西川は少しだけ前屈みになって、顔を近づけた。

「彼女の動きに、不審なところがあります。どういうことなのか、あなたがそのヒントをくれると思うんですが」

いきなりだった。

相澤がくぐもった声を上げる。西川は何が起きたか、一瞬状況を把握しかね、体が固まってしまった。次の瞬間、灰色のスチールのテーブルに血が滴り落ちる。相澤の顎が血で汚れているのを見て、舌を嚙んだのだとようやく気づいた。

西川はテーブルに身を乗り出し、相澤の顎を摑んだ。そのまま力を入れて口をこじ開ける。口の中は真っ赤で、怪我《けが》の程度も分からない。何なんだ……慌ててハンカチを丸めて押しこむ。奇妙なことに、相澤はまったく抵抗しようとしなかった。まるで、自殺を止めてもらうのを待っているように。

「救急車だ！」

同席していたさやかに向かって叫ぶ。さやかが弾《はじ》かれたように立ち上がり、部屋を飛び出した。すぐに、狭い取調室が刑事たちで埋め尽くされる。何人かが二人の間に割って入り、西川を相澤から引き剝がした。それまで、気道を確保するために、ずっと顎を摑んで口を開けさせていたのだ。相澤が、涙の滲んだ目で、西川をじっと見る。恨みの目……？違う。何故か、ほっとしているように見えた。

クソ、こいつは……西川は相澤の真意を見抜き、手当てするのではなく、頭を一発ひっぱたいてやりたくなった。

長い午後になった。舌を嚙んだ相澤は「軽傷」と診断されたが、それでも傷が残り、しばらくは取り調べに応じられないと医師が判断した。

「どうせ喋らないんだから、舌なんかあってもなくても同じだろうが」

そう皮肉を吐いたのは沖田である。騒ぎを聞いて、聞き込みから戻って来たのだ。西川としては、今はあまり沖田と話したくはなかった。この男の能天気さは、ささくれ立った気持ちをさらに不快に刺激する。

「上の事情聴取は受けたのか？」

「簡単にな。後で監察にも話を聴かれることになると思う」

「一緒にいたのは三井だろう？　あいつのこと、上手く丸めこんだか？」

「よせよ」西川は首を横に振った。取り調べ中の容疑者が自殺を図る——これは明らかなミスであり、不祥事だ。そういう時に刑事同士が庇い合うのは、暗黙の了解になっている。相手が不利になるような証言はしない。

「らしくないねえ」沖田が西川の前に腰を下ろし、煙草をくわえた。口の端に垂らしながら、くぐもった声で続ける。「容疑者とのトラブルなんか、今までまったくなかったじゃないか」

「そうだな」

「その割に落ちこんでないのはどうしてだ？　ナイーブな西川先生は、ショックを受けたと思ったけど」

「落ちこむ暇もないぐらい、悔しい。奴に、まんまとしてやられたからな」

「どういうことだ？」沖田が煙草を口から引き抜く。

「相澤は、どうしても喋らないつもりなんだと思う。でも、沈黙を貫く自信がない。だったら、喋れないようにしてしまえばいい――」

「それで舌を噛んだのか？」沖田が目を見開く。「えらく思い切ったことをするけど、正気なのかね」

「正気を保つために、舌を噛んだのかもしれない」

「何だ、それ」

「喋れば追いこまれる」

「まさか、また呪いの話をしてるんじゃないだろうな」沖田が声を上げて笑ったが、西川の顔を見た瞬間、口を閉じてしまう。「いったい何なんだ？　何のことだと思う？」

「誰かを恐れている。喋れば、新たな災厄が降りかかるとでも思ってるんじゃないかな」

「……その誰かが、三浦美知なのか？」

「流れからして、そうだと思う。俺が彼女の名前を出した直後に、奴は舌を噛んだんだ。あれは絶対、計算してやったことだぜ」

「それでしばらくは喋れなくなるわけだ」沖田が、口にチャックをする真似をした。「まんまとしてやられたな」

「だから、監察のことなんか、どうでもいいんだ。俺は、自分に対して腹が立っている」

西川は自分で頬を一つ張った。乾いた音が銃声のように響き、特捜本部にいた刑事たちの視線が一斉に集まる。

どんどん見てくれ。お前らが見本にしてはいけない馬鹿がここにいる。

7

沖田は、庄田を連れて車を走らせていた。途中で打ち切った聞き込みを再開しなければならない。友利が動いてくれて――面倒臭がりもせず、むしろ嬉《うれ》しそうだった――三浦美知の小・中学校時代の同級生を何人か紹介してくれた。村外に出た人は後回しにして、現在も村内に住む人に話を聴くことにする。

役場の先、橘《たちばな》橋のところで右折すると、すぐに中学校と小学校が見えてくる。沖田が先日、舞茸《まいたけ》の天ぷらを食べた店もこの近くだ。その先に小さな集落があり、中の一軒が目指す「三崎《みさき》商店」である。茶色いレンガの外壁――この辺ではこういう造りの建物は珍しい――が目立つまだ新しい家で、店の前には自動販売機が二台、それに木製のベンチが置かれていた。いかにも、部活帰りの中学生がペットボトルのスポーツドリンクを買って一休みしそうな店である。夏の強烈な陽射しを避けるために、入り口にはよしずが立てかけられている。沖田は、よしずとドアの隙間に身を押しこむようにして、店内に入った。

中は薄暗く、昔ながらの田舎の商店という感じだった。食料品、生活用品、園芸用品……何でも揃《そろ》う。ただし、棚には空きが目立った。溢《あふ》れんばかりになっているのは、菓子の棚だけ。やはり、子ども向けの店なのだろう。だいたい田舎では――田舎に限らないかもしれないが、学校の近くにこういう店があるものだ。

店の奥に向かって声をかけると、一番奥にあるレジのところにいた男性が立ち上がった。小柄で小太り、小さな丸眼鏡を鼻にひっかけるようにしてかけている。

「警視庁の沖田です。先ほどは失礼しました」電話して「行く」と伝えた直後に相澤が自殺を図ったという情報が入り、慌てて面会の約束を一度キャンセルしたのだ。

「いえいえ……どうぞ、こちらへ」

男に招かれ、沖田は店の奥にある小さなテーブル席に腰かけた。せいぜい二人が向き合って座れる程度の大きさしかない。ここで買い食いする子ども向けだろう。テーブルについた、何か粘り気のある染みが妙に気になった。庄田が椅子を沖田の斜め横の位置に動かした。レジの向こうにいる男――石倉学《いしくらまなぶ》との距離は二メートルほど。もう少し近くで話したいのだが、店内が狭いので身動きが取れない。

「ええと」石倉が両手を揉《も》み合わせた。「三浦の話ですよね」

「ええ。中学校時代の彼女がどんな感じだったか、教えてもらえますか」

「ずいぶん古い話ですからねえ。もう十年ぐらい会ってないんで」

「仲はよかったですか」

「いいも悪いも、一学年一クラスで、当時も学校全体で五十人ぐらいしかいませんでしたから。今はもっと少ないな……四十人ぐらいかな」

「子どもが少ない村なんですね」

「そりゃそうです。自然環境はいいけど、子どもを育てるのにいい場所というわけでもないですからね」

「それぐらいしか人数がいないんだったら、全員顔見知りという感じですか」

「そう、ですね」石倉が顎を引く。丸い顎が胸に埋もれ、首が見えなくなった。「僕らの頃は、クラスが男女十人ずつでした。高校に行って、人が多くてびっくりしましたよ」

沖田は、石倉が笑うのに追従した。二十人しかいないクラス……まさに「村の学校」という感じではないか。

「で、三浦さんはどんな感じの人だったんですか」

「昔からちょっと大人っぽくてですね」石倉が唾《つば》を呑む。「中学校に入った頃には、もう子どもって感じじゃなかったですよ」

「背も高いですよね」沖田は、自分の頭の上で掌を水平に動かした。

「あ、そうですね。中一で百六十五センチありましたから……そういうのって、よく覚えてるんですよねえ。とにかく、ほとんどの男子より背が高かったです」

「性格は?」

「あー、ああ……」急に石倉の口が重くなる。容姿については簡単に説明できても、内面に踏みこむのは躊躇われるようだ。

「外見通りの、大人っぽい性格でしたか?」

「まあ、そんな感じです」

「三年生ぐらいの時に、つき合ってる人がいたでしょう。ボーイフレンドというか……ご存じですか?」

「ボーイフレンドじゃなくて、恋人かな」低い声で石倉が訂正した。「肉体関係があったら、恋人って言う方が正確じゃないですか」

「何でそんなことが分かったんですか?」

「それは、ほら……」石倉の耳が赤くなる。「つき合ってた奴が俺らの同級生で、余計なことまでぺらぺら喋るタイプだったんです。自分だけ抜け駆けしたみたいに思って、自慢したかったんでしょうね。ちょっとヤンキーっぽい奴で、他の男子に比べたら大人っぽかったし。そっちの方も進んでたんでしょう」

「その彼とつき合うために、実家を出て行ったんですか?　そんな風に聞いてますけど」

「いや……」石倉が唇を舐めた。

「違うんですか?」

「その男――俺らの同級生じゃない、別の人です」

「え？」沖田は思わず身を乗り出した。その拍子に、先ほど気づいた粘度のある染みの上に手をついてしまい、不快感に思わず顔を歪める。誰かがジュースを零して、そのままなのだろうか。「誰なんですか？」

「その頃高校生——高校二年生だった人ですよ。うちの中学のＯＢですけど」

「つまり、二股をかけていたということですか？」

「簡単に言えば、そういうことです」石倉が、苦々しげな表情でうなずいた。まるで彼自身も、美知の被害を受けていたとでもいうように。

「ちょっと待って下さいよ……」沖田は頭の中で数字をひっくり返した。「二学年違うってことは、三浦さんが中学一年生の時に、向こうが三年生ですか」

「そうですね……俺も知ってる人ですけど。何しろ小さい村だし」

「その人が……」

「たぶん、ですけど、三浦が最初につき合った相手じゃないかな。それは、相手が高校に行った後も続いてたんですよ」

「三浦さんはその彼を追って、立川に行こうとしていたんですね？」

「いや、その辺、村の人は皆誤解してるんですけどね」石倉が皮肉に顔を歪めた。「同級生の奴と、手に手を取って駆け落ちしたみたいなイメージで言われてるんですけど、そもそも相手が違うんですから。だって、ヤンキーとくっついたって、何もいいことないでしょう。将来性があるわけでもないし」

やけに攻撃的な言い方だな、と沖田は訝った。そのヤンキーに、痛い目にでも遭わされたのだろうか。

「ま、そいつもその後、亡くなりましたけどね」

「どうしたんですか？」

「バイクの事故です。高校へ入って、最初の夏休みでした。三浦は葬式で大泣きしてて……申し訳ないけど、俺はちょっと白けて見てました。いったい誰に向かって泣いてるんだって。村ではそいつと噂になってたんだから、葬式に出て泣いてたら、また変な噂を立てられそうじゃないですか」

「人は噂が好きですからねえ」石倉もだ、と沖田は皮肉に思った。この男は、本当によく喋る。

「その、もう一人の相手……先輩の方は、今はどうしてるんですか」庄田が顔を上げて訊ねる。いつの間にか、手帳は細かい文字でびっしり埋まっていた。

「どうかなあ。噂も全然聞かないですね。その先輩も、高校に入る時に立川へ出て行って、マンションを借りてたんですよ」

まさか同棲《どうせい》していたのでは、と沖田は驚いた。いくら何でもそれはないか……高校生が同棲していたら、さすがに問題になるだろう。ただ、一人暮らしをしていた先輩を追って、美知が村を出て行こうとしたのは分からなくもない。親や村の人の目を気にせずに済む立川は、彼女の目には天国に見えたのかもしれない。

「あなたが最後に彼女に会ったのは、いつですか?」庄田が質問を続ける。

「ご両親の葬儀の時……お父さんが先でお母さんが後でしたかね? その時です。もう十年ぐらい前かな」

「どんな感じでしたか?」

「泣いてたんですけど、やっぱり嘘っぽくて……そんなこと考えちゃいけないんだろうけど、何だか演技みたいだったんですよ。親御さんが亡くなって、悲しくないわけがないだろうけど、悲しんでる振りをしてるみたいに見えて。そういうの、偏見かもしれませんけどね」

「ちなみに、この近くに田中真緒《たなかまお》さんという方がお住まいですよね」

「ああ、旧姓本田《ほんだ》です。同級生ですよ」

「よくご存じですか?」

「同級生だから……クラスに二十人いて、今や地元にいるのは俺と二人だけですけどね。だから、なるべく会わないようにしてます」

「どうしてですか」庄田がボールペンの尻で顎を突いた。

「お互いに、好きでここにいるわけじゃないですからね。俺は、オヤジが倒れてこの店を継がなくちゃいけなかったし、真緒はたまたま妊娠しちゃってね。たまたまって言うのも変かもしれないけど」石倉が肩をすくめる。「その相手が地元の人だったから、結婚して、こっちへ戻って来ざるを得なくなったんですよ。もったいないことしたよなあ。あいつ、

ANAで客室乗務員をしてたんですよ。今はそんなに花形職業じゃないかもしれないけど、ここへ縛りつけられるのよりは、よほどましだと思いますよ」

田中真緒は、美しさの欠片を今も保っていた。それは特に立ち居振る舞いに顕著で、ただ洗濯物を取りこんでいるだけなのに、毅然とした動きに見えた。おそらく、背筋がぴしりと伸びているからだろう。彼女がすっと背を伸ばして、席上の荷物置き場を閉める様は容易に想像できた。

庭の方から近づいたので、びっくりさせてしまったようだ。バッジを見せて、ようやく信用してもらう。俺の顔はそんなに怖いのかと思い、沖田は少しでも柔らかい表情にしようと、両手で顔を擦った。もちろん、そんなことをしても顔が変わるわけもないのだが。

「どうも、お忙しいところ、すみません」沖田は素直に頭を下げた。

「いえ……どうぞ。裏から入って下さい」

沖田と庄田は、庭の方から家の敷地に入った。ささやかな庭だが、綺麗に芝が張られ、山間の緑を借景にしているために、まさに山の中にいるような錯覚を起こす。真緒は、縁側に座るよう、二人を促した。縁側に座って事情聴取……檜原で二度目だ。東京の家では縁側は絶滅しかけているし、そもそも庭がない家が多くなっているから、こういうのが珍しく感じられる。

ああ、何だか……鼻を刺激する緑の匂《にお》いを嗅《か》ぎながら、沖田は子どもの頃に戻って、親戚の家で夏休みを過ごしているような気分になった。スイカと麦茶があれば完璧だ。

　スイカはなかったが、真緒は麦茶を出してくれた。縁側に面した部屋の障子をすぐに閉めると、自分は膝をついた半立ちの恰好になる。何かあったらすぐにでも逃げ出そうとしているようだった。

「さっき、石倉君から電話がありました」

「ああ……そうですか」余計なことを、と沖田は一瞬怒りを覚えた。口コミネットワークは、こういう田舎ならではのものだろうが、彼女には先入観を持って欲しくなかった。

「美知のことですよね」

「そうです。事件の背景を調べる関係で、彼女のことをちょっと知る必要が出てきました」

「いつか、トラブルになるんじゃないかと思ってたんですけどね」

　真緒が深々と溜息をつく。体を沈ませて正座すると、エプロンのポケットから煙草を取り出した。

「吸ってもいいですか」

「どうぞ。おつき合いしますよ」

　真緒が煙草に火を点けるのを見てから、沖田もライターを煙草に近づけた。何だか、ずいぶん久しぶりの煙草だ。煙が苦手な庄田は、ダブルの攻撃から身を守るように顔を背けている。

「トラブルって、どういう意味ですか」

「男関係で」

「失礼ですけど、ずいぶん明け透けに言いますね」

「そういう印象は、否定できないでしょう。正直言って私たちは……美知が好きじゃなかったし。浮いてたんですよ」

「ずいぶん大人びた子どもだったみたいですね」

「中学生で、もういっぱしの女って感じでしたから」真緒がさっと後ろを振り向いた。閉まった障子の奥に子どもがいるのだろう。聞かせたくない話なのは明らかだった。一つ咳払いして続ける。「とにかく、小学生の頃から、もうこんな村にいるのは嫌だって言ってましたから」

「自分の生まれたところを、そんな風に嫌う人もいますよね」それだけだったら珍しくもない。沖田だって、故郷とはすっかり疎遠になっているし。

「でも、極端でしたから。中学校の時に、家出してるんですよ」

「そうなんですか?」この情報は初めて聴いた。

「一晩で戻って来て——親に見つけられたんですけど、結構な騒ぎになりました」

「家出したなら、高校生で家を出るのは難しかったんじゃないですか。ご両親だって警戒するでしょう」

「そこは……」真緒の顔が歪んだ。「説得しちゃったんですよ。あの子、人を思い通りに動かすのが得意だから。変な話ですけど、小学校の時なんか、掃除当番をやったことがないんじゃないかな。人に押しつけて、自分はさっさと帰っちゃうんです。毎回いろいろな言い訳を考えて……あれは一種の才能かもしれませんね」

「例えばどんな言い訳ですか？」

「犬が病気だからとか、夕方、親と五日市まで行かないといけないからとか……他愛《たわい》もない嘘だったんですけど、小学生だと信じちゃう感じです。言い方も、真に迫ってたんですよ」

生まれながらの嘘つきなのか――沖田は煙草を吸ったが、急にひどく苦く感じられて、真緒が用意してくれた灰皿に押しつけてしまった。まだ十分長いのに、一本損した。

「男性との関係、結構いろいろあったみたいですね」

「中学校に入った途端、急に男の人にすり寄るみたいになって……何て言うんですかね、中学デビューですか？」真緒が皮肉っぽい口調で言った。「さすがに私たちも引きましたよ。まだ子どもだったし。でも彼女は、いつも平然としてましたた」

「相当浮いてたんですね」

「ええ。でも、いじめに遭うわけじゃなくて、むしろ向こうが壁を作ってた感じです。もう、違う人種なんじゃないかって思うほどでした。それでも、小学校からずっと一緒ですから、一緒に遊びに行ったりはしたんですけどね」

「嫌な思いをしたんですか？」

「当時はそうでもなくて……どうしてか分からないけど、憎めないんですよ。口が上手いっていうか、コントロールされちゃう感じで。後になって思い出すと、むかつきますけどね」

「人を上手く使う人はいますけどね」

「使うというか、むしろ、洗脳？」真緒が首を傾げる。「皆言ってましたよ。彼女、新興宗教の教祖になったら成功するんじゃないかって」

「相当嫌われていた感じに聞こえますけど」

「当時はそう思わなかったんですよね……二年生の時かな、二人で秋川に買い物に行ったんです。アクセサリーの店に入った時、美知がイヤリングを手にして、急に私のバッグに入れちゃったんです。『お願い』って言って」

「それをどうしたんですか？」完全に万引きではないか。

「私、そのまま店を出ようとして……お願いされたんだから当たり前だと思って。でもはっと気づいて、慌てて売り場に戻って、店の人に『これが間違ってバッグに入っちゃったみたいです』って言って返したんです。何か、変な言い方ですけどね」指先で煙草が短くなっているのに気づき、慌てて一吸いして灰皿に押しつける。一つ溜息をついて、「万引きの未遂ですよね」とぽつりと言った。

「古い話ですよ」沖田は励ますように言った。「実際には盗んでないんだから、どうでもいいことです。それで、美知さんは？」

「店を出てから、笑ってました」真緒の表情が歪む。「私は本気で怒ったんですよ。万引きさせる気かって。美知、何て言ったと思います？『黙って出てくれば分からなかったのに』って……『お店の人に頭を下げたりするから、かえって怪しまれるのよ』って、平気な顔で言ってました」

「それで、あなたはどう思ったんですか」

「その通りだなって」真緒が煙草を引き抜いた。「今考えると、あり得ないです。でもその時は、美知の言うことが正しいって思えて。内容じゃないですよ？　言葉遣いとか、自信満々の態度とか、そういうせいだと思いますけど」

沖田は素早く二本目の煙草に火を点けた。今度はいつもの、馴染んだ味がする。ほっとして、深く煙を吸いこんだ。

「結局、中学を卒業してからは、つき合いはなかったんですね？　その、お葬式で会った以外は」

「あ、でも」真緒が煙草をパッケージに戻した。「その後、都内で一度だけ会いました。私が大学生の頃、就職が決まった後でした」

「キャビンアテンダントだったんですよね？」沖田は確認した。

「ええ……その時、一緒にお茶を飲んだんですけど」真緒の顔が一気に暗くなる。「普通に話してて、すごいね、とか言われて……でも、何だか馬鹿にされた感じなんです。ひどいことなんて一言も言われなかったけど、自分の選んだ仕事が馬鹿馬鹿しく思えてきて。

就職をやめようかって、本気で思ったぐらいです。結局、三年勤めただけで辞めちゃったんですけどね」

「それは、美知さんとは関係ないでしょう」

「ない、ですけどね」曖昧に言って、真緒が麦茶を一口飲んだ。「頭の片隅に、美知の言葉が残っていたのかも。美知から見たら、つまらない仕事なのかもしれないって……冷静に考えればそんなことはないし、無視するべきなのに、どうしても無視できないんです」

本当に洗脳だ、と沖田は思った。洗脳という言い方が悪ければ、「非常に説得力がある」。意識してかせずか、相手に強力な影響力を及ぼす人間はいるものだ。それが善である場合も、悪である場合もある。

その後も沖田は、美知の悪口を延々と聞き続けることになった。全てに共通しているのは、言われた当時は納得できたのに、後から考えると頭にくることばかり、ということだった。未《いま》だに時々思い出し、胸の中を掻《か》き回されるように不快になる――。

一気に喋った後、真緒が溜息をついた。

「昔は――小学生の頃は、そんなこともなかったんですよね。六年生の時かな、急に変わったんです」

「何かあったんですか？」

「友だちが行方不明になったんです」

「同級生ですか？」

「いえ、一つ下の女の子なんですけどね。本当に、神隠しみたいにいなくなって……それから急に、様子が変わったんです」

「それは、どういう――」

沖田の質問は、障子の奥から「ママ」と甘えて呼ぶ女の子の声で断ち切られた。結構長居してしまったのだと悟り、暇《いとま》を請う。

真緒と別れた後、沖田は胸の中に闇を抱えこんだ気分になった。庄田も同じようで、二人は無言のまま車へ急ぐ。運転席に腰を下ろすと、沖田はようやく息を吐いた。それまでほぼ呼吸を止めていたのだと気づく。体から悪いものが出て行ったように、少しだけ気持ちが軽くなった。エンジンをかけると、冷風が顔を撫でていったが、沖田は敢えて窓を開けた。しばらくこの村に通っているうちに、緑の香気に慣れつつある――好きになった、と言ってもよかった。窓から腕を垂らし、ぼんやりと前を見詰める。舗装が剝《は》げかけた道路の先に、深い山。

「どう思う?」前を向いたまま、沖田は庄田に訊ねた。

「複雑ですね。簡単にタイプ分けできない感じです」

「男にも、影響力を及ぼしてたんじゃないかな」

「……そうでしょうね」庄田が顎を撫でた。「何と言うか、女王様、ですかね」

「ああ、そうだな」

「それより、行方不明事件が気になるんですが」

「小学生の女の子が行方不明になったら、大騒ぎになるはずだよな。覚えてるか？」

「いや、その頃、自分もまだ小学生でしたよ」

しかも庄田は東京の生まれでもない。二十年近く前の失踪事件……大きな騒ぎになるものだが、当時東北でのんびりした子ども時代を送っていた彼は、知らなかったはずだ。

「沖田さんは覚えてないですか？」

「俺も記憶にないな」既に警察官にはなっていたが、まだ警察学校にいた頃である。自分のことで精一杯で、関係のない事件に気を配っている余裕はなかった。「新聞は隅から隅まで読め」「テレビのニュースもチェックしろ」と言われていたが、そういう教えをあまり真面目に受け止めていなかったと実感する。

「失踪課にでも聞いてみますか？」

「そうだな」二十年前というと、失踪課そのものがまだ発足していなかったのだが、データは集めてあるかもしれない。いや……今、それを調べることにどれほどの意味があるか、分からない。自分たちは美知の事情に突っこみ過ぎている感じがする。事件に直接関係あるかどうかも分からないのに。

もしかしたら自分たちも、彼女の呪縛《じゅばく》に囚《とら》われ始めているのかもしれない。一度も会ったことがないのに。

あきる野署へ戻ると、西川が少しだけ緊張を緩めているのが分かった。

「監察の方から何か言ってきたのか？」

「ああ。今回の件については、取り敢えず不問に付すことになるようだ。これから正式に監察の事情聴取があるけど、型通りのものだと思う」

「今からか？」沖田は思わず腕時計を見た。監察の動きはずいぶん早い。

「仕方ない」西川が肩をすくめる。「これから本部に出頭するよ」

「取り敢えず、いきなりバッテンをつけられなくてよかったじゃないか」

「まあな」西川が安堵《あんど》の吐息を漏らした。

「おい、そろそろ話をまとめておかないか？」

「いや、まだ早い」西川が首を横に振った。「もう少し、三浦美知の周辺を調べよう。相澤や牧野との関係が詳しく分かれば、何か出てくるかもしれない」

「その二人だけじゃ足りないかもな」

「どういうことだ？」眼鏡の奥で西川が目を細める。

沖田は、美知を巡る状況について説明した。西川の表情が次第に険しくなる。機嫌が悪い時の癖で、両手を組み合わせ、両の人差し指を小刻みに叩き合わせ始めた。

「気になるな」

「気にはなるけど、突っこみ過ぎるべきじゃないと思う。取り敢えず、一番大事なのは野田久仁子の周辺を探ることだ」

「分かってるけど、三浦美知の件がつながるかもしれない。もしかしたらあの二人、牧野を巡って直接対決しているかもしれないじゃないか」

「周辺捜査を進めるよ。お前はとにかく、監察に頭を下げておけ」

憮然《ぶぜん》とした表情の西川を残して沖田は立ち上がり、特捜本部の出入り口に向かった。ついてきた庄田に、沖田は別の命令を下した。

「念のために、失踪課に例の小学生の一件を確認しておいてくれないか。見つかっていないとは思うけど」

「分かりました」

沖田本人は、大竹を連れ出して相棒にするつもりだった。ところが、あちこち捜したものの見つからない。仕方なく、報告書を書いていたさやかを摑まえた。

「私は庄田の代打ですか？」さやかが口を尖《とが》らせる。

「つまらないことで文句言うなよ」

「忙しいのに……」

「君の目と耳が必要なんだ。頼むよ」実際、真緒たちと話した後、ひどく疲労困憊《こんぱい》しているのを意識していた。集中力は低下しており、これから長い夜の聞き込みをするのに、頼れる相棒が必要だった。

頼りにしてるから、と言ってもさやかの機嫌は直らなかった。今さら俺に頼りにされても嬉しくないだろうな、と皮肉に考える。

8

一時間ほどの監察の事情聴取を終えた後、西川は背骨が軋《きし》むような疲れを感じていた。監察と話すのは初めてではないが、今回の一件はダメージが大きかった。目の前で容疑者が死にかけた……監察の事情聴取を抜きにしても、衝撃だったのは間違いない。

鳩山に軽く報告をする。彼の第一声は「大丈夫だったただろう？」だった。詳しいことは言おうとしないが、どうやら裏で手を回したようである……このオッサンに、そんな政治力があるとは思えなかったが、実際、お咎《とが》めなしになりそうなのだから、馬鹿にしたものではないかもしれない。

警視庁を出て、午後七時。沖田たちはまだ、聞き込みをしているだろう。そこに合流するか……だが、疲れ切った体と心では、きちんとした仕事はできそうにない。今日はもう、さっさと引き上げて休むか。だが、そうしようと考えると良心が邪魔をする——いや、良心などというものではない。沖田が動き回っているのに、自分だけが休むわけにはいかないという、一種のライバル心。今は、自分の得意な書類の分析などが、役に立たないのだ。調べるべきは、もつれた人間関係である。

取り敢えず、相澤の足跡を追ってみるか。あの男が第一の遺体を遺棄したのは間違いないのだし、そもそも遺体の身元も判明していない。ここ数か月、どういう行動をしていたか割り出せば、喋らせる材料になるはずだ。相澤はしばらく話せないわけだし、その時間を利用して周辺捜査をすればいい。

警視庁の正面玄関前に立ったまま、西川は背伸びした。背中がばきばきと嫌な音を立てたが、ストレッチで少しは緊張が解れる。目の前には巨木……正面玄関と内堀通りの間は小さな広場になっており、一種の目隠しの役目を果たしている。あるいは、誰かがいきなり突入して来ないための緩衝地帯。

西川は手帳を広げた。最近また目が悪くなってきたようで、乏しい灯《あか》りの下では自分で書いた字もよく見えない。目が慣れるまで待ち、回るべき場所を検討した。本当は、美知の行方を追いたい。様々な情報が出てきた今、彼女に話を聴くのが一番手っ取り早そうだ。だが、何となく彼女の行方はすぐに分かりそうな気がする。

とすると、美知を探す前にもう一度「ブラウ」だ。あの長髪のバーテン——オーナーが何か隠しているとは思えなかったが、先日は相澤と美知の関係について、突っこみが甘かったと思う。もう少し詳しく聴いてみる価値はあるはずだ。

「よし」声に出して、西川は気合いを入れ直した。だが、何となくその気合いは空回りしている感じがする。

先日の長髪のバーテンはいなかった。今日は休みだという。代わりにカウンターの奥に入っていたのは、丸坊主のバーテンだった。もみあげから顎髭までが細長くつながり、顔の周囲に濃い墨で円を描いたように見える。左耳にだけ、シンプルな金色のピアスをしていた。西川が名乗ると、馬鹿丁寧に名刺を渡してくれた。栗田《くりた》夏樹《なつき》。一見強面《こわもて》に見えるが、礼儀は弁《わきま》えているようである。

「相澤ですか？　まあ、あいつはいろいろと……」肝心の話題を持ち出すと、急に口調が曖昧になる。やはり相澤は、この店でも厄介の種になっていたようである。

「相澤というか、客で来ていた三浦美知さん……ご存じでしょう？」知っている前提で西川は話を続けた。

「ああ、そうですね」栗田がうなずく。しかし神経は、手元のグラスに集中しているようだった。曇り一つないグラスを、乾いた布で必死に磨いている。

「あの二人、何かあったんですか」

「それは、言っていいのかどうか……」依然として顔を上げようとしない。

「相澤は逮捕されているんですよ。今さら問題になるとは思えないけど」

「いや、そうじゃないんです」栗田がようやくグラスをカウンターに置いた。淡いオレンジ色の光を受けて、グラスが鈍く輝く。「仁義として、言っていいかどうか。今日はオーナーもいませんしね」

「オーナーの許可を取らないと言えないような話なんですか」西川は右腕をカウンターについて、身を乗り出した。「気になるんだったら、電話をかけて貰えませんかね。許可を貰って下さい」

「いや、まあ、そこまで大袈裟な話ではないですけど……」栗田が別のグラスに手を伸ばす。酔っ払いに出すグラスをどれだけ磨いても、時間の無駄だろうに。

「ドラッグじゃないかな」西川は声を低くして言った。当てずっぽうだが、栗田がぴくりと体を震わせたので、当たりだと悟る。息を吐いて、ゆっくりと話を続けた。「相澤が最初に犯罪に足を踏み入れたのは、ドラッグがきっかけだった。今は特に使っている様子はないけど、ドラッグは使うだけが犯罪じゃないからね。売買にかかわる方が、もっと罪は重いんですよ」

「危険ドラッグ、です」栗田が聞こえるか聞こえないぐらいの声で答える。西川と目を合わせようとはしなかった。

「なるほどね。今は、覚醒剤《かくせいざい》なんかは流行らないわけか」

「私は知りませんよ」栗田が顔を赤くした。

「もちろん、あなたが何かしていると言ってるわけじゃないですよ」西川は笑顔を浮かべてうなずいた。「相澤に関して、何か危険ドラッグを使っていた証拠でもあるんですか」

「そういう話をしていた、ということで……三浦さんと」

「売買の相談ですか？」

「そこまでは聞こえませんでしたよ」

二つ目のグラス磨き終了。栗田はすぐに、三つ目のグラスに手を伸ばした。これが、彼にとって「ライナスの毛布」なのだと気づく。手にすると不安が消える。

「相澤は売人だったのかな」

「どうでしょう」

「自分で使っている様子はなかった？」

「危険ドラッグを使うとどうなるか、分かりませんから。特に変わった様子もなかったので……」

　栗田が嘘をついているとは思えなかった。そもそもこの店は上品な雰囲気が売りであり、ドラッグの売人の溜《た》まり場になるとは思えない。

「三浦さんの方は？」

「普通でしたよ。まあ……ちょっとタッチが多い感じはしましたけど」

「彼女に関しては、そういう話をよく聴きます」

「本当は注意すべきなんでしょうけどね」渋い表情で栗田がうなずく。「ここは、男の社交場ですから。本当は、女性の客もどうかと思うんです。別に、性差別じゃないですけど、古くからのお客さんの中には『雰囲気が変わった』と文句を言う方もいらっしゃるので」

「保守主義者はどこにでもいますよ」

　返しながら、これでは弱いな、と思った。本人がドラッグを使っているなら、検出は難しくない。強盗容疑で逮捕された時、過去の逮捕歴を鑑《かんが》みて、当然相澤に対する尿検査は行われている――結果は「シロ」。売買の証明はずっと難しい。基本的には現場を押さえて現行犯逮捕しないと、立件は難しいのだ。検察も慎重になり、内偵捜査には長い時間がかかる。

一番いいのは、三浦美知を逮捕して——たとえ別件逮捕であっても——こちらの陣地内で叩くことだ。美知はタフでしたたかな女性というイメージがあるが、それでも身柄を拘束されれば、急に弱気になるかもしれない。

「あなたから見て、三浦さんはどんな感じの人でしたか?」

「あまり言いたくないですね、お客さんのことは」栗田の表情が歪む。

「いい印象がない?」

「まあ……迷惑をかけられたこともありますし」

「あなたが?」

「店が」

「どういうことですか?」

栗田が言い淀んだ。三つ目のグラスを磨く手の動きが速くなる。西川はさらに身を乗り出し、栗田の顔を正面から凝視した。

「栗田さん、今のうちに喋ってくれませんか。この段階で話していただけたら、警察としては感謝します。でも、後で別の筋から分かったら……」

「分かりました」盛大に溜息をついて、栗田がグラスをカウンターに置く。「後で、オーナーにも話を聴いて確認してくれますか? 私から話が出たことは内密で」

「もちろん」当然、長髪のオーナーは栗田のリークを疑うだろうが、西川としては栗田を徹底して庇《かば》うつもりでいた。今後、仕事がしにくくなるようではまずい。「それで、どういう話なんですか」

「別の女性と、ここで喧嘩になりまして……お客さんが少ない時間帯だったんですけど、髪の毛を摑み合って、大変な勢いでした。カウンターに置いてあった酒瓶やグラスは割れるし、二人とも怪我するし。相澤が止めに入ったんですけど、しばらく収まらなくて大変でしたよ」

「その女性、この人でしたか」

西川は手帳から野田久仁子の写真を抜いて渡した。受け取った栗田が一瞥《いちべつ》して、「ええ」と短く認める。丁寧に写真をカウンターに置くと、横を向いて溜息をついた。

「あなたが知っている人ですか?」

「いいえ。初めて来られた方で」

「どんな状況だったんですか」

「夜の十時頃でしたかね……三浦さんが呑んでいて——」

「一人で?」西川は質問を割りこませた。

「一人です」

ということは、牧野が香港に出張していた期間と考えていいかもしれない。後で、栗田に詳しく確認しよう。

「そこへいきなり、この女性が入って来て、喧嘩になったんです」栗田が、恐る恐る久仁子の写真を指差した。「止める暇がありませんでしたよ」

「喧嘩の原因は、分かりますか」

「別に、ちゃんと聞いていたわけじゃないですけど……男関係の話じゃないですか？　『何で手を出すのよ』とか『横取りしないで』って、こちらの女性が泣きながら言ってましたから」

バーテン＝ICレコーダー説に、西川は自信を持った。やはりこの職業の人は、周囲をよく見ている。

「結局、どうなったんですか」

「相澤が止めに入って、三浦さんはすぐに店を出て行きました。もう一人の女性は、泣いてしまって動けなくなって……怪我もされていたし、一応簡単に手当はしましたた」

「問題にしなかったんですか？」

「どうして？」栗田が肩をすくめる。「二人の間の喧嘩でしょう？　うちがとやかく言うことじゃないですよ」

「いや、言うべきじゃないですかね」西川は頭の中で素早く作戦を考えた。「グラスなんかを壊されているでしょう？　器物損壊で、三浦さんを告訴しませんか？」

「でも、二人で喧嘩しているうちに割れたわけですから、二人の責任でしょう。三浦さんだけを告訴するのはどうなんですかね。オーナーも、面倒だから余計なことはしないでいいって言ってましたし」

「告訴できるのは三浦さんだけなんですよ」

「はい？」

「こちらの女性は」西川はカウンターの写真を取り上げた。免許証の写真だからどこか不自然でぎこちない表情だが、何となく不安そうな本音が透けて見えるようだった。「もう亡くなっているんです」

栗田がぴくりと眉を動かした。グラスをカウンターに置くと、「そうなんですか？」と小声で訊ねる。

「ええ。だから、三浦さんに話を聴く必要がありましてね」

「三浦さんが殺したんですか？」

「それは分かりませんが、参考として」

「だけど、それはおかしいんじゃないかな」栗田が腕組みして首を捻《ひね》った。

「何がですか？」

「だってその二人、友だちだと思いますよ。だから俺は、内輪の喧嘩だと思ったわけで」

栗田が覚えていた言葉は、久仁子と美知が知り合いだという彼の推測を裏づけるものだった。

「何で裏切ったの」

「彼氏だって知ってるんでしょう」

これらの言葉は久仁子から一方的に発せられたものであり、美知はほとんど言い訳しなかったという。

「不気味だったのは」栗田が嫌そうに言った。「摑み合いの最中も、三浦さんは笑っていたんです」

何となく、沖田から聞いた中学時代からの美知の姿と重なる。自分はあなたたちと違う――超然としているというか、馬鹿にしているというか。友人たちを一段下の存在として見下していたのは間違いない。やはり、彼女のことはもっと掘り下げて調べるべきではないか。

西川は栗田を脅したり持ち上げたりして、オーナーに電話をかけさせた。それから粘り強く交渉し、店の什器《じゅうき》に損害を与えたという理由で、三浦美知を告訴するよう説得した。オーナーは「大事にしたくない」と渋ったが、もっと大きな事件の捜査のために必要なのだと説き伏せた。

オーナーとは、結局十五分ほども電話で話しただろうか。通話を終えた時にはげっそり疲れ、掌は汗で濡れていた。告訴の手続きは明日、所轄で行う。これで美知を追う理由ができたので、栗田に礼を言って店を辞去する。

今夜は、急に気温が下がっているようだった。空気は重苦しく湿気を孕《はら》んでおり、一雨きそうな予感がする。昔は、夏の雨は暑気を払うありがたいものだったが、今ではゲリラ豪雨の被害を心配しなければならない。日本は――あるいは世界は確実に変わりつつあるのだと意識しながら、西川は店を離れた。

夜九時近くになっていたが、人出は多い。「裏原」が賑《にぎ》わうのは、むしろこれからだろう。若者たちの流れに乗って歩きながら、美知がこの辺の店に今も出入りしているのでは、と西川は想像した。相変わらず巧みな態度で男どもを誘い、女たちを支配下に置き……しかも、もしかしたらドラッグを誘い水に使っているかもしれない。

今夜一番の収穫は、美知と久仁子が顔見知りだと分かったことだ。単なる知り合いなのか、もう少し深い関係なのか……「裏切った」という久仁子の叫びを考えると、親友に近い関係だったのでは、と想像できる。だからこそ悲痛な叫びが出たのではないか。

とにかく、この線を押していくしかない。そう決めた瞬間、欠伸《あくび》が出た。まだそれほど遅い時間ではないのだが、今日はいろいろあり過ぎて……精神的なショックもあって疲れているのは間違いない。それに夕飯も摂っていなかった。毎日規則正しく、午後七時が夕飯の時間と決めている西川にすれば、今日は滅茶苦茶な一日である。家に帰らず、どこかで食べて行こうかとも思ったが、この辺りには四十男が気軽に食事を済ませられるような店がない。明治通り沿いに出ればファストフード店もあるはずだが、そういうところで一人で食事をするのは気が進まない。昼間ならいい。忙しい仕事の合間にファストフードで昼食を済ませるのは、東京の勤め人にとってごく自然なことだから。しかし、午後九時に薄っぺらいハンバーガーを頬張る自分の姿を想像すると、何だか悲しくなってきた。

四十歳になっても、まだ胸が痛むことがあるのだと考えると、情けない気持ちが溢《あふ》れてくる。そろそろ、全てに対して図々しくなれてもいいのに。

西川は、翌朝の捜査会議で聞き込みの成果を報告した。途中から、隣に座った沖田の機嫌がどんどん悪くなるのが分かる。この男はどんな情報でも自分が最初に知らないと納得できないのだ。それが分かっているからこそ、昨夜は何度か電話をかけてみたのだが、結局沖田は電話に出なかったではないか——折り返しもなかった。電話をチェックしていない自分も悪いんだぜ、と思いながら西川は報告を続けた。

「よし」報告を終えると、北野が気合いの入った声で言った。それでなくても大きな体が、さらに膨らんだようにも見える。迫力のある顔つきは、今や「凶暴」の域に達したと言っていい。「では今後、捜査の方向を三浦美知に向ける。周辺捜査、足取りの確認、その他、身柄を拘束するためにできることは全てやる」

一気に流れが変わると危険なのだがと思いながら、西川はうなずいた。全体の流れがおかしくなっても、急には止められない——いや、おかしいとなったら、沖田が何とかしてくれるだろう。この男は、平気で流れに逆らう真似をする。

「西川、器物損壊容疑の逮捕状はどうなっている？」

「今日の午前中には、何とか受理を」ちらりと腕時計を見た。オーナーは「十一時」と言っていた。それでも辛いというような……実は「ブラウ」の他にも二店舗を経営するこのオーナーの生活は、昼夜がひっくり返ってしまっているようなのだ。午前十一時は、彼にとっては真夜中の時間帯だろう。

「お前は、その確認。他の者は、手分けして三浦美知の行方を追ってくれ。以上、ここからが正念場と思って、気合いを入れてくれ」

刑事たちが「オス」と一斉に声を上げて立ち上がった――西川と沖田を除いて。

「何で昨夜、教えてくれなかったんだよ」

沖田が腕組みして前を凝視したまま、嚙み潰すような口調で言った。西川は思わず吹き出してしまった。

「何だよ」沖田が凄《すご》む。

「いや、あまりにも予想通りの反応だったからさ。お前なら怒ると思ったよ。でも、昨夜何度も電話したんだぜ」

「留守電ぐらい残してくれてもよかったのに」沖田の恨み節は続く。

「こんな複雑な話、留守電の短いメッセージじゃまとめられないよ」

「そうか……」多少納得したようで、沖田が腕を解いた。「しかし、野田久仁子と三浦美知が知り合いっていうのは、意外だったな」

「だからこそ、事件に発展したのかもしれない」

「二人はいったい、どこで知り合ったんだ?」沖田が手帳を広げる。「野田久仁子は栃木出身で三鷹在住、三浦美知は檜原出身で千駄ヶ谷在住……共通点がない。仕事での知り合いとも思えないんだが」

「そもそも、三浦美知は何の仕事をしていたんだ?」

「それが分からないんだよな……働いていた形跡がないんだ」沖田が首を傾げた。

「マンションの家賃だって、安くはないはずだけど」

「スポンサーがいたか、あるいはお前が調べてきたことが正しければ、ドラッグの商売をしていたか、だな」

「そこは、ガサをかければある程度分かるんじゃないか? ヤクの売買でもしていたら、部屋にも証拠が残ると思う」

「自分のところには置かずに、スルーしていたかもしれないけどな。金の受け取りをするだけで」沖田が手帳を閉じた。

「ああ。とにかく、部屋を調べてみよう」

「何となくだけどな……三浦美知の昔の恋人に当たった方がいいような気がしてきた」

「昔のどの恋人だ?」西川は少し皮肉をまぶして言った。

「まずは最初の恋人、なんだろうな」沖田がうなずく。「中学で二年先輩の――彼を慕って立川に出て行った」

「ああ、そうだな」西川もうなずき返した。「それが彼女の原点かもしれない。でも、直接当たるのは後でいいんじゃないか? まずは三浦美知の行方を捜すのが先だ」

「ま、そうだな」沖田が掌に煙草を出して転がした。「しかし、俺は嫌な予感がするんだよ」

「……ああ」

「お前はどうだ？　何か感じないか」

「予感はある。だけど、それがどういう予感なのか、俺には分からないんだ」

「俺は、全てがばらばらになりそうな感じがする。事件はまとまらないで、俺たちは途方に暮れて立ち尽くす、みたいな」

「冗談じゃない」西川は立ち上がった。「そんなことにはならない——させないよ。どんな事件だって、合理的に説明がつくもんだぜ」

「そうとは限らないことは、お前はよく知ってると思うけどな」沖田が肩をすくめる。「パーツが合わないどころか、一つもくっつかない事件もある。ジグソーパズルのピースを集めたら、いかにもそれぞれはまりそうだけど、実は全部違うパズルのピースだった、みたいな」

「俺たちのやってることが間違ってるって言うのか？」

「そういうわけじゃない」沖田も立ち上がった。呑気《のんき》そうに伸びをする。「今まで会ったことのないような犯人を相手にすることになりそうな予感がするんだ。経験していないことに対しては、人間は身構えるからね」

「だけど——」

「お話し中、すみません」庄田が割って入った。

「何だ？」

「行方不明になっていた女の子のことなんですが……失踪課の方で、古い記録をひっくり返してくれました」

「ああ」

西川は座り直した。沖田もそれに倣う。庄田は立ったまま手帳を広げ、報告を始めた。

「行方不明になったのは、幸田《こうだ》美晴《みはる》さん、当時小学校五年生で十一歳でした。身長百四十三センチ、体重三十五キロ。服装は……」ちらりと西川の顔を見て、「それはいらないですね」と続けた。

「ああ。先へ進めてくれ」西川はボールペンで手帳のページを突いた。

「行方不明になった時の状況ですが」庄田が手帳に顔を近づけた。「いつも通りの時間に下校したのですが、帰宅しなかった、ということです。自宅は、小学校からはかなり離れていて、バスで通学していました」

「集団下校じゃなかったのか？」沖田が突っこんだ。

「ええと、すみません、そこはまだ調べてないんですが、路線バスですから恐らく違うだろうと……」

庄田の耳が赤くなる。この段階でこんな細かいことを言っても……と西川は沖田を睨んだ。当然のように、沖田は無視している。庄田が咳払いして報告を再開した。

「集団下校かどうかは分かりませんが、この日は一人で帰ったようです。いつもなら学校が終わってすぐに帰って来たんですが、この日に限って遅れたので、家族が心配して捜し始めました。しかし、警察に届け出たのは翌日になってからです」

「遅いな」西川は手帳から顔を上げた。

「そこは、檜原みたいに全員が顔見知りの村のことですから……すぐに目撃証言が出て、見つかると思ったんじゃないでしょうか。家族も、警察沙汰にするほどのことではないと考えていたと証言しています」

「ところが、見つからなかった……」

「はい。それで、翌日の朝一番で、両親があきる野署に捜索願を出しました。その後、消防団や青年団、学校関係者も参加して、大規模な捜索が始まって、ヘリまで出したんですが、結局見つかっていません」

「失踪課の分析は？」

「これは、失踪課が発足する以前の話なんですが、当時の記録を見ると、所轄は沢へ落ちた、と推測していたようです。証拠はないですが」

「学校から帰る途中というと、北秋川かな？」

「いや、南秋川だったはずです。家はそちらの方なので……バスを降りたところまでは確認されていますが、そこから先がまったく分かりません。バス停から家まで、さらに五百メートルぐらい離れていたそうですから、そこまでのどこかで行方不明になった可能性があります」

「捜索はどれぐらい行われたんだ？」

「一週間ほどのようです。冬場で、雪が降ったりして、条件が悪かったようですね。その後は、通常の捜索活動に切り替えたようです」

つまり、交番や駅などにポスターを貼って告知する……実際には、あんなものを見ている人などほとんどいない。それにしても当時、村は大騒ぎだったのではないだろうか。今でも、小学生が失踪したりすれば、事件とのかかわりが真っ先に疑われ、世間も騒ぎ出す。何となく「神隠し」などという言葉が出てきた。田舎だからというわけではあるまいが、いきなり姿が消えて何の手がかりもないのは、地元の人にとって、まさに神隠しだったのではあるまいか。

西川は、川沿いの景色を思い浮かべた。渓流は、道路のすぐ脇を走っている部分もある。ガードレールはあるだろうが、身長百四十三センチの女の子が乗り越えられないような高さでもないはずで……転落すれば、自力で上がってくるのは難しかっただろう。道路から水面までは、結構な高さがあった気がする。水かさが多い時期だったら、捜索も困難を極めただろう。この時は冬場で、それほど水かさは多くなかったはずだが、それでも大変だったのは間違いない。

「事故扱い、なんだな」西川は念押しした。

「結論は出ていませんが、そういうニュアンスの報告が残っています」

「分かった。ありがとう」西川は沖田に視線を投げた。「その子、三浦美知とは相当親しかったのか？」

「そうみたいだな。妹みたいな存在だったのかもしれない。三浦美知は一人っ子だし、可愛がってたんじゃないかな」

「それがいきなりいなくなって……ショックだったのは間違いないだろうな」

「性格が急変するぐらいに」沖田がうなずいてつけ加えた。「それについては同情するけど、だからといって、いろいろな人に変な影響力を行使するのはどうなんだ？　あの女、相当歪んでるぜ」

「分かってるよ」西川は唇を引き結んだ。沖田の視線と交錯する。「そういう、歪んだ人間たちを相手にするのが、俺たちの仕事だろうが」

第三章　コントロール

1

「女性？」沖田は思わず声を張り上げた。これは……盲点だったかもしれない。女性をストーキングするのは男、というのが常識だ。だがここにきて、女性が女性をストーキングしていた可能性が浮上してきた。

美知が久仁子を監視していた？

この証言は、三鷹にある久仁子のマンションの住人から得られたものだった。行方不明になった前後の状況を把握するために、複数の刑事を投入してローラー作戦で聞き込みを行ったのだが、そのうちの一人が「変な女性を見た」と言い出した。

「別に、隠してたわけじゃないです」一児の母だというその女性、松永恵美《まつながえみ》が言い訳するように言った。「忘れてただけです。今刑事さんに言われて、思い出したんですよ」

「それはいいんですよ。何でもかんでも怪しいと思ったら、普通に暮らしていけませんからねえ」言いながら沖田は、実際には猜疑心《さいぎしん》の強い人がどれほど多いかを考え、うんざりしていた。一一〇番通報のどれぐらいが、まともなものだろう。酔っ払いや、警察をからかってやろうとする性質《たち》の悪い人間は、いつの時代にもいるものだ。いや、むしろ増えているかもしれない。適当な一一〇番通報の数を考えれば……気を取り直して、質問を再開する。

「いつ頃だったか、分かりますか?」

「夏になる前……梅雨時でした」

「間違いないですか?」

「だってその人、レインコート姿でしたから。すごく変でしたよ。ずぶ濡《ぬ》れのレインコートを着て、そこの廊下に立っていたんです」恵美がドアの隙間《すきま》から顔を突き出し、久仁子の部屋の方を指差した。「私が買い物から戻って来たら、部屋の前で幽霊みたいに立ってて。どうしようかと思ったんですけど、逃げるわけにもいかないでしょう? 急いで部屋に入って……それから、覗《のぞ》き穴に顔をくっつけて、見てたんです。すぐにうちの前を通ってエレベーターの方に行っちゃったんですけど、一瞬こっちを見たんですよ。まるで私がドアのこっち側にいるのを見透かしているみたいに……心臓が停《と》まるかと思いました」

「この人ですか?」沖田は恵美に写真を示した。

「はい……いや、えーと、うーん……」恵美が言葉に詰まった。「似てる感じもしますけど、よく分かりません。レインコートはフードつきで、頭からすっぽり被《かぶ》ってましたから」

ないのだ。

「それ、カッパじゃないんですか?」いずれにせよ、怪しい。雨に濡れるような場所でもすから」

「レインコートですよ」恵美がむきになって反論した。「間違いないです。バーバリーで

「そんなに簡単にブランドが分かるんですか」

「だって、バーバリーチェックだったから」

それなら確かにいい目印だ。沖田はうなずいて、話を先へ進めた。

「もう一度、見てるんですね」

「ええ……段々、思い出してきました。その雨の日の何日か後……多分、一週間は経《た》っていないと思いますけど、今度はマンションの外で見かけました」

「どこですか?」

恵美がサンダルを突っかけ、廊下に出て来た。こちら側はちょうど、表通りを向いている。とはいえその表通り——連雀《れんじやく》通りは片側一車線で、マンションの前に見えるのはコンビニエンスストアぐらいだ。他には一戸建ての家が建ち並ぶだけの、静かな住宅街である。

「そこの、コンビニのところなんですけど」恵美が通りの向かいを指さす。

「コンビニの客だったんじゃないですか」

「でも、こっちをカメラかビデオで撮影していたんですよ。私は家を出たところで……ドアを出ると、自然にコンビニが目に入るじゃないですか? それで気づいたんです。慌て

て引っこみましたけど」

「前と同じ女性でしたか？」

「その時は、カメラを構えていたんで顔は見えなかったですし……でも、背丈やスタイルなんかは似てましたね。きっと同じ人ですよ」

恵美は、二人を無理矢理同一人物にしたがっている——その方が話が面白いからだろう。後でママ友に自慢したり、ネットで無責任に書き飛ばして注目を集めることもできる。しかし、それが捜査妨害になることもあるのだ。

「……分かりました。またお話を伺うことがあるかもしれないんで、よろしくお願いしますよ。それと、この件はネットに書かないように注意して下さい」沖田はすかさず釘《くぎ》を刺した。

「そんなこと、しませんよ」ショートカットにしているので、恵美の耳が赤く染まるのが分かった。

「もちろん、あなたはそんなことはしないでしょう。でも、実際にやった人がいて、見事な捜査妨害になりました。犯人はツイッターをチェックしていて、警察が自宅付近で聞き込みをしているのを知って、そのまま高飛びしました。そういうことになると困るんです」

忠告してマンションのロビーまで戻ると、やはり聞き込みを終えたらしいさやかが、手帳に何か書きつけていた。

「どうだった？」

「あ……いや、あまり」さやかが渋い表情で言った。

「ちょっと出ようか。いい証言があった」

外に停めた覆面パトカーの中で、沖田はたった今手に入れた恵美の証言を説明した。さやかはあまり表情を変えずに聞いている。

「それだけじゃ、何とも言えませんね」否定的な結論を口にした。「せめて顔が似ていればば」

「顔は見てないって言うんだから、しょうがない。なあ……」沖田はウィンドウ越しに外を見た。コンビニエンスストアの建物の屋根に、防犯カメラがあるのが分かる。「もしかしたら、あの防犯カメラに映ってるんじゃないか」

「防犯カメラの映像なんて、一週間ぐらいで消すはずですよ。梅雨時の話だから、二か月前ですし、さすがにその頃の映像は残ってないんじゃないですか」

「そうか……」沖田は拳《こぶし》で軽く顎《あご》を叩《たた》いた。こつん、という衝撃が脳に伝わるが、新たな手がかりを引き出すトリガーにはならない。「取り敢《あ》えず、聞き込み続行だな」

「そうですね」さやかが手帳を開いた。「あと十五部屋です」

「そんなにあるのか？」

「しょうがないですよ。マンションなんて、一気に住人全員が摑《つか》まるわけでもないですし」

十五部屋か……ずいぶん話を聴いたつもりだったが、まだ半分とは。もう少し応援を貰《もら》おうかとも思ったが、近くには誰もいない。特捜本部の刑事たちは、半分は檜原に残り、半分は都内各地に散っているのだ。

「……ちょっとすみません」さやかがバッグから携帯電話を取り出した。「西川さんです」沖田に向かって振って見せてから、電話に出た。

「はい、三井です……え？　マジですか……はい、分かりました。集合場所は？　はい、そこなら分かります。三十分貰えますか？」

電話を切ったさやかが、「車、出して下さい」と沖田に声をかけた。

「どういうことか、説明しろよ」

「走りながら説明します。間に合うかなあ」苛々《いらいら》した様子で、腕時計の文字盤を人差し指で叩く。

沖田はエンジンをかけると、わざと乱暴にアクセルを踏みこんで車を急発進させた。さやかの体がシートの上で弾んだが、彼女は気にする様子もない。

「それで、どうしたんだ」

「ホテルで、三浦美知という名前の宿泊客が見つかったんです」

沖田は一瞬、「三浦美知」という名前の人が、日本中で何人いるのだろうと訝《いぶか》った。同姓同名の別人ではないか？　だいたい、本名でホテルに泊まっているとしたら、あまりにも用心が足りない。せめて偽名を使うか、もっと遠いホテルに――あるいは、自分たちの読みは外れているのか？

「場所は？」それをまだ確認していなかった。

「新宿です」さやかが、新宿中央公園近くにある高層ホテルの名前を挙げた。「分かりますか？」

「あの辺なら分かる……ところでそのホテル、一泊いくらぐらいかな？」やはり、美知の懐具合が気になる。

「さあ……調べましょうか？　すぐに分かりますけど」

「いや、知ってるなら教えて欲しかっただけだから、無理に調べなくていい。でも、安くないよな」

「分かりませんけど、ツインで一泊五万円とかの世界じゃないですか？」

沖田は口笛を吹いたが、しっかり鳴らず、空気が漏れるような音になってしまった。高いのは分かっていたが、自分たちには縁のないホテルだ……だったらどんな人たちに縁があるのだろう。アメリカ資本のホテルだし、出張旅費を潤沢に使えるアメリカのビジネスマン？　そんなところだろう。日本人で、しかも何の仕事をしているかよく分からない美知のような人間が泊まるホテルとは思えなかった。

「いつから泊まってるんだ？」

「三日前です」

「しかし、よく割り出したなあ」

「ホテルに一斉に当たりをつけただけみたいですよ。単純作業です」

「簡単に言うなよ。都内に、いくつホテルがあると思ってるんだ？」沖田は溜息《ためいき》をついた。

ローラー作戦は警察が得意とするところだが、効率が悪過ぎる。

「ええ？　クイズの問題だったら、ちょっと難易度が高過ぎないですか？」

「都内全体で約七百、二十三区内だけでも五百四十ぐらい」

「何でそんなこと、知ってるんですか？」

　ちらりと横を見ると、さやかが目を見開いていた。沖田は軽く咳払《せきばら》いして続けた。たまたま別件の捜査で東京都福祉保健局の統計を見たから、と打ち明けるのは悔しい。たまには、自分も謎《なぞ》のある男だと思われたいものだ。

「ちなみに旅館は、千二百軒以上だ」

「そうなんですね」さやかが溜息をついた。「それを全部チェックするのは、相当大変ですね」

「ああ。でも今は、そのことは考えないでいい。とにかく祈れ」

「何をですか？」

「三浦美知がホテルの部屋にいることを……そして、間違いなく本人であることを」

　ホテルで人を確保するのは難しい。出入りが多いし、何かあると騒ぎになりやすいのだ。閉鎖スペースであっても、駅などで逮捕劇を繰り広げるのと同じ感覚である。どうするつもりだろうと思いながら地上二階にある正面玄関に到着すると、美知は部屋にいない、と西川から知らされた。

「チェックアウトはしていないのか?」沖田は確認した。

「ああ」西川が答える。「一応、明日まで泊まる予定だ」

「それを隠れ蓑《みの》にして、どこかへ逃げているかもしれない」

「疑い始めたら、きりがないよ」西川が肩をすくめる。「とにかく、ここで張り込みだ」

「何人いる?」

「五人」

「五人で足りるかな……」沖田は顎に拳を当てた。このホテルは、地上四十階から上に客室がある。建物の二階部分にある、建物共通のエントランスは無視していいとしても、フロントから客室まで、どれぐらいの人数を配置すればいいのだろう。

「心配するな」西川が自信ありげに言った。「フロントに二人、エレベーターホールに一人、部屋のあるフロアに二人、それで完璧《かんぺき》だ」

「マジかよ。ちょっと簡単過ぎないか?」沖田は疑義を呈した。

「基本は客室だろう。この動線を押さえておけば、まず問題ない」

「そうか……で、どこに誰を配置するかは決めたか?」

「ああ。お前と俺でフロント」

「何でお前と一緒なんだよ」

沖田は唇を尖《とが》らせて抗議したが、西川はにやりと笑って受け流した。

「ベテランの特権だ。一番確実に確保できそうなポジションだから」

「そうか」

そういうことなら、西川と一緒でも我慢できる。沖田は他の三人の刑事と落ち合い、簡単に打ち合わせをした。午後四時……張り込みがいつまで続くか分からないが、今回の条件は悪くない。外で張り込みだと、最高気温三十五度に耐えなければならないのだ。空調の効いたホテルでの張り込みなど、天国にいるようなものである。

「ホテルにはもう、話を通してある。トラブルになる可能性は低いと思うが、慎重にいこう」西川が話をまとめにかかった。「どんな小さなことでも逐一報告して、情報を共有すること」

西川が両手を叩き合わせた。気合いを入れたのだろうが、この男がこんなことをするのは珍しい。もしかすると……地上四十階へのエレベーターを待つ間に聞いてみた。

「お前、びびってるだろう」

「はあ?」西川が睨《にら》みつけてきた。「何で俺がびびるんだよ」

「別に恥ずかしがることはないよ。得体の知れない人間を相手にする時は、誰だってびびるだろう」

西川がぐっと唇を引き結んだ。喉仏《のどぼとけ》が大きく上下する。痛いところを突いた、と沖田は確信した。

「心配するな。俺も同じだから」

西川が口を薄く開く。両肩がすっと落ち、緊張が抜けていくのが分かった。ついでに肩を叩いてやろうかと思ったが、そういうのは自分の柄ではないと思い直す——少なくとも西川に対しては。

四十階まで一気に上がり、沖田たちはフロントのあちこちに散って待機した。絨毯《じゅうたん》は落ち着いたベージュ色、柱部分などには茶色をあしらい、柔らかい照明が全体の雰囲気をさらに高級なものにしている。仕事で来ているのだと自分に言い聞かせても、むずむずするような感覚は消えなかった。西川がフロントで何か話をして戻って来る。沖田はフロントマンの顔を窺《うかが》ったが、特に緊張している様子はなかった。こういうことに慣れているわけではないだろうが、一々表情が変わらないのは、一流のホテルマンの証《あかし》ということか。

全員が配置につき、沖田と西川は地上と四十階をつなぐエレベーターの前に陣取った。とはいえ、立ったままぶらぶらしていると目立つので、椅子《いす》に腰かける。これがまた座り心地のいい椅子で、適度な空調と相まって眠気が襲ってくる。何しろこのところ、忙しかったから……何度も腿《もも》を拳で叩いて刺激を与え、眠気を追い出そうと努めた。

最初の一時間は何事もなく過ぎた。エレベーターの扉が開く度に集中していたのだが、いつの間にかそういうことにも飽きてくる。そこまでしなくても、簡単に見つかるはずだ。やはり外国人客が多い……日本人は半分ぐらい、という感じだった。

ちらりと西川を見ると、腕組みをしたまま、エレベーターを凝視している。あまりにも動かないので、ロビーの置物のようになっていた。一声かけようかと思ったが、とてもこちらの軽口を受け止める様子ではない。おそらく頭の中では、美知の取り調べをシミュレートしているのだろう。

それにしても美知は、どういうタイプなのか。毒婦？　言葉は古いが、そうかもしれない。その手のタイプは、刑事をも籠絡《ろうらく》しようとするだろう。西川が崩されるとは思えないが、今回の事件では西川は不調だ。とうに落としていて然《しか》るべき相澤に手を焼き、目の前で自殺を図られるのだから、明らかにいつもの西川ではない。

だからといって、自分が美知の取り調べをする気にもなれなかった。もちろん、必要があれば取り調べはするが、この事件全体が西川のもの、という感じがしている。それに、容疑者を取り調べるだけが刑事の仕事ではない。外を回って証言を集め、証拠を探す——自分にはやはり、そういう仕事が性に合っている。

さらに三十分経過。もしかしたら美知は、深夜まで帰らないかもしれない。ただ、こちらとしてはひたすら粘ればいいのだ。ホテルへ入るにはこのエレベーターを使うしかないから——非常階段とは考えられない——とにかく待っていればいい。途中でポジションを入れ替えることで、集中力も保てる。

携帯電話が鳴った。ロビーなので話していてもいいのだが、何となく躊躇《ためら》われ、立ち上がる。前に座っていた西川が振り向いたので、うなずきかけてからその場を離れた。ロビーの奥の方、客室へ向かう別のエレベーターの方へ歩いて行って、電話に出る。

「ああ、北野だ。配置についたな?」

「ええ。今のところ、動きなしです」

「遅くなるようだったら、交代要員を準備しようと思うんだが」

こちらが考えていることは、向こうも考えていたわけだ――沖田はほくそ笑んだ。

「まだ大丈夫です。夜になってから考えてもらえばいいですよ」

「分かった。何もなくても、一時間置きに連絡してくれないか?」

「了解です――」その時沖田の視界の端で動きがあった。下からくるエレベーターの扉が開き、同時に西川が立ち上がる。沖田は、総毛立つような興奮を覚えた。「交代要員は必要ないと思います」

「ああ?」

「来ました」

電話を切り、沖田は客室行きのエレベーターの前に陣取っているさやかに目配せした。事態に気づいて、彼女の顔がさっと緊張する。急ぎ足でこちらに来るのを見て、沖田は西川の方へ向かった。

三浦美知が、すっと背筋を伸ばしたまま、奥へ向かって歩いて来る。ノースリーブのクリーム色のワンピース姿で、肩にはカナリア色のカーディガンをかけている。かなりヒールが高い靴を履いているようで、身長は沖田とさほど変わらなかった。綺麗《きれい》な卵形の顔に、大きな瞳《ひとみ》。髪型はショートボブでまとめている。一瞬見ただけで引き寄せられる美人、という感じでは決してない。しかし、近くで見たら吸いこまれそうだな、と沖田は思った。強烈な意志を感じさせる眼差《まなざ》しで、全身から磁力を発しているようなイメージである。一瞬、沖田はその場から動けなくなってしまった。

——いかん。

思い切り首を左右に振り、頭の中に湧《わ》き出た白い靄《もや》を追い出す。美知は何故《なぜ》か、沖田を意識しているように真《ま》っ直《す》ぐ見詰めてくる。その後ろに西川。怪訝《けげん》そうに目を細めているのは、俺が動かないのを訝っているからに違いない。沖田は「クソ」と一言短く発し、左足から一歩を踏み出した。大股《おおまた》で美知に近づき、西川と挟みこむ態勢を取る。背後にはさやかの気配を感じた。

「三浦美知さんですね」沖田は声をかけたが、みっともないほどしわがれてしまったのに驚いた。長い間砂漠で彷徨《さまよ》っていたかのように喉《のど》が渇き、手足に力が入らない。

美知が立ち止まる。まさに音もなく、といった感じで、全ての動作が滑らかで無駄がなかった。むき出しの肩の白さがやけに眩《まぶ》しい。

「警視庁の沖田です。あなたに、器物損壊容疑で逮捕状が出ています」

美知が小首を傾《かし》げる。そうすると、三十歳という年齢に似つかわしくない、子どものような表情が浮かんだ。

西川が、美知のすぐ後ろまで迫っていた。背広の内ポケットから折り畳んだ逮捕状を取り出すと、腕を伸ばして沖田に渡す。自分の脇で動く西川の腕を、美知はちらりと見ただけだった。沖田は逮捕状を広げて彼女に示し、状況を説明したが、表情にまったく変化はない。無表情であるが故に、むしろ感情の深さを感じさせられた。

「ご同行願います」手錠をかけるべきかどうか——沖田は腰の後ろに左手を回し、手錠を指先で確認した。

「分かりました」美知が素直に、素早くうなずく。

逃げようとする気配はなく、沖田は左手を手錠から離した。さやかが沖田の横に並ぶ。西川は相変わらず美知の後ろに立ったまま。防御態勢としては完璧で、三人が作る三角形の中心にいる美知は、まず逃げられない。理屈では分かっていても、沖田は胸のざわつきがさらにひどくなるのを感じていた。

身柄は確保した。

だが、網にかかったのは自分たちのような気がしてならない。

2

「あなたは七月一日午後十時十五分頃、渋谷区神宮前、『ブラウ』店内において、野田久仁子さんと摑み合いの喧嘩《けんか》になり、店内の什器《じゅうき》等を壊して、店側に七万五千円相当の損害を与えた——間違いありませんか」

グラスを割っただけでこの損害額はどうなのかと西川は思ったのだが、高額なバカラがいくつか含まれていたと聞いて納得した。

「はい」美知の答えは素直だった。「その件については反省しています。でも私は、手を出していません」

「というと？」

「野田さんが一方的に私を振り回したんです。それで私の体がカウンターに当たってグラスが壊れただけですから、不可抗力です」

「その野田さんが亡くなったのは、ご存じですか」

「新聞で読みました」

「知り合いなんですよね？」

「そう、ですね」

美知は素直に話している。全ての容疑者がこんな風に素直だったら取り調べは楽なのだが、と思いながら、西川は心の奥に妙に冷たい風が吹くのを感じていた。美知は表面をなぞって話をしているだけで、深い部分を一切覗かせない。心の一番底にあるのが何なのか、想像しただけで恐怖だった。

「野田さんとは、どういう知り合いなんですか？」

「去年、海外旅行へ行った時に、彼女がコーディネートしてくれたんです」

「つまり、仕事上の知り合い、ということですか」

「ある意味では」

美知が薄い笑みを浮かべた。決して美人ではない——その笑顔を見て西川は印象を新たにした。だが、何故か人を惹《ひ》きつける魅力がある。何なのだろう。愛嬌《あいきょう》があるわけではない。性的な魅力に溢《あふ》れている感じもしなかった。ポイントの一つは、声かもしれない。少し高く通りが良いだけではなく、深みも感じさせる。

「その旅行がとても楽しかったので、帰国してからお礼を言いに行って、それから親しくなりました」

「その時は、どちらへ？」

「アフリカです」

「アフリカ？」

「ええ。主にジンバブエです。ビクトリアの滝を見てみたかったんです。凄《すご》かったですよ」

「そうですか」

西川は咳払《せきばら》いをした。ビクトリアの滝が世界有数の大瀑布《だいばくふ》だということぐらいは知っているが、この話題をきっかけに話を進めていく気にはならない。美知の方でも、それほど積極的に話したいわけではないようだった。

しかしすぐに、この話題の背後に、どうしても聴かなければならない事情が隠れていることに気づいた——彼女の資金源。

「アフリカへのツアーだと、お金もかかるでしょう」

「そうですね。それはいろいろと」

「失礼ですが、あなた、お仕事は何なんですか?」

「今は働いていません」美知がさらりと言った。

「失業中、ということですか?」

「いえ。特に働く必要もないので」

「どういうことですか?」

「両親が亡くなった時に、ある程度のお金を残してくれたんです」

「働かないで生活できるほどに?」遺産……家を売ったとしても、さほどの金額になるとは思えない。

「その辺は、いろいろやりくりしています」

「誰か、援助してくれる人がいるんじゃないですか」

美知が、喉の奥から絞り出すような低い笑い声をあげた。自分が大変なミスをしてしまったような気になり、西川は思わず顔が赤らむのを意識した。これか……美知は意識してかせずか、相手に劣等感を抱かせる。

「あの、愛人とかスポンサーとか、そういうことですか? それはないですから」

「今のマンションも、家賃は安くないでしょう」

「それほど高くもないですよ。古いですから」

「そのマンションの家賃をずっと払い続けるだけでも、結構な負担になるかと思いますが」

「もう一度言っておきます。お手当をくれるような人はいません」

急に無表情になり、声も硬くなった。やはり、こちらのミスを無言で責めるような雰囲気。だがそれはすぐに一変し、柔らかい笑みが浮かんだ。彼女の掌《てのひら》の上で踊らされている感じになってくる。こういう方法を中学生の時から身につけていたとしたら……西川は首を横に振った。

「恋人は？」

「いないとは言いませんけど」

「牧野さんはご存じですよね？　牧野靖貴さん」

「ええ……」

「彼が恋人なんじゃないですか」

「そうなんですか？　彼がそう言ってるんですか？　私は別に、そういう意識はないですけど。だとしたら、一方通行ですよね」困ったような口調だった。

「牧野さんを巡って、野田さんとトラブルになったんじゃないですか」

「ああ、そのことですか……それは、野田さんの勘違いだと思いますよ。私、酔うと人にすぐ触る癖があるから。そういうのを見て、ちょっかいを出していると思ったのかもしれませんね。でも、そういう癖があることぐらい、彼女も知っていたと思いますけどね……何度も一緒に呑《の》んでますから」

ますよ」

「それなら、『ブラウ』でのトラブルも、野田さんの勘違いだったと言うんですか？」

「彼女、思いこみが激しいところがありますから。でもその後、一緒に呑んで仲直りして

「その野田さんが殺されたんですが」

「はい」真剣な表情で美知がうなずく。「大変なことですね」

「最後に野田さんに会ったのはいつですか」

「それは……」美知の顔が歪《ゆが》む。「手元に手帳かスマホがないと分かりません。スケジュールなんて、一々覚えていませんから」

西川は振り向き、記録係で同席しているさやかに合図を送った。さやかがすぐに内線電話を取り上げ、押収した美知のバッグから手帳とスマートフォンを持ってくるように頼んだ。三十秒もしないうちに、庄田がドアを開ける。手帳とスマートフォンを受け取ると、西川はまず美知に手帳だけを渡した。スマートフォンは弄《いじ》って欲しくない。こちらの目を盗んで、誰かと連絡を取らないとも限らないから。

「確認して下さい」

美知が無言で手帳をめくる。すぐに当該のページを開き、西川の方に向けて示した。

「七月八日でしたね。『ブラウ』の件があって一週間後でした。ほとぼりを冷ますのに、一週間ぐらい空けた方がいいと思って」

確かに彼女の言う通り、七月八日のところに「19時　野田　『BP』」とある。西川は顔

を上げて彼女に訊ねた。

「この『BP』というのは何ですか?」

「『バックパッカーズ』というお店です。原宿……というか、北参道に近い場所ですね。オーナーが、若い頃に世界各地を旅行して回っていて、店名はそこからきているそうです」

聞いていないことまでよく喋《しゃべ》る——店の件は後で確認だ、と西川は頭の中でメモした。今は、それより気になることがある。久仁子が会社に出てこなくなったのは、美知に会った翌日からだ。もしかしたら久仁子は、七月八日に殺された? それでは、檜原に放置されていた彼女の車に七月九日の朝刊が置かれていたことへの説明がつかないが……美知が一種のアリバイ工作に使ったのかもしれない。

多くの犯罪者は、アリバイ工作どころか、現場で証拠を隠滅することさえしない。動転していて、とてもそんな余裕がないからなのだが、美知の場合はどうだろう。彼女にはどこか余裕がある。どんなに追いこまれても慌てず、常に冷静に対処しそうな……まだ早い。この件はゆっくりと進めるのだ、と西川は自分に言い聞かせた。器物損壊で、それほど長く身柄を押さえておくわけにはいかないだろうが、必ず他の容疑で再逮捕できる。今はそのための準備だ。

「あなたと会った翌日から、野田さんは姿を消しています」

「そうなんですか?」美知がわずかに目を細めた。

「その後、檜原に行ったようなんですね。彼女の車が現場近くで発見されています」

「ああ、あのプジョーですね」美知の表情がまた緩む。

「知ってるんですか?」

「何度か乗せてもらいました。小さくて上品で、いい車ですよね」

「あなたが一緒だったんじゃないですか」

「私が?」美知が自分の鼻を指差した。「どうしてそう思うんですか?」

「あなた、檜原の出身じゃないですか」

「ええ」きょとんとしたまま、美知が相槌《あいづち》を打つ。「そうですけど、それが何か……」

「人を殺して埋めるのに、よく知った場所を選んだということはないですか」

「私は、野田さんを殺していませんよ」美知が目を見開く。声は硬かった。

「だったら、誰が殺したんでしょう」

「さあ」

まったくぶれないのが、かえって異常に思える。普通、「お前は人殺しだ」と指摘されたら――そうほのめかされただけでも、人は分かりやすい反応を示すものだ。激怒したり、笑い飛ばしたり……しかし美知は、ごく普通の――それこそ天気の話題を取り上げるような態度で話している。

「野田さんとは、牧野さんを巡ってトラブルになっていたんじゃないですか」

「そんなに大袈裟《おおげさ》なものじゃありませんん」

「彼女をつけ回していませんでしたか？」

「ストーカーですか？　まさか……何でそんなことをする必要があるんですか。意味が分かりません」

静かな口調だったが、怒りは伝わってきた。ただ、それまでのペースが狂うようなものではない。西川は次第に、自分が混乱してくるのを意識した。美知はきちんと背筋を伸ばしたまま、両手を腿の上に置いている。取調室のデスクについてから、その姿勢はまったく変わっていない。このままさらに二時間、三時間と続けても、微動だにしない予感がした。

「西川さん……」

さやかが囁《ささや》くような声で合図する。西川はちらりと腕時計を見た。既に午後八時。あまり長く引っ張ることはできない。器物損壊容疑に関しては、本人は異論を唱えているものの、十日は勾留《こうりゅう》できるだろう。

「今日はこれで終わります」

告げると、美知がさっと頭を下げる。ただ下げただけなのに、非常に美しい動きに見えた。動きではなく、「所作」と言うべきかもしれない……留置担当の制服警官に美知を引き渡すと、西川はどっと疲れを感じ、ネクタイを緩めた。体重が何キロか減ってしまったような……そう言うと、さやかも同意する。

「取り調べで、こんなにやりにくそうにしている西川さんを見るのは初めてですよ」さやかが、むき出しの腕を乱暴に掻《か》いた。

「実際、そうだったんだ」相澤以上に。あの男にも苦労させられたが、それはあくまでまともな会話が成立しないことによるストレスである。しかし、美知はまったく違う。普通に会話が転がっている中で、彼女は一切隙を見せない。心にバリアを張り巡らせ、そこを突破することも中を覗きこむこともできそうになかった。つまり、今までの会話は全《すべ》て、上辺だけのものではないか。

そう考えると、この数時間は無駄だったとしか思えない。これがずっと続くのか——考えただけでうんざりする。取り調べに臨む際に、こんな気持ちになるのは初めてだった。

翌朝の捜査会議の冒頭、北野が「相澤が喋れるようになった」と告げた。舌を噛《か》んで大出血したように見えたのだが、実際にはそれほど深い傷ではなかったのだろう。まだ固形物は食べられないが、喋るだけなら問題ない、と北野は説明した。

「状況が変わったわけだ」北野が西川の顔を凝視しながら言った。「三浦美知は、今のところ全面否認だな？」

「ええ」

「相澤を叩《たた》いて、それをきっかけにできないだろうか。奴が舌を噛んだ後に明らかになった事実もあるから、相澤を追及する材料に使えるんじゃないか」

「そうですね……やってみます」正直に言えば、美知の取り調べから逃れられてほっとしていた。美知に比べれば、無言を貫く相澤を相手にする方がはるかに楽である。

「よし、三浦美知の取り調べは、横井《よこい》が担当」

北野が、捜査一課の刑事の名前を挙げた。ベテランの警部補だから、上手《うま》くやってくれるだろうと期待する一方、きちんと美知のことを忠告しておくべきかどうか、西川は悩んだ。非常に危険な容疑者——だが、何が危険なのかは、自分でもまだ分からないのだ。肌感覚で危ないと思っても、それを明確な言葉にできるとは限らない。

捜査会議が終わると、沖田がすっと近づいて来た。

「病院、つき合おうか？」

「……そうだな」

「相澤みたいな奴には、ちょっと脅しをかけた方がいいぜ」

「よせよ」西川は顔をしかめた。「お前の脅しは、限度を超える時があるぞ」

「だったら、黙って後ろで立ってるよ」

「それだけで相手はプレッシャーを感じるんだよ」

「そうか？　だったら俺も捨てたもんじゃないな。まだ迫力があるってことだ」

溜息をつきながら、西川は特捜本部を出た。あきる野市の中心部——JR秋川駅の近くにある病院までは、沖田が車を運転してくれた。その間、沖田のお喋りにつき合いながらも、西川はずっと美知のことを考えていた。彼女を落とす方法はあるのか……良心に訴える作戦は使えそうにない。彼女には、そもそも「良心」がないかもしれないのだ。そう告げると、沖田が「ああ」と嫌そうに相槌を打つ。

「そんな人間がいるかどうかは分からないけどな。でも、反省して涙を流す姿が想像できないんだ」

「それは分かる。昨日逮捕した時の様子も、普通じゃなかった。普通は、もう少し動揺するか慌てるかするよ」

「そうなんだよな……結局、動かぬ証拠を突きつけるしかないと思う」

「証言じゃなくて、証拠だな」沖田が応じた。「彼女は、周りの人間に変な影響力を及ぼす。相澤の証言なんか、当てになるかどうか分からないぞ」

「話を聴く前からそれはやめてくれよ」

「ああ、悪い、悪い」沖田が軽い調子で言った。「しかし何だ、三浦美知から離れると、急に気持ちが楽になるのはどうしてだろうな」

西川は何も言わなかったが、沖田と同じように感じていた。まるで美知が磁力を発しているように……その影響力から逃れるためには、ひたすら距離を置いて目を合わせないようにするしかない、とか。まるでメドゥーサだ。ギリシア神話に登場する怪物。見た者を石に変えてしまう——実際には美知は、他人を「石」ではなく、「従者」に変えるのかもしれないが。

相澤は、JR秋川駅の近くにある総合病院に入院していた。これだけでも、警察にとっては大変な損害である。舌を怪我《けが》しただけで普通に歩けるのだから、逃亡を阻止するためには二十四時間制服警官を張りつけておかねばならないのだ。あきる野署は小さな所轄で、警官の数にも限りがある。張り番のやりくりをするのに、警務課長が頭を悩ませたことだろう。

個室の前で立ち番をしていた若い警官を労《ねぎら》った後、西川は部屋に入った。五階にある部屋には適度な冷房が入っており、いい具合に汗が引いていく。相澤がここでのんびり静養していたのかと考えると、腹がたってきた。西川はすぐに丸椅子を引いて座った。沖田は西川の背後で立ったまま。相澤を睨みつけているのは気配で分かった。

相澤は病院の寝間着を着て、ベッドの上で胡座《あぐら》をかいていた。緊張の抜けた間抜けな表情で、西川を見て軽く頭を下げる。見たところ怪我しているようではないが、口中の怪我だから、外から分からなくて当然だ。

「今日は、お知らせがあって来ました」西川は最初に宣言した。「三浦美知が逮捕されました」

「え」

短い言葉でも、既にろれつが回っていない感じである。舌足らずの人が酔うとこうなるのではないだろうか、と西川は想像した。

「器物損壊容疑。あなたがバーテンをやっていた『ブラウ』で彼女が暴れて、グラスを壊したことがあったでしょう」

「ああ」どうやら母音が「あ」の場合は、多少言葉の通りがよくなるらしい。

「あなたが取り押さえた」

「そうです」

実際には「さうでふ」と聞こえた。これは、きちんと話を聴くのに難儀しそうだ。振り返ると、沖田が珍しく必死で手帳にメモを取っている。分からなくなればこれで確認する、ということだろう。こいつにしては珍しく、細やかな心遣いだと西川は感心した。

「三浦美知は、殺された野田久仁子さんと、男性を巡ってトラブルになっていた——それ以前に二人は知り合いだった。その事実は知っていますね」

無言で相澤がうなずく。やはり喋り続けるのは辛いのだろうか。西川は、すぐに異常に気づいた。

相澤が泣いている。零《こぼ》れた涙が布団に染みを作り、相澤の肩が何度か上下した。だが嗚《お》咽《えつ》を漏らすまではいかず、掌のつけ根で涙を拭《ぬぐ》うと、すぐに落ち着いたようだった。顔を上げると、表情には笑みさえ浮かんでいる。

「よかった」

「おかっら」と聞こえた言葉に、西川は困惑した。この「よかった」はどういう意味だ？

「何がよかったんですか」と思わず訊ねてしまう。

「殺されないれ済むから」

「殺すって……三浦美知があなたを殺すという意味ですか」

相澤が体をぶるりと震わせ、素早くうなずいた。しかしほっとしているせいか、頰《ほお》が緩んでいるようにも見える。

「あなた、本当は三浦美知とどういう関係なんですか」

「ろういうって……」相澤が目を細める。恍《とぼ》けているわけではなく、自分でも理解できていない感じだった。

「店のバーテンと客？　それとも恋人同士ですか」

相澤が首を振った。その目には戸惑いの色がある。もしかしたら、女王様と従者？　それが一番当たっているような気がした。美知に精神的に支配された男——当然、彼が最初ではないだろう。最後になることを西川は祈った。この件は後回しにしようと思い、西川は事実関係の確認を進めようとした。しかし質問を口にしようとした瞬間、相澤が不自由な口調ながら自白を始める。

「俺は殺してない。埋めらけ」

「それは、どちらの遺体ですか」

「野田久仁子……」

「埋めたのは間違いなくあなたなんですね？」よし、二件目の死体遺棄事件も自供だ。西川は念押しした。「野田さんを殺したのは、三浦美知ですか？」

相澤が無言でうなずく。よし——この供述は大きい、と西川は心の中でガッツポーズをした。

「話をまとめます。三浦美知が野田久仁子を殺した。あなたは死体遺棄を担当した——そういうことですね？」

　相澤がまた無言で首を縦に振る。体中の空気が抜け、体が萎《しぼ》んでしまったようだった。

「三浦美知が、どうやって野田久仁子を殺したかは知っていますか？」

「呼ばれらられ」

「殺した後に？」

「そうれす。それれ、遺体を埋めてくれっれ。あの場所に」

「最初の遺体が発見された場所の近く、ですね？」最初からあそこを指定していたのか。

「はい」

「この件について、三浦美知以外に知っている人間はいますか」

「それは……」相澤が頰の内側を嚙んだ。舌の傷に障るのか、思い切り顔をしかめる。

「例えば、牧野靖貴？」

　無言で相澤がうなずく。

「三浦美知と野田久仁子さんは、牧野を巡ってトラブルになっていた。野田さんが牧野とつき合っていたのに、三浦美知がちょっかいを出して、『ブラウ』で摑み合いの喧嘩になったんですね」

「はい」

「それで牧野は、三浦美知が野田久仁子を殺したことを知っている？」

「知ってまふ」

「それをどうして、あなたが知っているんですか」

「電話しているのを聞いた。あの山の中で」

「どんな風にですか？」

「邪魔者はいなくなったからって」

西川は、背筋を冷たい物が這《は》い上がるのを感じた。まるで車の通行を邪魔する岩をどけたような言い方。だがそれも、どこまで本気だったのだろうと疑う。殺してまで邪魔者を排除したとして、手に入れた牧野とは永遠に一緒にいるつもりだったのだろうか。またすぐに別の男に乗り換え——というのはいかにもありそうなことだった。

「あの女は、牧野も引き入れらんです」

「引き入れたって、共犯に？」

「この事実を知っていれば、牧野も事後従犯になるって」

そんなことはない。後から事実を知らされても、犯行そのものや隠蔽《いんぺい》工作に直接加担していなければ、従犯とは言えないのだ。ただし、「心理的共犯」として相手を縛ることはできるだろう。あなたのために殺したのだから——そう念押しされた後で警察へ駆け込むには、相当な覚悟が必要だ。自分が犯行の原因となれば、警察から長く事情を聴かれ、裁判でも証言する必要が出てくるかもしれない。そんなことが続いたら、自分は悪くないのに世間からは悪者扱いされ、それまでの生活を失うのではないか……少し機転の利く人間なら、それぐらいのことは考えそうだ。

「分かりました。ところで、もう一つの遺体は？」西川はさり気なく切り出した。話が上手く転がっている——相澤の言葉が聞き取り辛かったが——今、聴けるべきことは全て聴いておきたい。「あなたが遺棄したことに間違いありませんか」

「はい」

「被害者は誰なんです？　あなたが知っている人ですか？」

「いや、知らられす」

相澤は本当に知らない様子だったが、西川は根掘り葉掘り話を聴いた。ひとまずこれで十分——いつの間にか一時間以上が経っている。途中から、相澤の顔は苦しげになっていた。やはり傷が痛むのだろう。

切り上げようとした瞬間、それまで無言を貫いていた沖田が突然口を開いた。

「一つ、教えてくれないかな」乱暴というより、ざっくばらんな口調だった。

相澤が、疑わしげな視線で沖田を見る。ちらりと振り返ると、沖田は余裕のある笑みを浮かべていた。別にあんたを追いつめるつもりはない、ま、ゆったり構えて話してくれ——とでも言いたそうな。

「あんた、最初に泣いたよな？　何でだ？」

相澤は答えなかった。答えるつもりがないというより、自分でも上手い説明を見つけられないのではないかと西川は思った。何度も口を開きかけ、目が泳いでいるのがその証拠ではないか。

「あんた、もしかしたら三浦美知が怖かったんじゃないか？　彼女は捉《とら》えどころがない人間だ。いつの間にか絡めとられて、言うことを聞かざるを得なくなる。一種の奴隷だよな。でもあんたにも、良心はあるだろう。だから最初の死体遺棄については自供する気になった。でも、言ってしまったものの、三浦美知の名前を出せば復讐《ふくしゅう》されるかもしれない――そう思ったんじゃないか」

相澤が素早くうなずいた。目にはまた涙が溜《た》まっている。沖田はしばらく相澤を凝視していたが、やがてぽつりと口を開いた。今度の言葉には、はっきりと同情が感じられた。

「三浦美知が逮捕されたと分かって、これで復讐されることはなくなったと思った――呪いじゃなくて、復讐が怖かったんだろう。今になってやっと、話す気になったんじゃないか」

相澤が泣き出した。くぐもった泣き声で、必死に涙をこらえているようにも聞こえたが、実際には安堵《あんど》の涙であることは西川にもよく分かる。自分を縛っていた鎖が切れ、ようやく自由になったと安心したのだろう。

もっとも彼を待っているのは、長い実刑判決だ。

相澤の言葉は非常に聞き取りにくく、話を聞き終えた時には西川はひどく疲れていたが、予想以上の収穫があったと考えると、疲労もふっ飛んでしまう。沖田も意気軒昂《いきけんこう》で、車まで戻るのに、普段以上の大股になっていた。

車に乗りこむと、沖田がエンジンをかける前に切り出した。

「まず、牧野を攻めるのが先だと思うぜ」

「彼は、喋ると思うか？」

「喋らせるんだよ」沖田が硬い口調で答える。「奴はそれほど強くないはずだ。少し揺さぶれば吐くさ」

「無理するなよ。今のところ、貴重な証人なんだから」

「いや、どうかな……」沖田が言葉を濁した。

「違うのか？　お前、何か他の話も摑んでいるのか？」出し抜かれたかと思うと、頭に血が昇る。

「そうじゃない。今まで三浦美知とかかわった男、何人ぐらいいると思う？」

「ああ……」沖田の想像が読めた。「その連中が――」

「もしかしたら、死屍累々《ししるいるい》ってやつじゃないか。彼女が歩いた後には草一本生えてない、とかさ」

「とんでもない人間を相手にしようとしてるのか、俺たちは？」

「今頃気づいたか？」

沖田が軽い調子で言ったが、横を見ると、その顔は緊張と恐怖で引き攣《つ》っていた。

3

沖田は、庄田を連れて川崎まで赴いた。夕方、退社時を狙《ねら》って牧野を摑《つか》まえ、事情聴取する——できれば逮捕して絞り上げたいが、残念ながら今のところ、具体的な容疑はない。まあ、そこはテクニックで何とか……と沖田は楽観的に考えていた。

「定刻で出てきますかね」庄田がスマートフォンをちらりと見て言った。

「上司はそう言ってた。今日は残業はないはずだってさ……それよりお前、何でスマホを見てるんだ?」

「いや、時間を確認しようと思って」

「時間を確認するには時計だろうが」沖田は左手首を庄田の眼前に突き出した。数年前に買ったクリケットは、定期的にきちんとメインテナンスし、まったく故障なく時を刻んでいる。決して高級時計ではないが、アメリカの歴代大統領が愛用していたという「物語性」が気に入っている。機械式腕時計に関しては、性能そのものを云々《うんぬん》してもあまり意味がない。正確さではクオーツに敵《かな》わないのだし、様々な機能を盛りこめば価格は吊《つ》り上がる——フェラーリを新車で買えるような値段がついているモデルもあるぐらいだ。しかし、そもそも時計は、ただ時間を確認するためにあるのではない。その時計が刻んできた物語を読み取って……おっと、そんなことを庄田に力説しても仕方がない。

「社会人なんだから、時計ぐらいちゃんとしておけよ」

「でも、時間を確かめるにはスマホで十分ですよ。正確だし、絶対に持ち忘れないし」

「そういう問題じゃないんだ」

蘊蓄《うんちく》を語る時が来たと思ったが、口を開きかけた瞬間、庄田が「来ました」と鋭い口調で言った。彼の視線を追うと、ちょうど牧野が出て来たところだった。薄いブリーフケースのハンドルを肩のところで持って、いかにも軽快な様子である。それがそもそもおかしい……恋人が殺されたと分かってから、まだ間がないのだ。葬式にも来なかったし、もしやこいつは、事後に美知から報告を受けただけではなく、自分も手を貸していたのではないか？

そう考えると怒りが膨らみ、沖田はいつの間にか大股で歩き出していた。

「牧野さん」

自分で考えていたよりも大きな声で呼びかけてしまう。牧野はびくりと体を震わせ、首を引っこめる恰好《かっこう》で立ち止まった。まるで、何か飛んでくるのではと心配するように、恐る恐る周囲を見回している。

「牧野さん、沖田です」

沖田は、まだ十メートルも離れているのに、また大声で呼びかけた。ようやく沖田に気づいた牧野が、目を見開いて凝視する。一瞬ちらりと後ろを向いたが、そこには逃げ場がないと悟ったようだった。完全に動けなくなってしまい、その場で立ち尽くすだけだ。庄田が左手に回り、いつでも腕を摑める位置に立った。

「ちょっと話をさせて下さい」

「いや、別に話すことは……」

「そこでもいいんですよ」親指を倒し、先日話をしたベンチに向ける。

牧野の頰が引き攣った。異変に気づいたのか、ロビーにいる人たちの視線が突き刺さってくる。

「あの、ここでは……」

「結構、結構。ここが嫌なら警察に行きますか？　それともどこか別のところで話しますか？　お望みの場所につき合いますよ」

牧野がいきなり走り出そうとしたが、庄田が素早く腕を摑んだ。思いのほか握力が強かったのか、牧野は顔を歪め、摑まれた左腕の方に体が傾いでしまう。

「庄田、放していいぞ」

沖田に言われて、庄田が疑わしげな表情を浮かべた。逃がしていいのか、と無言で問いかけてくるようだった。

「この人は逃げないから。我々から逃げる理由はありませんよね、牧野さん？」

牧野の頰が痙攣《けいれん》するように小刻みに動き、庄田が腕を放した後も、やはり逃げ出そうとしなかった。早くも観念したか……あとはこの男からどれだけ絞り出せるかだ、と沖田は気合いを入れた。

工場の駐車場に停めた覆面パトカー——またも本社の入り口から一番遠い場所を指定された——で、沖田は後部座席に牧野と並んで腰かけた。庄田は運転席。エンジンをかけてエアコンも効かせているのに、牧野のこめかみを流れる汗は止まらない。しきりにハンカチを使っていたが、何の効果もないようだった。

「それで、と」沖田はわざと軽い調子で切り出した。「この前、野田久仁子さんの葬儀に来なかったでしょう？　どうしたんですか」

「あの、出張で……」

「人の出張をわざわざ肩代わりしたんですよね」

沖田が指摘すると、牧野がびくりと体を震わせる。いったい何なんだと思いながら、沖田は相澤を思い出していた。美知が逮捕されたと知らされた途端、豹変《ひょうへん》した態度……この事実をいつ切り出そうかと、タイミングを考える——もっと脅かそう。緊張感がピークに達したところで明かした方が、効果的だ。

沖田は狭い後部座席で足を組んだ。この方が偉そうに見えるはずだ……と思いながら組み合わせた手を膝《ひざ》に置く。ちらりと牧野を見て、わざと平板な口調で続けた。

「あなた、野田久仁子さんとつき合ってたんですよね？　両親にも挨拶済みだ。彼女が行方不明になった時には、ビラ配りまでして捜索に協力した。遺体が見つかった後は、向こうのご両親と一緒になって泣いてたじゃないですか。俺はあれに感動しましてねえ。もう、家族同然だと思ってたんじゃないですか？　それがどうして、お通夜にも葬儀にも出て来なかったのかな？」

「だから、出張で」

「あなたの出張じゃない。同僚の肩代わりだ」沖田は少しだけ声のトーンを高めた。「つまりあなたは、葬儀から逃げ出したんじゃないんですか？　そのための言い訳として出張を選んだ。違いますか」

「それは……自分でもやらないといけない仕事だったので……」

「つまり、野田久仁子さんよりも大事なことがあったわけですね。それとも、亡くなってしまったら、もうどうでもいいと思った？」

「そういうわけじゃ……」牧野が否定したが、声は力なく震えていた。

「じゃあ、どういうわけなんですかねえ」沖田は爪を弄った。クソ忙しくて切っている暇もなかったな、と伸びた爪を鬱陶《うっとう》しく思う。「あなた、三浦美知という女性ともつき合ってたでしょう」

　牧野が、ひゅっと息を呑む音が聞こえた。沖田は爪を弄りながら、一瞬間を置いた。さあ、どうする？　何か言い訳を持ち出してくるか？　それとも認めるか？　しかし牧野は無言だった。この男は、それほど馬鹿ではない。何か言えば、またアリ地獄にはまりこむのは分かっているのだろう。

「あなた、もてそうだからねえ」沖田は皮肉っぽく言った。「羨《うらや》ましい限りですよ。でも、二股はまずいな。しかもその一方は三浦美知だ。彼女がどんな女性かは、あなたもよく知ってるんじゃないですか。関係すると、抜け出せなくなるんだよね」

「そんなことは……」

「ない？」沖田は語尾を上げて訊ねた。「あ、そう。ところで最近、三浦美知と会いましたか」

「いや……」

「会えるわけがないよね。彼女、逮捕されてるんだから」

「は？」

横を見ると、牧野は目を大きく見開いていた。唇も薄《うっす》らと開いている。そう、知らなくて当然だ。美知の逮捕は、まだマスコミには発表されていない。別件逮捕というせいもあるが、きちんと死体遺棄、殺人で逮捕して華々しく発表したいというのが、捜査一課の幹部たちの考えなのだ。それも忌々《いまいま》しい限りで……自分たちの活躍を派手に宣伝しよう、などと考えていると、警察の本分を踏み外す。捜査の結末など、記事になる必要もないのだ。とはいえ、沖田のような考え方をしている刑事は少数派である。口では「マスコミは邪魔だ」と言いながら、実は自分が担当した事件がどれぐらいの大きさで扱われるか、異常に気にしている刑事は少なくない。

「知らない？」

「いや、その……はい」

「知らないんだな?」曖昧《あいまい》な言い方に苛《いら》つき、沖田は強い言葉を叩きつけた。

「……知りません」

沖田は言葉を切り、窓の外を眺めた。車通勤する人が多いのか、客用なのか、この駐車場はだだっ広い。今はほとんど車もなくなり、アスファルトの上で、熱せられた空気がゆらめくのが見えた。まったく、いつまで経ってもクソ暑い……今年の夏は永遠に続くのではないか、と思えた。

沖田はシャツのボタンを一つ外し、狭い後部座席で体の向きを変えた。

「彼女は、野田久仁子さんと『ブラウ』で大立ち回りを演じて、店内を壊した。その容疑で逮捕されたんだけど、どういうことか分かるよな?」

「いや……」牧野が唇を舐める。緊張のためか血の気は引き、真っ白になっていた。

「別件逮捕に決まってるだろうが。彼女が二人の女性を殺して埋めたことは、証言から明らかになってるんだ」

牧野の顔がさらに白くなった。沖田が、相澤の証言を話し始めると、ほとんど吐きそうな顔になった。

相澤は安堵したのか改心したのか、最初の遺体についても喋った。埋めたのは今年の二月。やはり美知から突然呼び出され、死体の処理を依頼されたのだという。依頼と言いつつ実際は命令で、表情の完全に抜けた美知の顔を見た瞬間、断れないと体が硬直した――

相澤はそう証言している。

その時相澤が呼び出されたのは、深夜の新宿中央公園付近だった。路上に停めた車に美知が乗っており、後部座席に遺体が横たわっていた。それを見て、相澤は路肩に吐いてしまったが、美知は冷ややかに見るだけだった。何とか落ち着いて死体を確認すると、頭に殴られた痕《あと》があり、血の塊のせいで髪がもつれていた。しかし車内に血痕《けっこん》はなく、別の場所で殺して、美知が車に乗せたのではないか、と思えた。そんなことはあり得ないと沖田は思ったのだが——死んだ人間をどこかへ動かすには、相当な力が必要だ——美知は自分でやった、と説明したという。言われるままに相澤は車を運転し、檜原村に向かった。遺棄場所を指定したのは美知である。理由を聞いたのだが美知は何も言わず、相澤は「隠しやすい山があるからだろう」と想像するだけだった。遺体には毛布をかけ、外から見た限りでは誰かが寝ているように装ったのだが、相澤は一時間のドライブの間、小便を漏らしたのではないかと何度も思ったらしい。ちょうど外国の要人が来日していた時で、警戒のために走るパトカーは、夜中でも普段よりずっと多かったのだ。

檜原村に着いたのは、午前二時過ぎ。そこで言われるままに遺体を山中に担ぎ上げ、穴を掘って埋めた。途中、二度車が通りかかり、その度に相澤は斜面に伏せた。滑り落ちそうになりながら堪《こら》えていると、死体の顔がすぐ間近に見えて、また吐きそうになったと、相澤は涙目で打ち明けた。

遺体を穴に埋め、完全に隠し終えたのは午前五時。相澤は手の震えがどうしても抑えきれなかったが、美知は運転を代わろうとはしなかった。美知が何本か煙草《タバコ》を灰にして——

相澤は吐き気がひどく吸う気になれなかった――都心に戻って午前七時。美知は突然、「お腹が減ったわ」とつぶやき、ファミリーレストランに入るよう、相澤に指示した。とても食べる気にはなれなかったが、仕方なく席につき、コーヒーを啜《すす》りながら、美知が旺《おう》盛《せい》な食欲を発揮するのを呆然《ぼうぜん》と見ていた。トーストにスクランブルエッグ、ソーセージ……食べ終えると、「甘いものも欲しい」と言って、フレンチトーストを追加注文した。普段は食が細いのに、いったいどうしたのかと訝ったが、美知の表情は終始穏やかだったという。一仕事終えて安心したのではないか、と相澤は分析した。

その後、相澤の部屋で寝たのだが、あの時ほど激しいセックスはなかった――そう言った時、相澤ははっきりと身を震わせた。まるで、自分も餌食《えじき》になるのではと恐れるように。

美知は、殺した相手の女性について「お金の問題でいろいろあったから」としか言わなかった。身元は明かそうとせず、その後、二人の間でこの件が話題になることもなかった。

そして七月、二度目の死体遺棄。今度は相澤もある程度事情は知っていたが、まさか殺すとは思わなかった……しかも今度は、相澤の目の前で殺したのである。檜原村に呼び出された相澤は、林道に続く道路に停めた久仁子の車の側で、美知が久仁子の頭を殴って殺すのを見た――というより、相澤が久仁子と話している最中に、後ろから美知が殴りかかったのだ。目の前で崩れ落ちる久仁子を見て、相澤は何もできなかった。助けるべきだとは思っていた、と相澤は必死で言い訳した。美知は、「男のことで謝りたいと言うと、久仁子はすぐに出て来た」と、馬鹿にしたように語っていたという。

沖田が二つの事件について簡単に話し終えると、牧野の唇が震え出した。何かつぶやいたが、エアコンの音にかき消されて聞こえない。

「何だって？」

「僕は何もやってない！」必死の叫びだった。

「でも、話は聴いてたんじゃないか？　野田さんを殺して埋めたから、もう邪魔者はいないって」

牧野がうなだれ、肩が震え始めた。沖田は手綱を緩めることにした。この男が久仁子の殺害に関係していないことは、出入国記録から明らかになっている。久仁子が殺された時、香港に滞在していたのは間違いないのだ。

「あんたは殺してない」

沖田の言葉に、牧野がゆるゆると顔を上げた。目が潤んで唇も震えていたが、辛うじて涙は堪えている。

「野田さんが行方不明になった時に、香港にいたのは間違いないんだから。でももしかしたら、香港にいる時に、三浦美知から連絡を受けたんじゃないか？」

黙ってうなずく。その時の恐怖を思い出したのか、顔面は蒼白《そうはく》だった。

「その時の内容は？」

「……彼女と一緒にいる、と」

その時既に殺していたのか、もう少し後だったのか――やはりそこは、美知に確認するしかない。沖田は話を続けた。

「あんたとしては、口をつぐむしかなかった。余計なことを言えば、自分も事件に巻きこまれると思ったから。だから帰国して、野田さんは行方不明だということにして、ご両親がビラを配るのを手伝った。誠実な恋人を装って……だから、遺体が見つかった後では、もうどうしようもなくなったんじゃないか？　通夜や葬儀の席で本当のことを喋ってしまいそうだから、出張に逃げた」

牧野がまたうなずく。沖田は、推測がぴしりぴしりと当たる快感を味わいながら、同時に身震いするような恐怖と緊張感を覚えていた。相反する感情に、心が引き裂かれそうになる。

「そもそも、どうしてちゃんとした恋人がいるのに、三浦美知と関係を持ったんだ？」

「彼女に会いましたか？」かすれた声で牧野が訊ねた。

「会ったよ」

「どう思いました？」

「あんたが惹かれたのは分かるね」沖田は無意識のうちに唾を呑んでいた。「彼女は意識してかせずか、人に影響力を及ぼすタイプだ」

「そうなんです」牧野がぐっと身を乗り出してきた。「そんなつもりは全然なかったのに、いつの間にか……」

「向こうは、本気であんたを好きだったんじゃないかな」

「分かりません」牧野が力なく、首を横に振った。「溺《おぼ》れた……彼女は、そうさせる人なんだ。金も使った……」

「ちょっと待て」沖田は彼の話を途中で遮った。「あんたたちがつき合ってた期間って、どれぐらいなんだ？」

「二か月か三か月」

「そんなに短いつき合いで、金を使ったって……いったい何に？」嫌な予感が走る。

「それは……彼女に貸したり」

「何でまた」

「援助ですよ」吐き捨てるように牧野が言った。「生活が苦しいからって」

「いくら貸したんだ？」

「四十万……いや、五十万」

「なるほどね」納得してうなずいた。おそらく美知は、こうやってあちこちから金をつまんでいたのだろう。まさに男に依存する生活なのだが、それできちんと暮らしていけたとしたら、ある種の才能と言えるのではないか。「だけど、何でそんなに簡単に金を貸したんだ？　普通、怪しいと思うだろう」

「あの目で見られたら……それで頼まれたら断れませんよ」

「目、ねえ」沖田は首を傾げた。確かに人を引き寄せる不思議な魅力のある女だが、そこまで魔力のような力を持っているとは思えない。

「彼女、右と左で目の色が違うんですよ」牧野が真剣な口調で説明した。「右が黒で、左が茶色。正面からよく見ると分かりますよ。不思議なんですけど、それがすごく印象的で、引き寄せられる感じがあるんです。あの目で頼まれると、どうしても断れなくて」

だったら目なんか見なければいい。沖田は乱暴に考えたが、そんなに簡単なことではないのかもしれない。

この男は犠牲者なのか？　そうかもしれない……沖田はかすかな同情を覚え始めていた。


どうしても会っておかなくてはならない相手がいた。美知が檜原を出る原因になった中学の先輩、須藤光《すどうみつる》。追跡すると、立川にある物流倉庫で働いているのが分かった。高校も立川だったはずで、その頃からずっとあの街にいるのだろうか。

牧野と会った翌日、沖田はまた庄田を伴って立川へ向かった。多摩都市モノレールの立《たち》飛《ひ》駅近くで、周囲には広い土地を利用した倉庫がたくさんある。近くには都の出先機関などが集まっていて、東京都の「第二の心臓」的な場所なのだが、目立つのはどちらかと言えば空き地だ。

会社に話は通してあったので、須藤とは昼休みに会えた。初対面の印象は「冴《さ》えない男」。身長は高く、ひょろりとした体型なのだが、三十代前半なのに既に腹がぽっこりと出ている。そのためか、全体的にバランスが悪く、老けて見えた。かつて——それこそ十代の頃は爽やかな好男子だったのは想像できる。しかし、どこか間延びした上に疲れた今の表情は、とても女性を惹きつけそうな感じではなかった。

話をする場所もないというので、三人は外へ出た。日陰があったので、そこで立ち話になる。こういう時は座ってじっくり話を聴きたいのだが……須藤は明らかにこの事情聴取を嫌がっており、挨拶した瞬間に腕時計に視線を落とした。それを見た瞬間、金はないのだな、と沖田は気づいた。傷だらけの古いシチズン。もしかしたら、高校の入学祝いをそのまま使っているのかもしれない。

「暑いですねえ。倉庫の仕事は大変でしょう？」沖田は愛想よく切り出した。

「中は冷房が効いていますから」須藤が素っ気なく言った。

「だったらますます、外に出たら暑さが応《こた》えるでしょう」

「ええ、まあ」

沖田は庄田を見て、近くにある自動販売機に向けて顎をしゃくった。庄田が勘よく気づいて、ペットボトルのミネラルウォーターを買ってくる。庄田が渡すと、須藤はひょいと頭を下げた。何だか、頭をかすめそうなボールを避《よ》けたようだ、と沖田は思った。もしかしたらこの男は、ずっとこんな人生を送ってきたのかもしれない。自分に向かって投げつけられる礫《つぶて》を避けるだけの生活。

「ずっと立川にいるんですか？」

「え？」ペットボトルから口を離して、須藤が目を丸くした。

「いや、檜原を出て、高校から立川だったんでしょう？　マンションを借りて、一人暮らししてたんですよね」

「何で知ってるんですか」

「調べました」こちらは仕事なのだが、調べられる方はたまったものではないだろうな、と沖田は同情した。知らぬ間にプライバシーが丸裸にされてしまう。

「まあ、そうですけど」須藤がゆっくりとキャップを閉じる。

「三浦美知さんとつき合ってましたよね。彼女も、あなたを追って立川に出て来た」

「参ったな」須藤が掌で額を擦った。「そういうこと、思い出したくないんですよ」

「慕われてたんだから、いい想《おも》い出じゃないんですか？　あなたがもてたってことでしょう？」

「彼女はね……俺も悪いんだけど、美知のせいで俺の人生は狂っちゃったから」

「どういうことですか？」最低限の情報しか集めてこなかった――須藤の両親にも面会していない――故に、沖田は困惑した。

「俺が三年生になった時に、彼女は高校に入学して立川に出て来たんですけどね……それまでも、休みの日なんかには立川に遊びに来てたんだけど、こっちへ来てからはほとんど一緒に住んでるみたいになって」

「同棲？」

「高校生で同棲って言っていいかどうか分からないけど」須藤が肩をすくめる。「それが学校にばれちゃったんですよ」

「高校も同じでしたよね」

「ええ……それで、学校に呼び出されて詰問されて。俺は恍《とぼ》けようと思ったんだけど、同じマンションに住んでた同じ学校の奴に目撃されてて。動かぬ証拠ですよね。学校に呼ばれる前に、美知に『助けて』って言われて……『別れたくない』って泣かれたんですよ」

「それで、学校の事情聴取にはどう対応したんですか」

「高校としては、当然離れて暮らすように説得しますよね。まあ、その時点で停学は食らうことになってたんだけど、俺も突っ張っちゃって。一緒に住むって言い張ったら、親も呼び出されて説教されて、挙句に結局退学ですよ。それからは、転落の歴史ってやつですか?」須藤が肩をすくめる。

「彼女はどうしたんですか」

「いきなり消えました。借りていたマンションも、いつの間にか引き払って」

「どういうことですか?」沖田は眉をひそめた。

「後で分かったんだけど、美知はさっさと自主退学して、他の高校へ転校してたんですよ」

「そういう事情が分かったのは、いつ頃ですか?」

「一か月ぐらいしてからかな……俺は退学になってから、西東京にいる親戚の家へ連れて行かれたんです。謹慎処分ってやつですか? 家の外に出ないように言われて、軟禁状態でした。それで、一か月してやっと外出許可が出て、立川に行っていろいろ聞いて回って……それで事情が分かったんです」

　よくあれこれ噂が立たなかったものだ、と沖田は訝った。檜原のように、誰もが顔見知りの場所ならば、「須藤の息子が高校を中退した」という話は、あっという間に広まりそうだが……実際、須藤と美知の関係は、友人たちには知られていたのだ。

「三浦美知の行動がよく分からないんですが」沖田は率直に疑問をぶつけてみた。

「俺も分からないですよ」須藤が力なく首を横に振る。「ずっと考えてます。『助けて』って、どういう意味だったんだろうって。退学しないで済むようにっていうことだったのか、ずっと側にいて欲しいっていうことだったのか……学校なんかどうでもいいから一緒に住もうっていう意味だと思ったんですけど、全然違いますよね」

「でしょうね」

「別に、あいつ、何の得もしてないでしょう？　自分だって転校して、変な評判だけが残ったんだから」

　評判――それも檜原村には伝わらなかったわけか。同級生たちからも、高校進学後の美知の話題はほぼ出てこなかった……そんなものかもしれない。同じ高校に進学した友人がおらず、本人が口をつぐんでしまえば、噂など立たないのではないだろうか。

「その後、三浦美知とは会わなかったんですか」

「会いましたよ。って言うか、会いに行きました。退学してから半年ぐらいしてからだったかな」

須藤はぺらぺらと喋った。もしかしたらこれまでもずっと、誰かに話したいと思っていたのだろう。突然目の前に現れた刑事は、ある意味救世主に見えたのかもしれない。

「学校の外で待ち伏せして……今考えるとストーカーですけどね。二日目に、普通に学校から出て来る美知を見つけたんです。他の男と一緒でした。後を尾《つ》けると、学校からちょっと離れたところまで来て手をつないで。その時に、ああ、こいつとできてるなってすぐ分かったんです」

「そういうつなぎ方だったわけですね」沖田は自分の両手を組み合わせた。指と指をしっかり絡めて。一人でそんなことをしていると馬鹿らしく思えてきたが。

「ぴんときたわけですよ。俺の時もそうだったから」自虐気味に須藤が言った。「で、二人は途中で別れて。俺は美知の家までついて行ったんですけど、美知がいきなり振り返って、駆け寄って来たんです。やばいと思ったんだけど、その場で固まってしまって……あいつ、どうしたと思います」

「さあ」嫌な予感がしたが、沖田は答えるのを控えた。

「抱きついてきたんですよ」須藤が吐息を漏らした。咳払いしてから、水を一口飲む。「泣きながらね。『会いたかった』『どうしていなくなっちゃったの』って言われて……こっちは呆然自失ですよね。さっさといなくなったのはお前の方だろうって呆れて。あいつが言うには、家族に無理矢理転校させられて、家も変わったって。まあ、それでその後に……」

「彼女と寝た？」

須藤がはっとして顔を上げた。手に力が入り、ペットボトルがゆがんでいる。

「何で分かりました？」

「いや、単なる想像ですけどね」沖田はかすかな吐き気を感じていた。勘が当たった時に特有の快感はない。

「そうですか……まあ、何て言うかな……あいつのあの目で見られたら、絶対に断れないんですよ。いや、別にあいつが寝たいって言ったわけじゃないんだけど、こっちから言わないといけない雰囲気になるんですよね」

「それでよりを戻したんですか？」

「いや」急に須藤の顔色が悪くなった。「終わった後で、同棲騒動で揉《も》めた時には妊娠していたって聞かされて」

「あなたの子ですか？」何があっても驚かないと思っていたのだが、美知を巡っては、様々な話が噴出してきて止まらない。

「どうですかね」須藤が肩をすくめた。「その時はびっくりして信じたけど……退学がきっかけで堕《お》ろしたけど、そうじゃなければ産んでたって――びびりますよね、そんなこと言われても。それで結局俺も目が覚めて、飛び出したんです。妊娠のことは本当かどうか分からないし、その後は一回も会ってません。昔の友だちとも縁を切ってるから、噂も聞かないですね。俺もその後……まともな職についてないし、結婚もしてないし、要するにあいつと会ったことが、転落の人生の始まりだったわけですよ」

「彼女、逮捕されましたよ」

「ああ、やっぱりね」

「やっぱり？」

「いや、やっぱりって言うのは変だけど、何かあってもおかしくないって思ってたから。それこそ何かやらかして逮捕されるとか、本人が殺されるとか。で、あいつ、何をやったんですか」

「殺人容疑がかかっています」

「そうですか」須藤が溜息をついた。「蟻《あり》地《じ》獄《ごく》に落ちた男がいたわけだ」

被害者は二人とも女だが……男性だけでなく、女性に対しても特異な影響力を発揮するのが美知という女である。だが沖田は訂正しなかった。ただ、捜査上の秘密でこのことは内密に、と釘を刺しただけである。

これ以上美知の情報を教えると、須藤自身の精神が安定を失いそうだったから。

4

西川は美知の写真をテーブルに置き、凝視した。外回りの連中に頼んで持ってきてもらったものもあるし、自分で探したものもある。美知とかかわった多くの男たち……彼らが持っていた写真。

驚いたことに、多くの男が美知の写真を未《いま》だに持っていた。不幸な別れ方も多かったのに……最初に手痛い目に遭った須藤さえ、一枚の写真を残していた。高校の正門前で、二人で寄り添うように撮った写真。おそらく彼女の入学式の時だろう。当時の須藤は、分かりやすいイケメンだった。沖田曰《いわ》く、「今はただのオッサンになりかけている」そうだが、十五年前はすっきりした顔立ちの、いかにも爽《さわ》やかそうな少年だった。一方の美知は、まだ幼さの残る表情なのだが……いや、違う。顔つきは確かに若いものの、今に通じる雰囲気がはっきりと出ている。「妖艶《ようえん》」というのとも違う。「男好き」でもなかった。十五歳――にしては大人びているが、それだけではない何かを感じさせる。この頃の彼女とほぼ同い年の自分の息子の幼さを思い浮かべると、差異が際立った。女子の方が早く大人になるというが……そうか、美知はこの年にして多くのことを経験して知っているような顔なのだ。世間慣れというか、大人が経験するようなことを既に一通り経験した表情。どこか人生を諦《あきら》めたような雰囲気もあり、一方で高校生らしく、これからの人生で、いくらでも面白いことが起きると期待している感じもある。

アンビバレント、という言葉を西川は思い出した。両義的。彼女の中にまったく別の価値観が共存し、その矛盾に苦しむ葛藤《かっとう》が表に出ている感じなのだ。こういう複雑な美しさに惹かれる男もいるだろう。

「品評会か？」

沖田の声が耳に入り、顔を上げる。横を見ると、沖田は腕組みをして写真を見下ろしていた。

「悪い女はずいぶん見てきたけど、この手は初めてだな」沖田がぽつりと言った。

「ああ」

「あまり変化がないように見えるけど」沖田の視線が左から右へ動く。「こっちから、若い順だろう？」

「そうだ」

「顔は大人っぽくなってるけど、高校に入る頃にはもう完成されてた感じだよな。たぶん、中学生の時からメンタリティは同じだったんじゃないかな」

「男を利用して生きていく……」

「あるいは、男なしでは生きられない」沖田が皮肉っぽく訂正した。

「そんなに性欲が強いものかね」

「性欲とばかりは言えないと思うぜ」沖田がすかさず訂正する。「精神的に寄りかかる物が欲しいんじゃないかね。少しでも途切れるのが嫌だから、平気で二股をかける……おい、三井」

沖田に呼ばれてさやかが飛んで来た。沖田が「セクハラじゃないからな」と前置きして話し始める。

「三浦美知みたいな女、過去に見たことがあるか？　特徴その一、常に男が側にいないと不安になる。特徴その二、男をキープしておくためには、二股も当然だと思っている。特徴その三、男からは、愛情だけではなくて金も吸い取る」

「私の周りにはいませんでしたけど」さやかが不機嫌そうに言った。同性として、美知に対して不快感を抱いているのは明らかだった。実際、「クソ女ですね」と暴言を吐いたことがあったし。

「じゃあ、三浦美知があまりにも特殊なのか」西川は不安になった。もしかしたら、精神鑑定が必要なケースかもしれない。責任能力がないと判定される可能性もあり、そうしたら捜査は崩壊してしまう。

「そうとも言えませんけどね。私の周りにいなかっただけで、そういうタイプの女性がいてもおかしくないですよ。そんなに異常な感じじゃないと思います」

「まさか、お前もそうなのか？」沖田が目を見開く。

「私は違いますけど……」さやかが口を尖《とが》らせた。「ただ、不安を紛らすために男性に走る人もいるでしょう？　こういうのって本能だと思うんですよ。でも普通は、そんなにとっかえひっかえ男とつき合いません。どうしてか分かります？」さやかが逆に、挑みかかるように沖田に訊ねた。

「女心について俺に聞くなよ」

まったくその通りだ、と西川はうなずいた。沖田は、基本的に女心が分かっていない。だから響子とだらだらと関係を続けているのだろうし。

「何だよ」

西川がうなずいたのに気づいたのか、沖田がいちゃもんをつけてきた。

「いや、何でもない……それより三井、今の話はどういうことなんだ?」

「疲れるからですよ」

「疲れる?」西川は首を傾げた。

「恋愛って、エネルギーを使うでしょう? 最近は皆、忙し過ぎるじゃないですか。そんなことにエネルギーを使うなら、他にやることがあるって感じですよね」

そうやって日本の少子化は加速されていくわけだな、と西川は一人納得した。「草食系」などという言葉が流行したのは数年前だが、確かに今の若い連中を見ると、仕事で絞り上げられてぎりぎりという感じだ。いや、仕事の量や質は自分たちが若い頃と変わらないはずだが、精神的に脆《もろ》くなって悲鳴を上げるタイミングが、ずっと前倒しになっている感じなのだ。仕事以外には、大人しく自分の趣味に癒《いや》されて……と考えるのは自然だろう。何だか情けない感じもするが、人は時代によって変わるものだ。

「結局、三浦美知が異常っていうことか」西川は溜息をついた。

「まあ……普通じゃないですよね」さやかも認める。

「で、どうするんだ?」沖田が迫った。「そろそろ、殺しのことも聴いてみるか」

「そうだな」西川は壁のカレンダーに目をやった。器物損壊事件での勾留期限切れまで、あと五日しかない。この件については美知も認めているが——事実は否定しようがない

——十日間の勾留延長は難しい状況だ。新しい容疑——本筋の殺人容疑で再逮捕に持っていきたいのだが……。

今のところ使えるのは、相澤の証言だけである。これでは弱い……美知が否認したら、それでおしまいである。物証でも出ればいいのだが、死体遺棄現場からは何も見つかっていない。第一、相澤の証言によれば、穴掘りは彼一人でやったのだ。あの現場からは、美知がかかわっていた証拠は出てこないだろう。

久仁子のプジョーや美知の部屋からも、殺人が行われた証拠は出てこなかった。また、最初に相澤が自供した遺体の身元も、未だに不明である。謎の多くは解決されておらず、西川のストレスはいや増すだけだった。一つだけ分かったのは、相澤が「二つの死体」を埋めたのに、一人分しか自供しなかった理由である。「二回だと死刑になるかもしれないと思った」……そんなことは、勝手な思いこみに過ぎないのだが。

しかしそろそろ、勝負をかけなければならない。あと五日で何とかしないと、美知を釈放せざるを得ないかもしれない。証拠隠滅、逃亡の恐れがあるからこその身柄拘束なのだが、これ以上自由を奪うことは許されないだろう。

「とにかく、やってみる」

「ま、精々頑張ってくれよ」

沖田の皮肉っぽい言い方はいつも通りだが、悪意はないと分かっている。この事件を解決できなければ、恥になると、自分でも分かっているのだから。西川は写真を片づけ、さやかに「今日も頼むぞ」と声をかけた。

「あの……パスできませんか？」消え入りそうな声でさやかが頼みこんだ。

「は？」

「三浦美知と顔を合わせた後は、必ず蕁麻疹《じんましん》が出るんです」

さやかがむき出しの腕を突き出した。確かに、掻き毟《むし》った痕が赤くなっている。

「ということは、君は彼女の影響を受けない貴重な人間ということになるんじゃないかな。コントロールされずに、嫌悪感だけを覚えるわけだ」

「ええ……そうでしょうね」嫌そうにさやかが認める。

「とにかく、頼むよ。少しの我慢だ」

いっそ、さやかに取り調べを任せたらどうだろう、と考える。彼女も自分の近くにいて、散々取り調べの雰囲気は経験しているし、自分で取り調べをしたこともある。基本的なテクニックは身につけているはずだ。

いや……そんなことを考えるのは、弱気の表れだ。西川は右の拳を左の掌にぶつけて気合いを入れた。

これは俺の仕事だ。最後まで責任を取らないと。

さやかが先に取調室に入り、記録係のデスクについてスタンバイしていた。西川がいないので、留置係の制服警官はまだ美知の手錠を外していなかった。

肝心の西川はマジックミラー越しに、美知の様子を観察していた。彼女はいち早く弁護士を依頼し、その弁護士が服を用意していたので、今日は逮捕された時の服装ではない。家族がいないから弁護士が雑用をするのは仕方ないのだが、他に頼める相手はいないのだろうか……それこそ、相澤や牧野以外に男がいてもおかしくはないのに。巻きこまないつもりか？

留置場での生活が続くと、人は落ち着きや誇りを失い、次第にだらしなくなっていくのだが、美知に関してはそういうことは一切なかった。ブラシもないはずなのに髪は綺麗に整えられ、血色もいい。少しやつれた感じはしたが、光の当たり具合のせいかもしれない。

相変わらず表情はない。多くの男を、そして女を惑わせたのが嘘のように、いかなる魅力も感じられなかった。そう言えば沖田は「左右で目の色が違う」と言っていたが、あれは本当だろうか。西川は目を凝らしたが、距離があり過ぎて確認はできなかった。今までも、気づかなかった。

呪い、とふと思う。色の違う両目を見た人間は、彼女の言うことに逆らえなくなるとか？　馬鹿馬鹿しい。頭を振って妄想を放り出す。自分がこんなことを考えていては駄目だ。

手錠をしたまま、美知が指で髪を触った。ブラシ代わりに髪を梳《す》くわけではなく、そこに髪があるのを確認するように。ろくに手入れもできていないはずなのに、何故《なぜ》か髪には輝きがあった。ふいに顔を上げ、西川を凝視する。見詰められているのかと一瞬どきりとしたが、すぐに彼女はマジックミラーの裏側——鏡を見ているのだと気づいた。また髪を触り、化粧の具合を確認するように目を大きく見開いて、口の右脇を触る。軽くマッサージするようにしてから、今度は左側。これが彼女なりの戦闘準備ではないか、と西川は想像した。

「どうだ」

北野がすっと横に立って、西川に訊ねた。これまでこの男は、強面《こわもて》の風貌《ふうぼう》とは裏腹に、あまり文句をつけずに西川に任せてくれていたのだが、それもそろそろ限界だろう。今日は何となく、無言の圧力を感じた。

「直接ぶつけられる物証がないのが痛いですね」結局この話か、と西川はうんざりした。何度も同じことを繰り返しているのは、自分たちが手詰まりになっている証拠である。

「そうだな……」北野が顎を撫でた。「今、相澤の方を叩いてる」

「もう、全部喋らせたと思いますが」俺を信用していないのかと、西川は少しむっとした。二人を埋めたことを自供させ、美知の関与も供述させたのだから、それで十分ではないか。

「もちろん念のためだよ、念のため。また何か思い出すかもしれないし、お前は三浦美知の方をしっかりやってもらわないといけないんだから」

「それは分かりますけどね」

一礼して、西川は北野の側を離れた。取り調べの前には集中力を高め、今日の質問を整理し、最高のコンディションで臨む——北野のせいで、それが乱されてしまった気がしてならない。こんなことで臍《へそ》を曲げるとは……自分の子どもっぽさが嫌になる。

取調室に入ると、美知に向かってさっと頭を下げ、椅子を引く。美知も一礼したのが分かった。反省したわけでもなく、皮肉でもなく、単に街で知り合いに出くわしたような挨拶。これだけ普段と違う環境に置かれても、精神はびくともしていないのか。美知の強さを、西川は改めて意識した。たった一つ、外にいる時との違いは、彼女の足元が洒落《しゃれ》たパンプスではなく、支給品のサンダルだということだけである。

「確認したいことがあります」

「はい」口調も素直だった。

「相澤が、二つの遺体を遺棄したことを自供しました。一人は、前にも話した野田久仁子さん。もう一人はまだ身元が分かっていませんが、あなたが半年前に殺した人だと相澤は言っています。あなたが殺したんですか？」

「そんな話が出ているんですか」

「そうです」

「それが本当だと、警察は判断しているんですか？」

「今のところ、疑う材料はありません。相澤の証言は、自分を不利にするものでもありますから。わざわざそういう自供をするのは、覚悟が決まっているからです」あるいは安堵のあまり全て喋った——相澤にすれば、二度と美知に会わなければそれでいいのだ。

「そういう事情は私には分かりませんけど」美知が頰を触った。西川が座るタイミングで手錠を外されたので、そういう仕草をすると、取調室の中にいる感じが薄れてくる。

「どうなんですか？　二人を殺して、埋めるように相澤に指示したんじゃないんですか」

「それは、私には分かりません」

「相澤が嘘をついていると？」

「そういう話をしたことがないので、分かりません」すっと息を呑み、「あの人は嘘つきですよ」と囁《ささや》くように言った。まるで西川にだけ秘密を教えるように。

「私は、彼は正直に話していると確信しています」西川は反論した。

「でも、証拠は何もないんでしょう」

「証言だけでも、あなたを起訴まで持っていけるんですよ」西川は嘘をついた。本人の自供なし、証拠もなしの状態では、検察は絶対に起訴しない。基本的に検察は慎重であり、有罪率の高さは、「有罪を勝ち取れそうにない人間は起訴しない」という姿勢の表れでもある。

「それは警察の事情で、私には関係ないことです」

恍けているのではなく、自分がどうしてそんな風に責められるのか、本当に分かっていない様子だった。その証拠に、ずっと眉間に皺が寄っている――困惑。それも演技ではなく、心底困っている様子だった。それが本音なのかどうか――考え始めると、西川は大きな渦に巻かれて水中に呑みこまれるような恐怖を感じた。

ドアが開く。まだ始まったばかりだぞ、と振り返って睨みつけると、北野が困ったような表情で手招きしていた。只事ではないと判断し、すぐに席を立つ。さやかの蕁麻疹が悪化しないといいのだがと思いながら、ドアを閉めた。

「相澤が変なことを言い始めた」

「何ですか？」

「他にも遺体が埋まっている、と」

「まさか」反射的に西川は吐き捨てた。「同じ場所にですか？」

「ああ。三浦美知がそう言っていたと言うんだが……お前、ちょっと相澤と話してくれないか？　奴が、お前と話したいと言っているんだ。信頼関係、できてるんだろう？」

「それはそうですが……」

大した手間ではない。怪我の癒えた相澤は、あきる野署で勾留《こうりゅう》され、ここで取り調べを受けている。場所は常に、三階にある取調室。一方美知は、必ず二階だった。西川は階段を駆け上がり、相澤を調べていた強行班の刑事を外に呼び出して事情を聴いた。自分が調べるまでもない——と判断する。既に相澤は、きちんと自供していたのだから。しかし、さらに情報が出てくるかもしれないと考え、相澤と話すことにした。

二時間後、西川たちはまた、最初の遺体発見現場にいた。今度は沖田も一緒である。内心ざまあみろと思ったが、さすがにそれを口に出すことはない。軽口を叩いている場合ではないのだ。

既に現場の封鎖は終わっている。元々人通りの少ない場所で、野次馬などが荒らす恐れもないだろうという判断だった。しかしこの場所は、新たな意味を持ち始めた。

「どの辺なんだ？」

西川は相澤に訊ねた。久しぶりにまともに陽光を浴びたせいか、相澤は目を細め、山の斜面を凝視している。額には汗が浮かんでいた。それはそうだ……先ほど署を出た時に、気温は既に三十三度になっていた。しかも蟬《せみ》の大合唱で、暑さは耳からも入りこんでくる感じである。もう九月なのにどういうことだと、西川はずっと不機嫌な気分を抱えたままだった。

「はっきりとは分からないんですけど、左側……こっちから見て、左側だと思います」

「どうしてそう分かるんですか」

「ここで、野田さんの遺体を埋め終えた後、彼女がぼんやりとそっちの方を見ながら言ったんです」

――あそこにも二人、埋まっているの。埋めたのは別の人だけど。

相澤の判断は正しいだろう、と西川も思った。先日掘り起こした場所の右側は木が密生しており、穴を掘るのは難しそうなのだ。左側には平地――斜面ではあるが――があり、スコップも入れやすそうである。

今日は、最初にここで穴掘りをしていた倍の人数が集められている。今はスピード勝負なのだ。とにかく遺体を確認して、その後の対応を決めなければならない。

「クソ暑いな、おい」沖田が話しかけてきた。頭にはタオルを巻いているのだが、それでも頬に汗が垂れている。

「俺たちはもう、ここで一仕事したんだよ……お前が長崎で緊張している間に」

「それを言うな」やはり嫌な想い出なのか、沖田が顔をしかめる。「とにかく、さっさと済ませようぜ」

しかし北野は、秩序を重視した。現場をまたいくつかのマトリックスに区切り、それぞれの担当を決める。暑さによる体力の消耗を考慮し、少しずつ交代で穴を掘り続け、夕方まで続ける——理に適《かな》ったやり方だ、と西川は判断した。西川自身は最初の当番を外され、しばらく相澤のお守りをすることになった。とはいえ、涼しい車の中で呑気に座っている気にはなれず、二人並んで暑さに耐える。

「あの……美知は何か言ってるんですか」相澤がおずおずと訊ねる。

「全面否定だね。何も知らないという主張は変えようとしない」

「そうですか……」

「彼女に会ってみるか？　もしかしたら、それがきっかけになって話すかもしれない」

「いや」手錠をはめられたまま、相澤が後ずさりした。留置係の警官が腰ひもを強く引くと、バランスを崩して倒れそうになる。何とか踏みとどまると、西川の顔をまじまじと見て、「それだけは勘弁して下さい」と泣きついた。

「呪いがあるから？」

「あの女とかかわった人間は、全員不幸になるんですよ」相澤が乾いた唇を舐め、溜息をついた。「死刑になるといいんですけど」

「今のところは、起訴も難しい。何か物証があればいいんだが」

「そうなんですか？」

「自供もしてないんだから、とても起訴できないよ」容疑者と話す内容ではないなと思いながら、西川は打ち明けた。今では相澤との間に、奇妙な連帯感があるように感じている。互いの狙いは違う。西川は社会正義のため、相澤は自分の身を守るため——しかし目指す道は同じなのだ。美知を刑務所にぶちこむ。あるいは、死刑判決を勝ち取る。


じりじりと時間が過ぎ、西川は自分が干物になりつつあるのを意識した。相澤はだらだらと汗を流しているが、手錠が邪魔になって顔を拭うこともできない。開始から一時間が過ぎ、交代時間が近づいてきた頃、西川は留置係に、相澤を車に入れるよう命じた。熱中症で倒れられたら洒落にならない。


刑事たちは、黙々と穴掘りを続けている。暑さのせいか、言葉もない。西川の目は、自然に沖田を追っていた。二十五に分けられたマトリックスの一番右上——先日遺体が発見された場所に一番近い——に取りつき、黙々とスコップを振るっている。既に膝の深さまで掘り進めており、他の刑事たちよりペースが早い。あいつは土木作業にも向いているようだと思った瞬間、沖田がすっと背中を伸ばした。何故か、隣で掘っている刑事を無視し、西川に視線を向けてくる。

「どうした！」かなり離れているので、西川は大声で訊ねた。

「ここだ、ここ！」沖田が、右の人差し指を地面に突き刺す勢いで何度も下に向ける。

「遺体か！」

沖田が無言でうなずく。他の場所を掘っていた刑事たちが動きを止め、斜面を這《は》い上がるように沖田の担当場所に向かっていく。覆面パトカーのドアが開き、相澤が不安そうな表情を浮かべて降りてきた。西川は彼にうなずきかけると、無言で山中に入って行った。柔らかい地面に足を取られないように慎重に踏みしめながら、ゆっくりと上がって行く。刑事たちは、沖田が穴掘りをしていた場所に集まり、小声で話し合いながら丁寧に土を除《の》け始めた。西川が近づくと、沖田が汗まみれの顔を上げる。

「この現場には、考古学者が必要なんじゃないかな」

彼の言う通りだった。完全に白骨化した遺体の一部が見えている。腕だった。おそらく上腕骨。

5

クソ、疲れた……沖田は特捜本部の椅子にだらしなく浅く腰かけていた。ズボンは膝までまくり上げ、ワイシャツのボタンは三つ外している。さやかがいなければ、パンツ一枚で涼みたいところだ。署に戻ってからスポーツドリンク一本をすぐに飲み干してしまい、今は二本目。それも半分ほどに減っている。

庄田が、タオルで頭を拭きながら戻って来た。トイレの洗面台で、頭から水を被《かぶ》ってきたのだろう。青いワイシャツは、襟と肩が水で濡れて黒くなっていた。

「体重、減ったぞ」

沖田が乱暴に言うと、庄田が「そうですね」と真顔で答えた。

「ばてたな。焼肉が食いたい」

「この辺には、焼肉屋なんかないですよ」

「秋川まで行けばあるだろう。今夜奢《おご》るから、店を探しておけよ」汗をかいた生ビールの大ジョッキが脳裏に浮かぶ。まずキムチを口に放りこんでから、ジョッキ半分を一気に呑む。焼肉は、どうせなら煙を気にせず、炭火で雄々しく焼きたい。

「今夜は無理じゃないですかね」

「お前ね」沖田は溜息をついた。「そう真面目《まじめ》に反応するなよ。駄目なことぐらい、俺だって分かってるんだから」

今夜だけではない。おそらく、呑気《のんき》に焼肉などしばらく無理だ——相澤の証言通りに、遺体が二つ見つかったから。このままでは夏が終わってしまい、焼肉パーティは秋まで持ち越しかもしれない。

捜査会議は異様な熱を帯びていた。それはそうだよな、と沖田は他人事《ひとごと》のように考える。同じ現場から四つの遺体……今日発見された二つの遺体は、それぞれ完全に白骨化しており、数年から十年以上前に遺棄されたものと推測されている。これも美知の犯行だとしたら、彼女は十年も前から殺人を続けていたことになる……。

奇妙だ。刑事たちが興奮した大声で報告を続ける中、沖田は一人冷静になっていた。いち早く興奮するのは自分の癖だが、周りが盛り上がっていると逆に冷静になってしまう。我ながら臍曲がりだと思いながら、改めて美知という人間の異常性を考えていた。

彼女は、いわゆる「人たらし」と言っていいだろう。男女問わず、何故か言いなりにできる、不思議な能力を持っている。だがそれと、「殺人」がつながらない。事実美知は、死体遺棄を相澤に任せているではないか。人殺しは汚い行為であり、多くの殺人者が「手が汚れた」と供述する。死体遺棄を人任せにしたのは、それこそ手が汚れるのを嫌ってのことだと思えた。だが、殺すのはいいのか？　美知の判断基準が理解できない。

駄目だ、今こんなことを考えていてはいけない。沖田は報告に意識を戻した。さやかが、遺体の身元につながりそうな証拠について話している。

「遺体Cに、衣服の一部が残っていました」

順番から、沖田が見つけた最初の遺体が「C」、後から掘り起こされた遺体が「D」と呼ばれている。さっさと身元を確定しないと、いつまで経っても犠牲者が浮かばれない──沖田は思わず歯軋《はぎし》りした。

「毛糸──それもかなり太い毛糸なので、セーターか何かではないかと思われます。死体遺棄の時期は冬場と推測されます」

どんな男──あるいは女が遺体を埋めたのか。雪が降り、手がかじかむような寒さの中、必死でスコップを振るう様を想像すると、沖田は心の中を寒風が吹き抜けるように感じた。

「それともう一つ、カード入れが発見されています。中に、クレジットカードが二枚……それと名刺も発見されています。損傷が激しいのですが、持ち主を特定できるかもしれません。現在、科捜研が鑑定中です」

むしろ犯人につながるのではないか、と沖田は推測していた。カード入れは確かにぼろぼろで、気をつけて扱わないと一気に崩れてしまいそうだったのだが、少なくとも女性のものには見えなかった。一方、被害者はどちらも女性。ということは、遺体を埋めた犯人──しかも男──が、現場にカード入れを落とした可能性が高い。これが犯人に結びつけば、美知を追いこめる可能性も出てくる。

「西川、三浦美知の反応は？」北野が訊ねる。疲労しきった感じで、声にも元気がなかった。

「完黙です」西川は元気だった。遺体Dが発見された直後に署に戻って美知の取り調べを再開していたのだが、それまでのげっそり疲れた感じは抜けている。「今までは否定していました。今度は完黙です。明らかに態度が変わっていますから、相当動揺しているのは間違いありません」

「よし。西川は明日も引き続き、三浦美知の取り調べを担当。他の者は、遺体の身元確認に当たることにする。当面、そちらに全力を投入だ」

刑事たちが「おう！」と声を上げた。午後九時。この時間から捜査するのは難しいが、ここで一度気合いを入れ直さないと、明日の朝から動くのは難しい。北野が、細かく担当を割り振った。沖田はまた周辺で聞き込み。今年になってからの死体遺棄でも誰も目撃者が見つからなかったのに、何年も前の事件の目撃者が見つかるとは思えなかったが、諦めたくはない。それに、科捜研が何か見つけてくれるかもしれないではないか。人を頼りにしたくはないが、今はそこが焦点だ。

そして科捜研はやってくれた。

沖田たちはあきる野署に泊まりこみ、朝の捜査会議を欠席してすぐに動き始める予定だったのだが、急きょ会議に招集されたのだ。

「科捜研が徹夜で解析を急いでくれた」

一晩経って、北野は元気を取り戻していた。やはりタフな男だ、と沖田は感心する。あまり寝ていないはずだし、気持ちの切り替えも難しいだろうに。

「クレジットカードの一枚で、名前が確認できた。カードはアメックス、名前は、取り敢えずアルファベットが読めただけだが、『シライヒトシ』と思われる。有効期限は、二〇〇七年一月。カード番号も読めているから、持ち主はすぐに特定できる。また、名刺の一枚から名前が何とか判読できた。やはり『シライ』で、白に井戸の井、名前の方は仁義の仁一字と見られる。残念ながら、勤務先や電話番号までは特定できなかった」

むしろ名前が読めただけで驚きだ、と沖田は思った。カードの有効期限から逆算すると、現場にカード入れが落ちたのは、どれだけ最近でも八年前になる。それだけ長い間、プラスティックのカードや紙の名刺が原型を保っているのが意外だった。

「まず、カード会社に確認。身元が割れ次第、本人に当たることにする」

そこからの動きは急だった。白井仁は、二〇〇六年十二月八日に、カード会社に紛失届を出しているのが分かった。すぐに新しいカードが発行され、現在もそのカード会社を使用中。住所や電話番号も割れた。そこまで判明すれば、後は楽勝である。

沖田は、白井を叩く仕事に志願した。現場での聞き込みで何か分かるとは思えなかったし、犯人に直結——犯人かもしれない人間を調べる方がはるかに面白い。相棒はさやか。彼女は「蕁麻疹だ」と主張して、美知の取り調べの立ち会いを拒否したのだ。普段、こういう勝手なことを言うタイプではないのだが、二の腕までぶつぶつと赤くなっているのを見て、北野は折れてしまった。

都心へ向かう車の中で、さやかは露骨にほっとした様子を見せていた。

「本当に、蕁麻疹なんて初めてなんですけど」言い訳するように言った。「ちょっと限界でした。医者に行ってる暇もなかったし」

「君が調べたわけじゃないだろう?」

「そうなんですけど、もう雰囲気で……湿気が高いって言うんですか?　同じ場所にいるだけで、体が痒《かゆ》くなってくるんです。西川さんは、よく平気ですよね」

「あいつは鈍いからね」

「むしろ敏感な方じゃないですか？」

「必要とあらば、鈍くなれるんだよ」

「そんなの、自分では調整できないと思いますけど」

沖田はハンドルを握ったまま肩をすくめた。しかし実際、あの男は物事の影響を受けにくいのだ。沖田に対してはぶつぶつ文句を零すこともあるが、だからと言って仕事のペースが変わることもない。もしかしたら沖田に文句を言うことで、ストレス解消しているのかもしれない。

「白井仁、現在四十三歳」車が圏央道に乗ると、さやかが手帳を広げて読み上げた。「住所は世田谷区瀬田……いいところに住んでますね」

「その住所だと、環八沿いだな？」沖田は確認した。

「そうですね。高速を降りたら、環八をそのまま行って下さい」

「了解……ところで、こいつの仕事はどうなってる？」

「カード会社に届け出があった会社名は、『ＡＩＥインク』……ＡＩＥインコーポレイテッドっていうことですかね」

聞いたことのない社名だったので、検索して調べるようさやかに命じる。スマートフォンを弄っていたさやかが、すぐに結果を告げた。

「住所、白井の家のすぐ近くですよ」

「自分でやってる会社かもしれないな。業態は？」

「輸入雑貨を扱っているみたいですね」

「個人商店かな」それなら摑まえやすい。自宅ではなく会社の方へ先に行ってみよう、と沖田は決めた。

朝の渋滞に引っかかったが、午前十時過ぎにはＡＩＥインクの当該住所に到着した。環八と国道二四六号線の交差点から少し奥に入った住宅地で、民家ばかりが並んでいる。その中で、低層のマンションが会社の所在地だった。二〇一号室。

車をマンションの前に停め、沖田は迷わず玄関ホールに向かった。オートロック。インタフォンを鳴らそうと手を伸ばした瞬間、さやかが沖田の二の腕に手をかける。

「何だよ」

「何か作戦を考えなくていいんですか？」

「作戦？　あるよ。胸倉を摑んで、奥歯をがたがた言わせてやればいい」

「そういうの、やめましょうよ」さやかが溜息をついた。「もうちょっと慎重にやった方がいいんじゃないですか？　チャンスなんですから」

「のんびりしている暇はないぞ」

「だけど――」さやかが急に黙りこみ、バッグに手を突っこんでスマートフォンを取り出した。「特捜からメールです。ちょっと待って下さい」

メールなんか無視すればいいのに……しかし結局沖田は、さやかに促される恰好でマンションの外へ出た。

「白井の顔写真が手に入りました。免許証のものですね」

　さやかが白井の顔を見せてくれた。沖田は思わず顔をしかめた。何というか……二年前に更新した時の写真だから、四十一歳当時ということになるが、ずいぶん老けている。髪は薄くなり、頰の肉はたるんで目じりには皺が寄っていた。十歳、あるいはもう少し年長の感じがする。

「老けてますね」沖田が感じたのと同じ指摘だった。

「そう言えば、最初の恋人……須藤もそうだった」

「そうなんですか？」

「まだ若いんだぜ？　三十二歳なのにずいぶん老けた感じで、しかも昔のイケメンのイメージがまったくない」

「三十二歳ぐらいで、そんなに急に衰えるとは思えませんけどね」

「精気を吸い取られたのかもしれない」

「そんなこと、あるんですか？」さやかが首を傾げた。

「どうかな……でも、相澤もあの年にしては老けた感じがする。まだ元気なのは、牧野ぐらいじゃないかな」

「つき合いが短かったからじゃないですかね」スマートフォンを弄りながらさやかが言った。「写真、沖田さんの携帯にも転送しましたから」

「もう覚えたよ。こんなにしけた感じなら、一回見れば覚える」

マイナスの意味でイメージが強い。歩いているだけでその辺の雰囲気をどんよりさせてしまいそうな気配がある。

「で、どうしますか」さやかがスマートフォンをバッグに落としこんで言った。

「やっぱり、直接行こう。落とし物を届けに来ましたっていうことで行けばいい」

「そんな言い訳、通用するわけないじゃないですか」ぶつぶつ言いながらも、さやかがマンションに向かって歩き出した。迷わずインタフォンを鳴らすが、返事がない。

「いないか……」沖田は腕時計を確認した。十時十分。会社と言っても個人経営のようなものだろうから、始業時刻も決まっていないのかもしれない。あるいは出張中とか。輸入雑貨業なら、海外へ買いつけに行っている可能性もある。

「どうします？」

「ここにいなければ、家だな」歩き出した沖田は、一瞬で気配が変わったのに気づいた。白井が向こうから歩いて来る。ゆっくりと、というより朝から疲れ切った感じで、今にも溜息を洩《も》らしそうだった。

「来ましたね」

「ああ。後ろに回りこんでくれ」

さやかが沖田から離れ、一人で歩き出す。白井とすれ違った直後に踵《きびす》を返し、背中を追い始めた。それを確認してから、沖田はゆっくり歩き出した。白井の前で立ち止まると、彼は鬱陶しそうな表情を浮かべて横をすり抜けようとしたが、沖田はすぐに彼が動いた方へ体を傾けた。バスケットのディフェンスをやっているようなつもりでいると、白井が逆方向へ動こうとする。沖田がまたも進路を塞《ふさ》ぐと、白井が露骨に舌打ちをした。顔を上げたところへ、バッジを突き出してやる。

「警察です」

白井が目を見開く。事情が摑めない様子で、口がぽかりと開いた。しかし、ぼんやりしたのも一瞬で、すぐに後ずさって後ろを振り向く。その瞬間、さやかに気づいて動きが止まってしまった。

「ちょっと話を聴かせてもらえないかな、白井さん。あなたの落とし物の関係で、話があるんだ」

「落とし物？」白井の声は、風貌《ふうぼう》に似合わぬ甲高いものだった。

「何年前か知りませんけど、あなた、檜原の山の中で落とし物をしたでしょう。カード入れ。クレジットカードの再発行とか、面倒臭かったんじゃないですか？」

白井の唇が震え出した。いきなりダッシュしようとしたが、沖田は機先を制して彼の左腕を摑まえた。思いきり力を入れて握ると、白井の左肩ががくりと落ちる。

「おっと、暴れないで下さいよ。乱暴なことはしたくないんでね。とにかく、近くの署まで来てもらいます」

沖田は白井の腕を摑んだまま、覆面パトカーのところまで引っ張って行った。さやかがすかさず運転席に滑りこむ。沖田は白井を乱暴に後部座席に押しこみ、彼と体を密着させるように座った。

「どうしますか？」

「世田谷西署だ」さやかの問いかけに、沖田は短く答えた。瀬田付近の所轄であり、ここから一番近い。

「了解です」

車が走り出すと、白井が「俺は別に……」とつぶやいた。

「別に何ですか？」沖田は声を尖らせた。「言い訳なら署でいくらでも聴くけど、ここでエピソードワンぐらいは聴かせてもらってもいいよ」

「いや……」

「話したくない？　だったらいい。こっちには聴くべきことがいくらでもあるからね。素直に答えてくれるだけでいい」


白井は、山中から見つかったクレジットカードが自分のものだということはすぐに認めた。その時点で既におかしいのだが……クレジットカードの番号はアメックスなので十五桁である。何年も前になくしたカードの番号を今も覚えているというだけで、どこか胡散《うさん》臭《くさ》いではないか。

白井に逮捕歴がないことは分かっている。警察とのかかわりはこれが最初……ということは、免疫がない。あらゆる方法で吐かせることができるはずで、沖田はその中でも一番手っ取り早い方法を選んだ。脅し。

「よく何年も逃げ回ってきたな」

「逃げ回る?」

「警察の手から、だよ」実際には探していたわけではないが。肝心の遺体は見つかったばかりなのだ。「あんた、三浦美知という女を知ってるな? どういう関係だ」

「いや……」白井がうつむいた。美知の名前を聞いただけで、重荷が肩にのしかかってきたようだった。

「三浦美知は逮捕されてるんだよ」

「え」白井がぱっと顔を上げる。目を大きく見開き、沖田を凝視した。「それは、どういう……」

「死体遺棄だ」沖田は事実を捻《ね》じ曲げて話した。器物損壊では、与えるショックが弱過ぎる。

「まさか」

「何年前だか知らないが、あんたが遺体を埋めたすぐ近くの場所に、別の遺体が二つ、埋まっていた。そこを調べていて、新たに二つ、遺体が——あんたが捨てた遺体が見つかったんだよ。そこからあんたのカード入れも出てきた。迂闊《うかつ》だったな。あんなところに落とし物をしたら、証拠を残すようなものだ」

「俺は、別に……」

沖田は手帳から一枚の写真を取り出した。昨日の発掘現場のもので、白井のカード入れも写っている。ほとんど土と同化してしまっているが、確認はできる。

「これ、見てくれよ。昨日遺体が発掘された現場で、名刺入れが見つかった時の写真だ。だいぶぼろぼろになってるけど、間違いないだろう？　ちなみにブランドはエルメス。えらく高い名刺入れを使ってたんだな。商売、上手くいってるのか？」

白井が目を逸らす。沖田は写真を摑んで彼の顔の前にかざした。なおも顔を背けようとしたので、ぐいぐいと押しつけるように示す。見えているわけはないが、白井の体からは力が抜けた。

「見ろよ。骨が写ってるだろう？」実際、カード入れは大腿骨《だいたいこつ》付近で見つかったのだった。「あんたが埋めた女性の骨だ。可哀想《かわいそう》に、何年も土の中に埋もれて、骨になっちまったんだよ」

白井の喉仏が上下した。ようやく正面を見て、写真に焦点を合わせようとする。沖田は少し写真を離して、見やすくしてやった。白井が目を細め、写真を凝視する。しばらく沈黙の時間が流れたが、やがて白井が悲鳴を上げ始めた。記録席に座っていたさやかが、慌てて立ち上がる。白井は両手で頭を抱え、テーブルに突っ伏した。悲鳴は長く尾を引き、沖田は不快感に必死で耐えながら、彼の回復を待った。

一度認めてしまうと、白井はあっさりと供述を始めた。

美知と知り合ったのは、十年前。その頃彼は、恵比寿で輸入家具の専門店を開いていた。主にヨーロッパのアンティーク家具を扱い、タレント御用達の店として賑《にぎ》わっていたという。そこへ客として来た美知に声をかけられ、何度か食事をするうちに、肉体関係を持つようになった。

美知は当時、二十歳。まだ幼さが残る顔ながら、はっきりとした女の色気を感じさせ、白井はそのギャップに溺れていったのだという。両親を亡くしたので大学を辞め、求職活動中だという美知のために金を融通したり、一緒にヨーロッパへ買いつけに行ったりするうちに関係はどんどん深まり、白井の方では結婚も意識するようになった。

要するに美知は、十年前も同じことをしていたわけだ。

罠《わな》に誘いこまれたと分かったのは、ある事件がきっかけだった。ある晩、ベッドの中で突然、「殺したい女がいる」と打ち明けられたというのだ。最初は冗談だと思っていたのだが、毎晩のように聞かされるうちに、本気なのだと悟った。ずっと「馬鹿なことを言うな」と宥《なだ》めていたというのだが、白井は次第に美知の計画に耳を傾けるようになった——無意識のうちに。

「殺されて当然の人だから」

「殺さなければ私が殺される」

「私は死んでもいい？」

彼女の言葉の一つ一つが、体を抉《えぐ》るようだったという。何より美知を失うのが怖かった。

拒絶の言葉は、次第に力を失っていく。

「銃なら絶対に確実だから。手に入るでしょう？」

美知が突然銃の話を持ち出した夜、白井はどきりとした。何故自分が銃を手に入れられる立場にいると分かっているのだ？　白井は二十歳の頃、暴力団とかかわりができた。その頃勤めていたバーが、暴力団の息のかかった店で、何故か組の幹部に気に入られた白井は、合法非合法すれすれの仕事もこなすようになったのだ。危険なのは分かっていたが、金には代えられなかったという。輸入家具の仕事を始めた後も、つき合いは続いていた。暴力団側にすれば、一応クリーンな人間を一人確保しておけば、いざという時に使えると考えていたのだろう、と白井は分析している。実際、輸入家具の店を出す時も、輸入雑貨を扱う会社を作った時も、暴力団から――実際にはある幹部の私費から資金援助を受けていた。

美知は、「臼田《うすた》さんのことは知ってるの」と囁くように言った。ベッドの中でその名前を聞いた瞬間、自分の運命は変わったと白井は意識したという。臼田こそ、白井のスポンサーになっていた暴力団の幹部だったのだ。何故知っているのか、と問い詰めたが、美知は笑うだけで答えなかった。それでも、美知が臼田の名前を知っているというだけで、白井を動かすには十分だったという。

白井は臼田を通じて拳銃《けんじゅう》を手に入れた。それを知らされた時の美知の興奮ぶりは、今でも白井の脳裏に鮮明に残っているという。あの夜は、朝まで寝かせてもらえなかった……

美知が殺そうとしていた相手は、どういうわけか美知が恋人を奪おうとしたと勘違いしていたという。ストーカーのようにつけ回し、人前で罵《のの》り、暴力も振るわれた。警察に相談するより、いっそ殺してしまった方が安心できる。

そこまですることはないだろう、と白井は一応説得した。何だったら、しばらく海外に身を隠したらどうか。自分も一緒に行ってもいい——そう言ったのだが、美知は受け入れなかったという。逃げるのは嫌。人前で恥をかかされたこともあるし、消えてもらわないと満足できない。

美知は、彼女を脅していた相手との電話を録音したものを聞かせてくれた。白井もぞっとした。相手の女は異様に低い声で美知を罵り、知り合いの男たちに襲わせる、と脅していた。殺してもばれない方法はあるし、滅茶苦茶にしてやる……。

結局白井は、美知の言う通りにしてしまった。どうしても逆らえない磁力——一度美知の言葉に耳を傾けてしまうと、鎖でがんじがらめにされたようになってしまうのだ。彼女が引っ張る方向へ素直に動くのみ。それに録音を聞いた後では、実際に彼女の身が危険だとも感じていた。

話が佳境に入ったところで、沖田は一瞬休憩を入れた。ここまですら話しているのだから、少し休ませても問題ないだろう。取調室には空調が入っているのに、白井は広い額に汗をびっしり浮かべ、最後の方は声もかすれていた。エネルギーが切れかけている。さやかに命じて、水を持ってこさせた。

白井は水を一口飲むと、表情を緩めた。顔だけではなく全身が弛緩《しかん》してしまったようで、それまでどれだけ緊張していたかが分かる。両肩がすっと下がり、体が萎んでしまったようだった。

「話の続きだ。どうやって殺した」

「俺は殺してない」白井が一転して否定した。

「銃を調達したんだろう」

「持ってきただけだから」

「だったら殺したのは……」

「彼女だ」

本当に？　沖田は白井の目を真っ直ぐ見た。少しでも罪を軽くしようと言い逃れしているのではないか？　だが白井の表情を見る限り、嘘をついているようには見えない。ただ怯《おび》えているだけのようだった。

白井が銃を手に入れると、美知は彼を檜原に連れて行った。山の中に入って何度か試し撃ちし、「ありがとう」と微笑《ほほえ》んで柔らかくキスしてくれた。

そこからはあっという間だった。その日の夜に、美知は問題の相手を呼び出し、後ろからいきなり銃で撃って殺した。目の前で人があっさり死ぬのを見た白井は動揺したが、そのままにしておくわけにもいかず、美知に言われるまま、自分の車のトランクに死体を押しこみ、檜原まで運んで埋めたのだという。

「殺した相手が誰か、分かるか?」

「……長澤玲子《ながさわれいこ》」

「間違いない?」

「散々名前を聞かされていたし……証拠ならある」

「証拠?」

「遺体を埋める時に、彼女の免許証を持って来た。今でも取ってある」

おいおい——そんな都合のいい話があるのか? 適当に話をでっち上げているのではないかと沖田が追及すると、白井は激しく首を振って否定した。

「埋める時に、身元が分かる物は全部処分するように、美知に言われた。だけど俺は、財布から免許証だけを抜いたんだ」

「どうして」

白井が唇を噛んだ。自分でも説明できないのではないかと沖田は読んだが、やがて白井が口を開く。

「保険、かな」

「自分に疑いがかかった時のために?」

「ああ」白井がうなずく。「殺された二人の身元を、俺は全く知らなかった。でも、知らないままいるわけにもいかなかった。だから免許証を抜いて、二人の住所なんかを確認したんだ」

「そのまま捨てればよかったじゃないか」

「いや、それは……」白井が唇を舐める。

「仕事の記念に取っておいたのか？」

「違う！」白井が叫ぶ。

「俺は、言われた通りに動いただけだから。何も関係ないから。あくまで従犯なんだ。もしも警察にばれた時、免許証を持っていれば……本当の犯人だったら、被害者の身元が分かるものは処分するだろう？　だけど俺は、ただ言われた通りにやっただけなんだ。それを証明するために、免許証をずっと持っていた」

「なるほど」沖田は腕組みをした。用心深いと言うべきか……沖田には判断できなかった。犯行直後、人は理性からかけ離れた行動を取ることがよくある。白井の行動は、理に適っているようでもあり、そうでないようでもあり……しかし、裁判用の証言としては使えるだろう。

「もう一つの遺体は？」

沖田の問いに、白井がぺらぺらと話し続ける。ブレーキが壊れてしまったようで、時にスピードの出し過ぎのようにも思えたが、それでも完全自供しているのは間違いないと沖田は判断した。

美知が二度目の殺人に手を染めたのは、最初の殺人からわずか二月後だった。白井はずっと嫌な予感を抱いていたという。拳銃を処分すると言ったのだが、美知は「手元に置いておく」と言い張ったというのだ。これは、私を自由にしてくれた大事なお守りだから、と。実際、彼女の家に行った時に、チェストの引き出しにしまわれていた拳銃を白井は確認している。華やかな下着の下に隠れた拳銃……その時白井は、はっきりと狂気を感じた。時折、美知の下着からかすかなオイルの臭いがした原因はこれだったのだ。

二人目を殺して埋めた後、白井は逃げ出した。狂気の波に呑まれるのに耐えられなくなったのだ。

6

「それで、海外逃亡か」西川は顎を撫でた。事態があまりにも急速に拡大したために、頭が混乱している。本来、分類・分析・整理が得意な西川でも、ついていけなくなっていた。

「フランスからアメリカ……一年ほど海外で暮らしていたそうだ。これは間違いなく裏が取れるよ」沖田が耳を掻きながら答える。すっかり疲れ切り、魂が抜けたようだった。

「その後、三浦美知とはどうなったんだ？」

「完全に切れていた……本人の弁では、だけどな」

「それでも、安心できなかっただろうな」

「だから、帰国してから密《ひそ》かに調べたそうだ」沖田が爪を弄る。「とっくに別の男とくっついていたから、ひとまず安心したんだが……」

「まさか、三浦美知は、その別の男とも何かやっていたんじゃないだろうな」

「それは分からない。取り敢えず自分のところには戻って来ないだろうと安心して、白井は今の商売を始めたんだ。それに、この件を暴力団の幹部にも話している。いざという時には、後ろ盾になってもらおうとしたんだろうな」

「それも、捜査の補足材料には使えるか」

もちろん、件《くだん》の暴力団幹部が「銃を都合した」と認めるはずもないが、「そういう話は聞いたことがある」と証言する可能性もある。それだけなら本人の立場が不利になるわけでもないし、警察に恩を売った、と自己満足するかもしれない。

警察が恩知らずの組織だということを知らない人間も多いのだ。

「もう一人の犠牲者だが」北野が話に割って入った。「河西沙織《かさいさおり》……彼女にも捜索願が出されている」

西川はうなずいた。河西沙織は埼玉県出身で、殺された時には二十四歳。美知とはバイト先で知り合った友人だったというが、やはり男関係でトラブルになっていた。沙織の恋人に美知が手を出して大喧嘩になり、この時は美知が怪我を負っている――少なくとも白井はそう聞いていた。実際、頬に大きな痣《あざ》を作って現れたので、白井の方から事情を聞いたのだという。涙ながらの告白――勘違いされて、友だちに殴られた。正確には、その友だちが連れて来た男の人に殴られた。しかも、「殺す」と脅された。

またも白井は美知の罠にはまった。前回と同じように、美知が沙織を撃ち殺し、白井が遺体を処分した。何故、檜原の同じ場所に埋めたのか——さすがに疑問を感じて訊ねてみたが、美知は答えを濁したという。出身地で、よく知る場所だったからだろう、と白井は解釈していた。確かに滅多に人も通らず、山全体を切り崩すような開発計画もないから、見つかる可能性はゼロに等しい。

「極めて残念なことだ」

北野が唇を嚙み締める。彼が無念がる理由は、西川にはよく分かっていた。河西沙織、長澤玲子——二人とも、失踪課から回してもらったデータに名前があった。

「仕方ないと思いますよ」西川は北野を慰めた。「あの時点では、遺体は見つかっていなかったんですから」

「分かってるが、釈然としないな」北野が、脂ぎった顔を両手で擦った。「問題点を整理しようか。今のところ、分かっていないことは何だ？」

「最初に見つかった遺体の身元」沖田が指摘する。「当然、殺しの動機も不明です」

「相澤は本当に知らないのか？」北野が西川に質問をぶつける。

「知らないと思います。相澤の場合は、死体を始末するので精一杯だったと思うので。逆に白井は冷静でしたね」

「まさか、二人の免許証を保管していたとはねえ」

沖田が呆れたように言う。西川に言わせれば、白井はこれまでに逮捕歴がないだけで、完全に「黒い」人間だ。暴力団とのつき合いの中で、それまでにも暴力、あるいは死に直面したことがあるのかもしれない。だとしたら、自分を守るために死体の免許証を抜き取るぐらいは何でもないだろう。

結果的に、彼の思惑は功を奏するかもしれない——美知が自供すれば、だが。あるいは美知は、全ての責任を白井に押しつけようとする可能性もある。彼女なら、それぐらいの嘘は平気でつきそうだ。全面自供が新たな嘘の始まりになる——それぐらいは想定しておかないと。

「いったいあといくつ、死体が埋まってるんだ?」北野が疲れた声で言って立ち上がった。「この事件はまだ終わらないんじゃないか」

むしろスタート地点に立ったばかりではないか? 西川は濃い疲労を意識しながら、北野に向かってうなずきかけた。沖田がぽつりと、「別に、この事件だけじゃないんだろうな」と言った。

「どういう意味だ?」西川は訊ねた。

「日本全国に、俺たちの知らない死体がどれぐらい埋まっているか、だろう?」

北野が話を引き取り、沖田が無言でうなずく。西川は口を閉ざさざるを得なかった。埋もれた遺体……埋もれた事件。それを掘り起こすことこそ、自分たち追跡捜査係の仕事である。しかし今回の事件ほど、それを嫌だと感じたことはなかった。

自分たちも、美知の術中にはまっている。

ついに、美知の勾留期限の十日目を迎えた。検察からは、「器物損壊で勾留延長するのは難しい」と判断を示されている。今日が最後のチャンスだ。美知と直接対面するのは何度目だろう。今日こそ落とす――そう決意して取調室のドアを開けたが、美知を見た瞬間、西川の決意は溶けて消えてしまった。相変わらず、自由を奪われているとは思えない様子で、きちんと背筋を伸ばして座っている。彼女の心はまったく折れていないのだ。

「新たに二つ、遺体が見つかりました。長澤玲子さんと河西沙織さんです。二人とも、あなたの知り合いですね」

西川が言うと、美知がゆっくりと顔を上げる。それまでとは少しだけ様子が違っていた。顔は透けるように白くなり、目を細めている。西川の真意をさぐるような目つきだった。

「あなたはこの二人を殺し、共犯者の手を借りて埋めた。死体遺棄現場は、前回と同じ場所です」まるで墓所のように。「申し開きがあるなら聞きますが」

質問ではなく、単なる確認。西川はそれで、こちらはさらに重要な手がかりを摑んでいると匂わせたつもりだった。実際、最終的な手がかり――になりそうな物証も入手している。白井の用心深い性格のおかげだった。

「言うことはありません」

「二人と知り合いだったことも認めないんですか」

「古い話ですから」

「つまり、昔は知り合いだったんですね」

西川の指摘に、美知の肩がぴくりと動く。巨大なダムに穴が開いた、と西川は確信した。これまで美知の証言には一切矛盾がなく、都合が悪くなれば黙秘で逃げ切ってきた。しかし今、彼女は矛盾を露呈したのだ。

「それは言葉の綾《あや》です」

美知の口調が揺れる。一気に崩れ始めたな、と西川は察した。こういう論理的でない反論は、今まで一度もしたことがなかったはずだ。

「そうですか。では、これを見て下さい」

西川はさやかに命じ、二枚の運転免許証を持って来させた。

「これはあなたの共犯者——白井仁が保管していたものです。彼は、二人の遺体を埋めるのを手伝った後、被害者の免許証だけを抜き取りました。一種の保険のつもりだったそうです」

「馬鹿馬鹿しい」美知が吐き捨てる。

「何ですって?」聞こえてはいたが、西川は確認せざるを得なかった。彼女の感情的な言葉を聞いたのは、これが初めてだったかもしれない。

「馬鹿馬鹿しいって言ったんです」不貞腐《ふてくさ》れた表情を浮かべて、美知が言った。「黙っていれば、絶対にばれないはずだったんです。ぺらぺら喋ったんですか、あの男は?」

「ええ、非常に協力的でした」

美知が舌打ちしたので、西川はさらに驚いた。こんな下品な態度を見せることはなかったのに。いったい何が彼女を変えたのだろう、と訝る。完全にばれたと判断して、開き直って素の顔を覗かせているのか。

「あなたが主犯だったはずですが、間違いないですか」

「私は何も認めません」

「どうして認めないんですか」

「認めるも何も、証拠がないでしょう。白井が自分で殺して埋めたかもしれないじゃないですか」

「白井のことは知っているんですね」

彼女の口調は、明らかに知人について喋る時のそれだった。二つ目の失点。西川はさらに畳みかけた。

「白井は悪い男です。でも、その悪い男でさえ、あなたを恐れていた。だから保身のために、免許証を保管しておいたんですよ。もちろん、事件は隠し通すつもりだったんですが、自分に疑いが向いてきた時には、その免許証を証拠に、あなたの犯罪を打ち明けるつもりだった。自分はあくまで従犯、言われたままにやった、ということですね」

「それを信じるんですか」

「白井は悪い男です」西川は繰り返した。「でも小心者だ。あなたに精神を呑みこまれて、支配されていたんですよ」

「私はそんなことはしません」言って、美知が乾いた笑い声を上げた。かすかに狂気を感じさせる……。

「あなたは人を支配する能力に長けているようだ。子どもの頃からそうでしたね。男女問わず、自然に自分の言うことを聞かせていた。そういう才能は、別の場所で発揮すべきでしたね。政治家にでもなるべきだったんじゃないですか」

「まさか」美知が苦笑した。急に世間話をするような顔つきになる。「そんなんじゃありませんから」

「力そのものに、善悪はないんです」西川は、両手の指先を合わせて三角形を作った。その隙間から美知の顔を覗く。自分の手が魔法の望遠鏡になって、本音を覗けるのでは……まさか。気を取り直して続ける。「使う人によって、力が善の方へ振れるか、悪の方へ振れるかが決まります。あなたの力は、善のために使って欲しかった」

「それじゃまるで、私が悪人みたいじゃないですか」

「違うんですか」

西川の疑問に、美知は答えなかった。西川は、もう少しこの話題を続けてみることにした。

「多くの男が――あるいは女性も、あなたが言うことに簡単に従いました。どうしても聞かざるを得なくなった、金縛りにあったようだと言う人もいましたよ。どうしてそんなことが可能なんですか」

「分かりません。誰かを縛ったつもりなんかありませんよ」

「……あなたは、自分の欲望に忠実な人だと思うんです。その欲望を貫くために、人を利用するのも厭《いと》わない。しかも欲望の多くは、自分にとって邪魔になる人間を排除したいというものだった――殺すという方法で」

言った瞬間、西川はかすかな恐怖を感じた。美知は、全ての遺体を誰かに処理させている。もしかしたらあの四人以外にも……女性の連続殺人犯は事例が少ないが、過去にいなかったわけではない。ただ美知が例外的なのは、非常に暴力的な手段で人を殺したことだ。頭を殴りつける、銃で撃つ――殺した感触を直に得られるような方法ばかりだ。

こんな風に彼女の心理を分析している余裕は、今はない。西川は最後の切り札を出すことにした。

「銃が見つかっています」

美知がすっと顔を上げた。これまでに見たことがない真面目な表情で、目の光が消えている。当たった、と確信し、西川は畳みかけた。

「あなたが河西沙織さんを殺した後で、白井は銃を取り戻しました。『処分しておく』という話でしたよね。あなたは、当面のターゲットを失ったので、素直に白井に渡した。白井はそれを、今でも保管しているんです。調べればあなたが撃ったと分かるかもしれないし、発射された銃弾が二人を殺したと確定できるかもしれない」

真実と推測の狭間《はざま》の話だ――確かに銃は確保できたが、今のところ、指紋は採取できていないし銃弾も見つかっていない。美知の自供がなければ、凶器と確定するのは不可能だ。

「……皆、言うことを聞かないから」美知がぽつりと言った。

「どういう意味ですか？」

「私のやることを邪魔するから」美知がさっと髪を撫で、西川を睨みつけた。「自由に生きていくためには、邪魔者は排除しないといけないでしょう？」

「ほとんどの人は、そういう状況を我慢して生きているんですよ」説教は自分の柄ではないと思いながら、西川は言わざるを得なかった。特に勤め人は、先輩、後輩、同僚らとの軋むような人間関係に耐えながら仕事をしている。明らかに「邪魔だ」と思っても、排除はできないのだ。そうやってストレスを抱えこんだまま、サラリーマン生活は進んでいく。

「他の人のことは知りません」美知がさらりと言った。「でも私は、我慢できない。だから排除するしかなかったんです」

「どうしてそんな風に考えるようになったんですか？」

「両親の……父の影響かもしれませんね」美知が、どこか遠い目をした。

「お父さんは、そんなに自由奔放に生きた人だったんですか？」

「違います」美知の唇が歪む。「むしろ正反対……檜原で生まれて育って、死んでいく――いつか、それが自分の人生だと悟ったんだと思います。それがかなり息苦しい人生だということは、刑事さんにも分かるでしょう」

「ほとんどの人が、そういう息苦しさを抱えて生きていますよ」

「そう……父も、自分については諦めたのかもしれません。でも、私にはいつも、『自由に生きろ』って言っていました。それこそ、小学生の頃から。その頃は、意味が分からなかったんですけど、後から考えると、つまらない枠の中で我慢しないで、思う通りにすればいいんだって……だから、中学を卒業して、すぐに檜原を出たんです」

しかし、「人を殺す自由」はないはずだ。彼女が父親に甘やかされて育ってきたことはよく分かったが、どうやら自由の解釈を間違っていたようである。

「あなたは……むしろ、殺すことに快感を感じていたのではないですか」西川は指摘した。

「そんな人、いるわけないでしょう」美知が鼻を鳴らす。「私を何だと思っているんですか」

生まれついての殺人者。だがその印象を、西川は口にできなかった。取り調べとは関係ない侮辱になるし、それで彼女の態度が一変してまた黙ってしまったら、何にもならない。

「判断は留保します」西川は静かな声で言った。「それよりどうして、遺体を同じ場所に埋めたんですか」

「別に、意味はないです」美知が淡々と言った。「遺体をそのままにしておくわけにはいかないでしょう。だから埋めたんです」

「人を使ったのはどうしてですか」

「私に、人を埋められると思いますか？　無理です。だから手伝ってもらった、それだけですよ」

「巻きこんで、共犯にしたかったんじゃないんですか。そうすれば、責任の分散になるかもしれない」

「そんなことを考えている余裕はなかったですよ」

それは本当……だろうか。普通の殺人犯だったら、西川も今の説明を信じたと思う。犯行直後に冷静でいられる人間はいない。犯行の証拠を隠そうとしても、だいたい焦ってヘマをするものだ。しかし彼女の場合はどうなのか。綿密に計算して、他の人間にも罪を被せることで、犯行の発覚を未然に防いだのではないか。今の彼女の説明で信じられるのは、「人を埋められると思いますか」という部分だけだった。美知は背は高いが、やはり非力な女性である。遺体を担いで山の斜面に入り、穴を掘って埋める——一連の作業を女性一人でこなせるわけがない。

「最初の二人は銃で、次の二人は殴って殺したということですね」

「……はい」

「殴って殺すのは大変じゃないですか」

「慣れてましたから」

美知がさらりと言った。慣れた……そんなことがあるはずがない。感覚が麻痺《まひ》すると言うなら分かるが、まるで殺すテクニックが向上したとでも言いたそうな言葉遣いだ。

「結局、あなたが殺した四人は、全部が男絡みということですか」

「そういう下品な言い方はやめてもらえますか」美知が抗議する。「皆、私の邪魔をしたから。それだけです」

「男関係の邪魔、じゃないんですか」

「同じことです。自由に生きるのを妨害されたら、相手が邪魔になりますよね。それだけのことです」

「あなたが、恋人のいる男性にちょっかいを出してトラブルになった……そういうケースが多いと聞いていますけど」

「欲しいものは手に入れる。それだけです。私は自由に生きたいだけなんです」

その願いは、もはや叶《かな》えられない。刑務所の奥深く閉じこめられ、死刑を待つ時間に自由は一切ないのだ。行動の全てを他人に決められ、どんな甘言を弄《ろう》しても自由は手に入らない。そんな生活に、彼女は耐えられるのだろうか。

「四人を殺したのは間違いないんですね」

「はい」

西川は細く息を吐いた。完全な自供——これで自分の役目はほぼ終わった。ちらりとさやかの背中を見ると、力が抜けているのが分かる。これで蕁麻疹も収まるのではないだろうか。

それからの取り調べはスムーズに進んだ。美知は時折皮肉を口にしたり、西川に対して文句を言ったりするものの、決して感情的にはならなかった。どうして自分をここまで律することができるかは分からなかったが——時に、完全自供した犯人が、他人事のように犯行の場面を話すところに、西川も何度か立ち会っている。そこにあるのは「諦め」だ。

取り調べを嫌うからこそ、素直に話す犯人もいる。一刻も早く刑事から解放されたいから、とにかく全部喋ってしまえ、ということだ。

しかし美知は、何かが違う。

「あなたが殺した四人の中で、一人だけ、まだ身元が分かりません」相澤が半年前に遺体を始末した被害者だ。

「私も分かりません」

「え？」恍けている様子ではなかった。

「別に、知り合いじゃないですから」

「だったら何なんですか」

「単なる酔っ払いですよ。バーで因縁をつけてきたから、殺しただけです。女の酔っ払いは嫌ですよね」世間話をするような口調が戻ってきた。

「どこで？」

「バーの外で。午前零時頃だったかな……裏道で、他には誰もいなくて。ごみ捨て場のところで、殴ったんです」

「素手じゃないでしょうね」

「まさか」美知が笑った。「カクテルシェーカーです」

「店から持ち出したんですか」

「もちろん」

　そんなもので人が殺せるのか……西川は、手慣れたバーテンがシェーカーを振る場面を思い描いた。だいたい、両手の中に隠れてしまうようなサイズではないか。それを指摘すると、美知は淡々と言った。

「サイズや素材の違いで、結構重い物もあるんです。一キロとは言わないけど、かなりずっしりした……それに、どこを狙えばいいかは分かりますから」

　西川は唇を引き結んだ。これではほとんど、通り魔ではないか。しかし美知の表情は相変わらず冷静である。

「よく見つかりませんでしたね」

「東京だからって、いつも人通りがあるわけじゃないですよ」

「場所は新宿ですね？」西川は、相澤の自供をここで持ち出した。

「そうです。相澤さんの家もすぐ近くだったので、次の日の夜に呼び出しました」

　呼ばれて簡単に出て来る相澤もどうかと思うが……彼はやはり美知の「呪い」に囚われていたのだろうか。

「もう一つ、別の話です……あなた、野田久仁子さんの遺体を埋めた後に、檜原に行っていますね」

　西川が確認すると、美知がすっと顔を上げる。

「バスを降りたところで、旅館の女将《おかみ》に声をかけられて、一晩泊まったでしょう。自殺するつもりだったんですか？」

突然、美知が声を上げて笑う。西川は、背筋を冷たい物が走るのを感じた。

「まさか……」笑い続けながら否定する。「現場の様子を見に行っただけですよ。それを、あの婆《ばあ》さんが余計な心配をして、ちょっかいを出してきて。だから適当に話を合わせただけです。あんなぼろい旅館に泊まったんで、蕁麻疹が出ましたよ」

「あんな時間にあんな場所で降りたら、帰れなくなるでしょう」

「泊まるつもりでしたから」

「泊まる？」西川は目を細めた。

「あの場所に、野宿です。私にとっては大事な場所なので」

そう言う割に、野宿するための道具も持っていなかったようだが。普通に街を歩くような恰好で、あの山の中で一晩過ごすつもりだった？　あり得ない。だが、この女に関しては、普通ではあり得ないことだらけなのだ。しかし、遺体を埋めたのが「大事な場所」？　普通の神経では、近づきたくもないはずだ。

「もう一つ、確認させてもらっていいですか」

西川は左手の人差し指を立てた。美知がかすかにうなずく。

「あなたはずっと、働いていませんでしたね？」

「決まった仕事はないですね。たまには働いていましたけど……ショップの店員とか」

「それ以外の時は、全部人の援助で生活していたんですか」

「そういうことになります」

「どうしてそんなに簡単に、男性を摑まえることができるんですか」

「さあ」美知が小首を傾げた。「自分でも分かりません」

天性の詐欺師……いや、詐欺師という言葉ではくくれない。自分の理解を超える存在を前に、西川ははっきりと戦慄《せんりつ》を覚えていた。

7

一山越えた。

沖田は、気が抜けたのをはっきりと意識していた。ネクタイを解いて生ビールをぐっと行きたいところだが、仕事はこれからが本番である。しかし、なかなか気合いが入らない。

美知はまず、二件の死体遺棄事件——直近の事件で再逮捕された。これで間違いなく二十日間は勾留が取れる。その後に待っているのは残り二件の死体遺棄、さらに四件の殺人事件での再逮捕だ。これだけの大量殺人だと、裏づけ捜査にも相当時間がかかる。当面、追跡捜査係も捜査を手伝うことになった。今回に限っては、完全に特捜本部に組みこまれてしまった……最後までつき合うことになるだろう。

どこかで気合いを入れ直さないといけない。

沖田は西川を誘い、昼食に出かけた。いい加減、特捜本部の弁当にも飽きていた。とはいえ、檜原で食事ができる場所は限られている。結局、一度食べて満足した舞茸《まいたけ》の天ぷらにした。友利を誘うと、彼も役場を抜け出してくれた。

「滅茶苦茶な事件でしたね」

友利の表情は暗かった。檜原出身者が、生まれ故郷に四人もの遺体を埋めた――観光客を気にする友利が心配するのも当然だ、と沖田は同情した。

「マスコミも大騒ぎだったからな」

「こんなことで檜原の名前が出ても嬉しくないですよ。マジで、いい迷惑です」友利が溜息をつく。

「まったくだよな……でも、人の噂も七十五日だから」

「そういうのは、ネットがなかった時代の話でしょう。今は、一度書きこまれた情報は永遠に残るんですよ。何十年も経ってから、また蒸し返されるかもしれないし」

「ところで、田楽は美味《うま》いのか？」西川が突然、まったく関係ない話を切り出した。

「何言ってるんだ、お前」

沖田は冷たい視線を西川に突き刺したが、彼の方では気にする様子もない。

「いや、名物みたいじゃないか。せっかくだから食べておこうかと思って。結構長くここにいるのに、檜原らしいものをまったく食べてないから」

「普通の田楽ですよ」友利が苦笑しながら言った。

「何だよ、これだけの大事件だったのに、もう何とも思ってないのか？」沖田は思わず訊ねた。

「いや」西川が眼鏡をかけ直した。「とんでもない事件だと思っている」

「その割には食欲旺盛だな」

「普通の生活をしないと、ますます精神的なダメージが大きくなるから」

それもそうだ……今までは、沖田たちもほとんど正気を失ったまま突っ走ってきたようなものである。そろそろ日常を取り戻し、その中で淡々と事件に対応していくべきだ。そうしないと、こういう特異事件の悪影響は長く尾を引く。

どうせなら、ここで何か買って行こうか。売店では、つくだ煮やジャムなど日持ちしそうなものも売っている。響子への土産にしたら喜ばれるかもしれない……彼女も、とうに夏休みが終わって帰京しているのだ。あんなひどい状況で別れたのに怒ることもなく、たまに電話をすると、沖田の体調を心配してくれる。自分にはでき過ぎた人だよな、と考えると、くすぐったい気分になってくる。

いや……でき過ぎた人というか、響子はあくまで「普通の人」なのだ。美知の異常さと正面から向き合ってしまった今、その普通さが何よりも素晴らしいと思う。刑事の仕事は、異常な状況に追いこまれた人間と相対することと言っていい。やがて自分の精神も、常識からぶれていく――そういう時に、真っ当な世界に自分をつなぎとめてくれる存在が、響子のような「普通の人」だ。

離してはいけない存在。

西川はごく普通の様子で、舞茸天ぷら定食を食べている。天ぷらの量が多く、結構ボリユームがあるのだが、追加注文した味噌《みそ》田楽も、五本のうち三本を一人で食べてしまった。やはりいつもの西川ではない。まだ幽冥の場所を——地獄かもしれないが——彷徨《さまよ》っている感じだった。

気を利かせたのか、友利が「ちょっと散歩にでも行きませんか」と誘った。

「そんな暇、ないよ」沖田は苦笑しながら断った。

「役場に車を置いて、すぐですから。今日も暑いですし、ちょっとだけ涼みましょうよ」

「いや——」

「そうしようよ」西川が言った。またも、らしくない発言。普段は、仕事中に遊びの要素を入れることなど絶対にしないのに。

「じゃあ、決まりでいいですね」友利が腿を勢いよく叩いた。「檜原のイメージも悪くなっちゃったでしょうから、お二人には少しいい所を見てもらわないと」

「俺は別に、悪いイメージは持ってないけどな」沖田は言った。

「深層心理では馬鹿にしてるでしょう?」友利が下唇を突き出す。

「そんなことはないけど……」あっさりと気持ちを見抜かれ、沖田は顔をしかめた。

「別にいいですよ」友利が肩をすくめる。「とにかく、ちょっと檜原のイメージを変えてもらいますから。悪いイメージのままだと困りますんで」

友利が案内してくれたのは、確かに役場のすぐ近くだった。何十回となく通った、橘橋の交差点。南秋川をまたぐ橋から、水辺まで降りられるとは知らなかった。橋のたもとに階段があり、友利が先導して、二人を川辺に案内して行く。滑りやすい足元に気をつけながら水の近くまでくると、別世界が広がっていた。

　まさに渓谷。長年水の流れに晒《さら》されて丸みを帯びた岩があちこちに突き出し、その間を狭く急な流れが抜けていく。水の色は白みがかった緑色。上を見ると、河岸の岩はびっしりと緑に覆われ、自分が墨絵の世界——色はついていたが——にでも入りこんでしまったような気分になる。

　沖田は両腕を広げて胸を張った。清々とした空気が胸に満ち、煙草で汚れた肺が一気に浄化されるようだった。一番ありがたいのは、明らかに涼しいことだ。河岸に生い茂った緑が影を作っているし、水が近いせいかもしれない。沖田は滑りやすい岩の上で危なっかしくしゃがみこみ、指先で水に触れてみた。予想していたよりもひんやりした感触に、思わず体が内側から冷たくなるようだった。

「これは……いいな」立ち上がりながら、沖田は友利に話しかけた。

「でしょう?」友利がいい笑顔を浮かべる。「やっぱり檜原の象徴は、秋川なんですよね。たまに降りてきて、ぼうっとしてるんです。夏は涼しいですし、冬に雪が積もった時もいいですよ」

「クソ寒いだろう」

「それがまた、いいんです。雪で真っ白になった中を、この清流が流れている様子を想像して下さいよ」

「俺がそこに立ってると、場違いだろうな」

沖田が言うと、友利が爆笑した。だいたい寒さが苦手だし、真冬にここまで降りてくる気にはなれないだろうが……今はいい。とにかく暑さを忘れさせてくれるだけでありがたかった。顔の周りを羽虫が飛びまわっているが、それも気にならない。少し平らな岩場に寝そべって昼寝でもしたら、最高だろう。

振り返って西川の顔を見る。少し離れたところで、顎に拳を当て、じっと水面を見詰めている。心ここにあらずという感じで、何か必死で考えている様子だった。

「何でぼうっとしてるんだよ」

「あ、いや」西川がはっと顔を上げた。

「何か気になることでもあるのか」

沖田は川辺を離れ、西川のいるところまで登って行った。西川は微動だにせず、川面を凝視している。

「三浦美知の言葉で、ちょっと引っかかってることがあるんだ」

「事件に直接関係することか？」

「いや……」西川が顎から拳を離した。「いや、そうだな。たぶんそうだと思う」

「はっきりしないな」

「ああ……」西川が視線を上の方に向けた。次の瞬間、「そうか！」と大声を上げて沖田を見る。

「何だよ」珍しい西川の大声を聞いて、沖田は足を滑らせそうになった。

「三浦美知が、変なことを言ったんだ」

「あの女が言ってることは、全部変だろうが」

「そうじゃなくて」西川が腿を平手で叩く。そうすることで、記憶をより鮮明にしているようだった。「彼女は、『慣れてました』って言ったんだ」

「どういう文脈で？」

「三人目を殺した時の話をしていたんだ。最初の二人は射殺した。次の二人は頭を殴って殺している」

「だから？」焦《じ》れてきたが、あまり声は荒らげられない。西川は、喋りながら考えをまとめているのだ。

「殴り殺すのに慣れる……なんてことがあるのかな」

「それは、何回も繰り返せば、そうなるんじゃないか？　肝も据わるだろうし」

「いや、彼女が人を殴り殺したのは、それが最初のはずなんだ」

「あ……」沖田は言葉を呑んだ。確かに……最初の二人は射殺。西川が今話しているのは三件目の殺人だ。「最初に」頭を殴って殺した相手のことである。「ちょっと待て。もしかしたら、他にも遺体があるのか？　三浦美知は、まだ何人も殺しているのか？」

「あるいは」

囁くような清流の音が、急にごうっと激しく暗い響きになったような気がした。背筋が寒くなり、北野が言っていた言葉を思い出す。「この事件はまだ終わらないいんじゃないか」。それに合わせて自分も、「この事件だけじゃないいんだろうな」と言った。刑事二人の勘は馬鹿にしたものではない。自分も北野も無意識のうちに、隠されたさらなる事件を予感していたのではないだろうか。

「第五の殺人か」西川がぽつりと言った。

「考えてみれば、最初の殺人から次の殺人まで、十年近く間が開いている。ああいうタイプの人間が、そんなに長く何もしないでいられるものかね」

「彼女が連続殺人犯的な性癖の持ち主かどうかは、今の時点では何とも言えない」西川は慎重だった。「正確なところは専門家の鑑定が必要だろうな」

「ああ。でも、その空白の間に何かあってもおかしくないいんじゃないか」言いながら沖田は、別の何かが頭の中に入りこんでくるのを感じた。「ちょっと待ってくれ……」

「どうした」西川が怪訝そうに目を細める。

「いや、何か忘れているんだ……何かあったんだよ」

「あの」友利が遠慮がちに手を上げる。「俺が言うと、出しゃばりかもしれませんが」

「いいから、言えよ」沖田は今度は声を荒らげた。「お前も元刑事だろう？　勘が錆《さ》びついてなければ、参考になるかもしれない」

「古い噂なんですけどね」

「古いって、どれぐらい」

「二十年近く前」

「そうか！」沖田はさらに大きな声を出した。一瞬で考えがつながり、ある仮定が生まれる。

「何だよ」出し抜かれたと思ったのか、西川が不安そうな声を上げた。

「何かあったのは、空白の十年の間じゃなかったかもしれない」

「と言うと？」

「例えばもっと前……三浦美知が子どもの頃だ」

「おい、まさか……」西川の顔から血の気が抜ける。

「この事件に関して、『まさか』はないんだよ。何があってもおかしくない」

「だけど、彼女は子どもだったんだぞ」西川が反論する。

「彼女の考えや行動を、俺たちの常識で理解できると思うか？　違うだろう。一回、常識から離れて考えてみろよ」

穴掘りならいくらでもやってやるよ、と沖田は開き直った。もしもここに誰かが埋められているなら、必ず掘り起こしてやる。無念のまま、ここで土と同化させるようなことは、絶対にしない。

北野は懐疑的だった。それ故、人を出し渋り、結局ここへ集まったのは追跡捜査係の人間だけだった。西川の説得が功を奏し、鳩山まで来ている。もしも最悪の事態が起きた時に、上の人間がいれば何とかなる……もちろん、鳩山に穴掘りさせるわけにはいかなかったが。運動不足の体でそんなことをしたら、心臓麻痺を起こしかねない。

車の中に籠《こも》りっ切りではさすがに悪いと思ったのか、鳩山も外に出て作業の様子を見守っている。ヘルメットを被っているもののサイズが合わず、頭にちょこんと載っていた。

「あれよりでかいヘルメットはないのか？　サイズが合ってないぜ」

沖田は、少し離れたところで穴掘りをしている大竹に声をかけた。大竹が背中を伸ばし、下にいる鳩山をちらりと見る。無言で首を横に振ったが、唇の端が少し持ち上がっているのが分かった。珍しいことだ――これが彼の笑い方である。

「笑うなよ。お前が笑うと、雨が降る」

大竹がそっぽを向いた瞬間、本当に雨が降り出した。ただし、上にはブルーシートを屋根代わりに張ってあるので、直に雨が当たることはない。雨がひどくなったら、一度下から棒で突いて、溜まった水を落とさなければならないだろう。ただ、雨が降ってきたせいか気温が下がり始め、作業はしやすくなっている。

沖田はスコップを地面に突き刺した。土は柔らかく、掘るのに苦労はしないが、慎重に進めなくてはならないので時間がかかる。薄皮を一枚ずつ剝ぐような掘り方が必要だった。必然的にスコップを水平に近い角度で動かすことになり、腰をうんと低くしなければならない。初めての作業ではないが、始めて三十分もすると、全身が悲鳴を上げ始めた。

沖田はゆっくりと腰を伸ばした。いきなり直立すると、腰にダメージがきそうだ。スコップを地面に突き立て、そろそろと両腕を天に突き上げる。雨粒は糸のように山中に降り注ぎ、緑の色を濃くしていた。煙草が吸いたかったが、何とか我慢する。

下を見ると、待機中の西川と目が合う。西川は手をメガフォンにして呼びかけた。

「そろそろ替わるか？」

鳩山とさやかを除いた四人で作業に当たっているのだが、疲労を軽減するために、ローテーション制にしている。三十分で一人が抜け、一人が入る。最大でも、連続一時間半。

「まだ早い」沖田は時計を見て怒鳴り返した。あと十分。掌にはマメができて、じんじんと痛む。脹脛《ふくらはぎ》は痙攣しそうで、腕もだるかった。腰の痛みは言わずもがなである。しかしここは、もう少し頑張らないと。

よし、と小声で自分に気合いを入れ、沖田はスコップを取り上げた。土に差し入れようとした瞬間、隣の区画を掘っていた大竹が「あ」と短く声を上げる。

「どうした！」沖田は思わず叫び、自分のスコップを放り出した。歩きにくい斜面を横伝いするように、大竹に近づいて行く。大竹は既にスコップを手放し、這いつくばるようにして手で土を掘り出し始めていた。

彼の手が、小さな黒い棒に触れる。その周囲を慎重に手で掘り、次第に露《あら》わにしていく。沖田も屈みこみ、手を貸した。下の方で穴を掘っていた庄田も参加し、手伝い始める。

大腿骨――しかし小さく、細い。それが確認できた瞬間、沖田の目が曇った。こんなところで二十年も……クソ、俺が泣いてどうする。

「どうした！」下から西川が怒鳴った。

沖田はゆっくり立ち上がり、彼に向かってゆっくりとうなずきかけた。かなり距離があるが、西川の顔色が白くなるのが分かる。スコップを持ち、西川が斜面を上がり始めた。あろうことか、鳩山も後に続いてくる。嫌な予感がしたが、それが当たっていきなり滑って前のめりに倒れ、短い悲鳴を上げた。まったく、足を引っ張るぐらいなら、来なくてもいいのに……。

全体を掘り起こすまで、一時間近くかかった。ほぼ完全な人骨。土に一体化しているものの、衣服の切れ端も見えた。この服を手がかりに、どこまで身元に迫れるか……古い骨のDNA型鑑定も、当てにできるかどうかは分からない。

一度現場から消えたさやかが、小さな花束を持って戻って来た。ダリアにキキョウ、サルビア。死者に手向ける花として、ピンクと紫、赤の組み合わせはどうかと思ったが、何もないよりはましだろう。

「どうしたんだ、それ」

「友利さんが持たせてくれたんです」さやかが暗い声で言った。

あいつ……やはり、刑事の感覚を失っていないわけだ。犠牲者に敬意を表し、犯人逮捕を誓う。今回は、犯人は既に逮捕されているのだが、死者を弔う気持ちに変わりがあってはいけない。

「今日、遺体が出る保証はなかったじゃないか」

「見つかるまで、毎日新しく花を用意するって言ってましたから」

「そうか……」

さやかが穴の傍らに小さな花束を置く。沖田も跪《ひざまず》き、静かに手を合わせた。山の空気は沈黙に覆われ、ただ雨粒がブルーシートを打つ音だけが聞こえてくる。

立ち上がった西川が、穴の中に足を踏み入れた。園芸用の小さなスコップを手に、骨の脇を丁寧に掘り始める。

「おい、これは……」沖田は目を見開いた。

「ランドセルだよ。奇跡だぞ」

西川が、ゆっくりとランドセルを掘り起こした。合成皮革なのだろうか、比較的形を保っている。普通に扱う分には、いきなり崩壊するようなことはなさそうだ。西川が慎重に泥を落とし、ふたを開ける。庄田が懐中電灯で中を照らし出した。西川が手を突っこみ、ゆっくりとノートを引っ張り出す。湿気のせいか、表紙はぼろぼろになって、今にも崩れてしまいそうだった。しかし、筆箱は無事に出てくる。プラスティック製のようで、酷《ひど》く型崩れして一部はぼろぼろになっていたが、名前らしきものが書いてあるのは分かった。

「庄田、ここに光を当ててくれ」

言われるまま、庄田が筆箱に懐中電灯を向ける。沖田は、光の中に「幸田美晴」の名前を見つけた。

ブルーシートに雨が溜まったのか、端の方から水がざっと音を立てて落ちる。小さな滝。

涙雨だ、と沖田は思った。

　現場は三度目の大騒ぎになった。まだマスコミには遺体発見の一報は流していないはずなのに、既にテレビ局の中継車やハイヤーが集まっている。

　北野は不機嫌だった。さらに遺体が見つかるとは思ってもいなかったのだろう。実際、掘り起こしを始める時も懐疑的だった。

「係長が言ったんですよ」沖田はぼそりと指摘した。

「何が」北野が苛ついた声で言った。

「いったいあといくつ、死体が埋まってるんだって言ったのは係長でしょう」

「ああ」北野が呆けたような口調で言った。「確かに言った」

「勘が当たったわけですね」

「こういう勘は当たらなくていい」北野がぴしりと言った。「とにかく、身元確認が最優先だ」

「でも、穴掘りは続けるんでしょう?」

「こうなったら、あそこの斜面一帯を掘り起こす。何だったら、山全部を崩してもいい」

言って、北野が唇を引き結んだ。「これで絶対、終わりにするんだ」

「そうですね……そうしたいですね」沖田には何の確信もなかった。北野ではないが、美知はあといくつ死体を埋めたのだ?

鳩山が突っ立ったまま、腕組みをして作業の様子を見詰めていた。ヘルメットが雨で濡れ、スーツにも染みができているが、気にする様子もない。沖田は彼にすっと近づいた。

「係長が遺体を呼んだみたいなものですね」

「よせ」鳩山が鼻に皺を寄せる。「縁起でもない」

「でも、来てよかったでしょう？　これで仕事ができたわけだし」

「こういう仕事が増えても、うれしくない」鳩山が珍しく強い口調で言った。「えらい事件に首を突っこんでしまったな」

「これこそ、追跡捜査係の仕事じゃないですか。本当は、先に死体を見つけて犯人逮捕が筋なんでしょうが」

「そもそもこの件は、事件として発覚していなかった。俺たちの仕事とは異質のものだよ」

「まあ……そうですね」

どうにも調子が出ない。この上司を軽くからかうと、いつも気持ちが上向くのだが、今日は無理そうだった。仕方ない……五つ目の遺体は、小学五年生のものだったのだ。子どもが犠牲になる事件は、刑事の心にも消せない刻印を残す。

ましてや、犯人も小学生だとすれば。

本当に？　小学生が小学生を殺し、埋める——こんなひどい事件が起きるとは。

今は個人的な予想や感想を持つタイミングではない。そう自分に言い聞かせても、脳裏を何度も美知の顔が過《よぎ》り、集中できない。

彼女は巨大なブラックホールなのかもしれない。近づく人間の生気を吸い取り、自分の エネルギーにしてしまう。

刑事も例外ではあるまい。

すっと息を吐き、何とか美知の顔を頭から追い出そうとする。罠にかからず、何とか彼女を追いつめる方法は……西川はどうやって意識をカットしたのだろう？　あいつだって男だ、感情が揺さぶられないわけがない。相当緊張していたものの、何とか冷静さを保ち、ついに自供に追いこんだテクニックは何だったのか。

直接聞くことはないだろう、と沖田は思った。取り調べのノウハウは人それぞれで、言語化できない。どれほど分厚いマニュアルを綴《つづ》っても、微妙なニュアンスまでは伝わらないのだ。というより、同期に頭を下げて教えを請うなどまっぴらごめんだった。

「たぶん、これが始まりだったんだと思う」

突然囁くように言われ、びくりとする。いつの間にか西川が横に立っていた。

「一連の事件の？」

「というより、そもそも彼女の人間性が壊れるきっかけ」

「そうか」沖田は拳で顎を何度か叩いた。脳への軽いショックは、感覚を研ぎ澄まさせる。

「だとしても、そもそもどうしてこんな事件を起こしたかが問題だぜ」

「きちんと事情を聴けるかどうか、自信がないいな」西川が打ち明けた。

「何言ってる――」

「二十年近く前だぞ？　小学生の頃にやったこと、お前、説明できるか？」

「それが人殺しなら、説明できる」

「……そうか」西川が両手を拳に握った。「やるしかないわけだ」

「そうだよ。それがお前の仕事だ」

逃げたな、と自分で意識した。今回沖田は、自分では直接美知を取り調べていない。今なら「怖かったから」と認められる。会わないことで精神状態を普通に保ち、他の捜査に専念した。面倒なことは西川に押しつけっ放しだったのだ。

終わったら酒でも奢ってやるか、と考える。

終われば、だが。この事件には終わりがないような予感がする。最終的に、いくら手を伸ばしても、闇の中にある真相を摑めない事件もある。

8

五つ目の遺体が見つかってから二日後、突然、捜査は終幕へ向けて突き進み始めた。あくまで追跡捜査係としての終幕、だが。

この事件にかかわる前、庄田が調べていた古い事件が動き出したのだ。蒲田で五年前に起きた殺人事件。庄田は裏社会の人間が絡んでいると目星をつけ、あちこちにパイプ作りをしていたのだが、その一本がついに開通したのだ。犯人に関する重大な情報がもたらされ、庄田とさやか、大竹は早々に本部へ引き揚げて行った。西川と沖田も、今日を最後にあきる野署の特捜本部を離れることになっている。本来業務への復帰だ。

西川は、今日を美知との最後の対決と決めた。二度と調べるチャンスはないかもしれないから、悔いなく終わらせたい。目標は全面自供。そういう思いを汲《く》み取ったのか、沖田が記録係で入ってくれた。もしかしたらこれが功を奏するかもしれない、と西川は期待している。沖田が乱暴に切りこんでくれたら、美知は動揺して全面自供するかもしれない。

美知は、ようやく萎れてきていた。水を貰《もら》えない花のように、徐々にだが……まだ枯れてはいないが、時間の問題だろう。

「一つ、あなたにお知らせしていないことがあります」

「何でしょう」口調も少しだけ投げやりになっていた。

「幸田美晴さん、覚えていますよね」

「もちろんです」美知が目を見開いた。「小学校で一つ下の学年の子で、妹みたいだったんです。家も近かったし」

「行方不明になったんですね」

「そうです、五年生の時に……神隠しなんて言われていました」

「あれは、神隠しじゃなかったんですね」西川は意識して声を抑えた。

「え？」

「殺されていました。遺体が発見されたんです」

一瞬で、美知の顔から血の気が抜けたようだった。同時に表情も消え失《う》せ、自供する前の頑《かたく》なな雰囲気が戻ってきたので、西川は警戒した。反省の態度は見せていないものの、他の件については一応完全自供したのだが、今は違う。ということは、この件について話したくない事情があるのだ。

「発見場所は、これまで四人の遺体が発見されたすぐ近くです。同じ場所と言っていい。これが五人目の遺体です。あなたは『大事な場所』と言っていましたよね。つまりあそこは墓だったわけでしょう？　あなたが最初に埋めたのは、幸田美晴さんだったんじゃないですか」

「馬鹿なこと、言わないで下さい！」

それまでにない否定の仕方だった。黙りこむか、「そんなことはない」と柔らかく言うだけだったのに、いきなり激した様子である。

「馬鹿なこと？　何が馬鹿なんですか」西川は彼女に向かって上体を少し傾けた。

「私が殺すわけないじゃないですか」

「何故ですか」

「大事な妹みたいな子だったんですよ。妹を殺す人間がいますか」

「殺人事件の多くは、家庭内のものです」

西川の指摘も、美知にはまったく効果がなかった。

「美晴ちゃんが行方不明になった時、私がどれだけショックを受けていたか、分かりますか」

「分かりますよ。当時の記録が残っていますから」

西川は、当時あきる野署に勤めていた刑事を摑まえ、既に話を聴いていた。小学生が行方不明になったというので、本部からも応援が入って大規模な捜索が行われたのだが、その刑事は当然、小学校の子どもたちにも話を聴いていた。変質者の線を疑っていたのである。小さな村のことだから、そんなことがあればすぐに表沙汰になりそうなものだが、子どもたちは怖がって、親にも言わない場合もある。

所轄をずっと回って警察官生活を終えたこの刑事は朴訥《ぼくとつ》な男で、今は故郷の山梨県に引っこんで、野菜を育てて暮らしていた。現役時代のメモを大量に残しており、檜原の事件についてもよく覚えていた。

「当時、幸田美晴はバスで通学していた。小学校の低学年の頃は親が車で送っていたんだが、四年生からバス通学になった」指を舐めながら手帳のページをめくり、説明してくれた。「行方不明になった日も、いつも通りの時間にバスに乗り、下校した。乗りこんだ時に、他の乗客は七人。その後降りたり乗ったりして、幸田美晴が降りた時の乗客は本人も合わせて五人だった。二人が一緒に降りて、幸田美晴はバス停から五百メートルほど離れた自宅へ戻った。途中までは、六年生の子が一緒だった」

その子は？

「三浦美知。家が近くて、小さな頃からよく一緒に遊んでいたらしい。美知の家はバス停の近くで、バスを降りてすぐに別れて、その後幸田美晴は一人で徒歩で自宅へ戻った。いつも同じ感じだった」

美知にも話を聴いたのか？

「聴いた。六年生にしては大人びてしっかりした子だったけど、さすがに動揺してね。別れるまで、手をつないで歩いていたというんだが、何も変わった様子はなかったという。変な人や車を見かけなかったか聴いたんだが、記憶にないという話だった」

他に変質者などの情報は？

「なかった。田舎町だから、そういうことがあればすぐに噂になるし、警察としても情報は摑めていたと思う」

三浦美知は関係ないのか。

「事件に？　あり得ない。あんなに激しく泣く子が事件に関係していたわけがない」

その後、事情聴取は行ったのか？

「行方不明になってから一か月後に、もう一度話を聴いた。フォローアップというやつだな……印象は同じだった。また激しく泣き出して、ほとんど話にならなかった」

三浦美知の足取りはきちんと確認したのか？　自宅に着いた時間は？　普段の幸田美晴との関係はどうだったのか、他の子どもたちの証言と突き合わせて調べなかったのか。

畳みかける西川の質問に、刑事は答えられなかった——しかし最後には渋々、全ての質問に対して「ノー」と返事をした。それは刑事として怠慢ではないかと、西川は思わず批判をぶつけてしまったが、刑事はむっとして「誰が小学生を疑うかね」と反論した。

「目が綺麗な子でね。あんな風に目が綺麗な子は、悪さができるはずがないんだ」

ここにも一人、美知に騙《だま》された人間がいる。美知は、小学生の時から既に、人の心を搦《から》めとる術《すべ》を身につけていたのかもしれない。子どもが大人に媚《こ》びるのではなく、既に大人のテクニックで……。

結局西川の収穫は、証言の他にゴーヤ五本だった。せっかくだから持っていけと、畑で取れたばかりのゴーヤを押しつけられ、中央線に揺られて帰って来たのである。

あの刑事は、本当に髪の毛一本ほどの疑いも持たなかったのだろうか。ずっと所轄を回っていたということは、本部でやっていけるほどの能力はないと烙印《らくいん》を押されていたも同然だが、何十年も刑事をやってきて、何かがおかしいとは思わなかったのだろうか。

もちろん西川も、はっきりした証拠を握っているわけではない。嫌な想像が頭の中で広がるだけだ。それでも勝負しなければならない時はある。

一つ息を吐き、美知の顔を正面から見た。依然として、最初に会った時の無表情のままである。

「あなたは、幸田美晴さんが行方不明になった当日、彼女と一緒にバスで自宅近くまで戻って来ていた」

「あの辺に住んでいたのは私たちだけでしたから」

「いつも一緒だったんですか」

「そういう時が多かったです」

「あの日も一緒にバスを降りて、あなたは先に家に戻った」

「私の家の方が、バス停から近いですから」

「あなたが何時に家に着いたか、証明してくれる人はいますか」

「西川さん」美知が静かな声で言った。「そういう話をしても無駄ですよ。証言してくれる人がいるとしたら、両親だけです。でも、二人とも亡くなっていますから」

「近所の人とかは？」

「二十年近く前の話を、今も覚えている人がいると思いますか？　あり得ないでしょう。もしも今になって証言する人がいたら、それこそ嘘です。話をでっち上げたとしか考えられません」美知の声は次第に熱を帯びてきた。

「あなたの証言以外は、使えませんね」

「私には何も言うことはありません。大事な友だちをなくしたんですよ？　どうして私が責められなくちゃいけないんですか」

「何故なら我々は、あなたが幸田美晴さんを殺して遺体を埋めたんじゃないかと疑っているからです」

「まさか」美知が声を上げて笑う。天井を向いたので、白い喉がむき出しになった。「小学生が人殺し？　そんなの、あり得ないでしょう」

「遺体の頭蓋骨は、骨折して陥没していました。重量のある鈍器で殴られたものと思われています」

「小学生にそんなことができますか」

「できるでしょうね」西川は、美知の挑発的な物言いに刺激されないように、と自分を抑えて低い声で言った。「あなたは、小学校六年生の頃には、もう今とあまり変わらない体格になっていた。例えば——それほど大きくない石なら、簡単に扱えたでしょう」

「それ、ただの想像ですよね」馬鹿にしたように美知が言った。

「今のところは」

「想像以上のものにはなりませんよ」

「そうでしょうね」

「だったら、もうやめて下さい」美知が鼻を鳴らした。「何も、辛いことを思い出させなくてもいいじゃないですか……嫌がらせですか」

「違います」西川はゆっくりとした口調で否定した。「私は、真実が知りたいだけです。幸田美晴さんが殺されたなら、犯人を見つけたい。この件については、改正後の法律が適用されるので、時効は存在しません。いつまでも犯人を追跡できます。それが我々追跡捜査係の仕事でもありますし」

「そちらの事情はよく分かりません」美知が素っ気ない声で言った。

西川はちらりと沖田の背中を見た。普段にも増して、大きく膨れ上がっている感じがする。怒りだ、とすぐに分かった。「いい加減にしろ」と美知を怒鳴りつけたいと思っているのだろう。しかし今それをやったら、単なる感情の爆発だ……いや、そろそろ美知を追い詰める証拠を出して欲しい。この取り調べの前に、二人は役回りについて話し合っていた。いい警官、悪い警官の演技は通用しない。西川が詰まったら、沖田が新しい材料を出して、相手に言い訳を考える隙を与えない――それぐらいしか思い浮かばなかった。

沖田が椅子を回して、美知の背後から話しかける。

「幸田美晴さんの家は、遺体の発見現場から近いな」

美知がちらりと振り向いて、沖田の顔を確認する。関心なさそうに、すぐに西川の方を向き、さらに視線をテーブルに落としてしまった。沖田が立ち上がり、美知の左横に立つ。テーブルに両手をついて、美知にぐっと顔を近づけた。

「あんたたちは、よくあの辺で遊んでいたらしいな。女の子が遊ぶ場所とは思えないけど、十八年前にもそういう証言が取れてる。あの日も一緒に遊びに行ったんじゃないのか」

沖田の追及に、美知が肩をすくめた。沖田は一瞬口ごもったものの、勢いを落とさず質問をぶつけ続ける。

「他にも、幸田美晴さんが行方不明になる前に、学校であんたと喧嘩していたという情報があった。原因は分からないが、それは事実じゃないのか？　小さな学校のことだから、トラブルはすぐに全員に知れ渡ってしまうと思うけど」

「つまり、学校の誰かが喋ったんですか？」美知が逆に訊ねた。

「情報源は言えないね」沖田がさらりと拒否する。

「私が美晴ちゃんを殺したという噂でもあったんですか?」

沖田が唇を噛んだ。それがなかったことは西川も知っている。ここまでか……しかし沖田は、態勢を立て直した。まだ勝負を続ける意思は残っているようだ。

「あんたは、幸田美晴さんと何らかのトラブルに陥って、殺意を抱いた。それでいつも遊んでいた現場に一緒に行って、そこで彼女を殺し、埋めた。ランドセルも一緒に」

「どうしてそういう想像になるんですか」美知が溜息をついた。「小学生が一人で、そんなことができるわけがないでしょう」

その瞬間、頭に嫌な想像が入りこみ、西川は恐怖に襲われた。一人でできるわけがない……そうかもしれない。あの斜面に穴を掘るのは、自分たちでも大変だったのだ。しかも、穴掘りに必死になって美知が家に帰らなかったら、今度は彼女の家族が騒ぎ出しただろう。もしかしたら、何度も通って穴を掘り進め、数日後に完全に埋めた? 遺体が徐々に腐敗していく横で? 考えられないことではなかったが、小学生の美知の精神が、そこまで歪んでいたとは思えない。それに美知は、他の四件の死体遺棄事件に関しては、自分では直接手を出していなかったのだ。全て男を使い、力仕事は任せて、自分は見ながら指示するだけ。

つまり、この件にも誰か共犯者がいた?

小学生にできるとは思えない。さすがに子どもだったら、隠しておけなかったのではないだろうか。当時の同級生には話を聴いたが、そんな情報はまったく出ていない。噂にすらなっていなかった。

　となると、誰か大人が……身近にいた大人と言えば、家族と学校の先生ぐらいだろう。都会ではないから、小学生が大人と知り合う機会はそれほど多くなかったはずだ。西川は両親の線を考えた。二人とも既に亡くなっており、美知が口をつぐんでしまえば、真相は永遠に分からない。

　西川は唾を吞んだ。喉に鈍い痛みを感じる。美知は表情のない顔に戻り、次の言葉を待っていた。いくらでも打ち返し、否定できると自信を持っているように見える。意を決して西川は言った。

「あなたが覚えているかどうかは分かりませんが……四件の殺人事件について話した時、あなたは『慣れていた』と言いました」

「そう、ですね」

　そこは否定しないわけだ、と思いながら西川は続けた。

「殴って殺した最初の被害者について話していた時です。初めて殴って殺したのに『慣れていた』と言うのは、どこかおかしくないですか」

「それは、人を殺すこと全般における話です」

「私は、以前にもあなたが人を殴って殺したことがあると解釈しました」

「解釈は自由です。でも、私は否定します。美晴ちゃんを殺してはいません」

「残りの四件については、認めたじゃないか」沖田が子どものような理屈を持ち出した。「もう一件認めても、状況に変わりはないんだ」

「私を怪物にしたいんですか」

「したい」のではない。既に「怪物」だ。しかし西川には、彼女の言い分が理解できた。小学生の時に人を殺していたら、怪物としてのレベルが数段アップしてしまう。世間は非難の礫を浴びせるだろう。この事件の裁判に参加しなくてはならない裁判員に、西川は同情した。精神状態を平静に保って判断を下すのは、極めて困難だろう。

「私は、今までのことについて、書き残すことにしました」

「そんな話は聴いていませんが」西川は首を捻った。

「弁護士経由で、出版社から依頼がきています。それを受けようと思います」

「自伝のようなものですか」

「私の話を読みたい人は、たくさんいるようですね。でも私は、怪物として読まれたくはないんです」

「あんたの印象なんか、どうでもいいんだ！」沖田が爆発した。「調子に乗って自伝なんか書いてる場合じゃないんだよ。あんたがしなくちゃいけないことは、全ての事件についてきちんと自供して、しっかり裁判を受けることだ。あんた、今までにいったい何人殺してるんだ？」

「話すべきことは、全てお話ししました」美知がさらりと言った。

「ふざけるな！」

「沖田……」

西川が声をかけると、沖田がすっとテーブルから離れた。急に気が抜けたようで、表情は空疎だ。西川に向かって一瞬肩をすくめたのは、白旗を挙げたようにも見える。

もしかしたら……最終的に勝つのは、美知かもしれない。一番重要な秘密を誰にも打ち明けないまま警察を翻弄《ほんろう》し、しかしどんな判決であっても甘んじて受ける――そんなことに何の意味があるのか、分からなかった。怪物にならず、しかし罪は認めて……だったらどうして、最初の事件だけは認めないのか。

美知が笑った。

初めて見る顔で、西川は背筋に冷たい物が走るのを感じた。この表情は……セックスの後で浮かべる、満足の笑み。艶然とした表情を見ながら、西川は「完敗」を意識していた。


その夜遅く、二人は追跡捜査係の覆面パトカーであきる野署を離れた。本部まで一時間強のドライブ。沖田は助手席で、右膝を抱えこんで座っている。靴底が座面に触れていたが、注意する気にもなれなかった。西川自身、車を安全に運転することで精一杯だったのである。

夜の圏央道は車が少なく、滅亡した世界を沖田と二人きりで走っているような気分になってきた。時折対向車線のヘッドライトが目に入り、はっと現実に気づく……そう、美知を調べ始めてから、ずっと現実感が薄いのだ。

人は金のために人を殺す。恨みを晴らすために人を殺す。だが彼女のように、自分の「自由」を「邪魔」する相手だと思えば殺してしまうような人間は滅多にいない。それはあまりにも傲慢《ごうまん》であり、突き詰めれば「自分は全ての人間に勝る存在だ」という危険な思想につながる。

中央道に入ると、ようやく息を吹き返した気分になる。他の車の流れに合わせて走っていると、人の世界に戻って来られた、と実感できるのだった。

「ああいう人間、これから増えてくるかもしれないな」沖田がぽつりと言った。

「どういう人間だ？」分かってはいたが、西川は聞いてみた。

「エゴイズムが究極まで進化した人間。自分は誰よりも優れていて正しい、だから邪魔される謂《いわ》れはない、邪魔する人間がいたら排除してもいい……三浦美知は、そんな風に思っていたんじゃないか」

「そうだな」自分とそっくり同じことを沖田も考えていたのだと驚く……いや、驚くことはないか。同期で、同じようにキャリアを積み重ねてきたのだから、普段の行動パターンや推理の仕方は違っても、根っ子の部分が似てくるのは仕方ないかもしれない。

「どういう育ち方をすると、あれだけエゴが肥大するかは分からないけど」

「一般的には、甘やかされて育てられると、あんな感じになるだろうな」

「甘やかす、か……子どもから大人になる時期に、両親が続けて死んでいるな」沖田が指摘した。

「それが人格形成に複雑な影響を及ぼしたのかもしれない。最初の二件の事件を起こしたのは、両親が亡くなった直後なんだよな」

「最初じゃないぞ」沖田が訂正した。「お前が言ってるのは、一件目と三件目だ」

「ああ……分かってるよ」西川は、拳を顎に押し当てた。「とにかく、二十歳の頃の事件は、両親が相次いで亡くなった直後の出来事だった。この辺の事情、もっとぶつけてみるべきだったな」

「ちゃんと引き継いだだろう？」

「自分で聴きたかったな」西川は「自分で」を強調した。「他人が事情聴取した又聞きだと、どうしても納得できない。危険ドラッグの話も気になるんだ。この事件に関係しているかもしれない」

「そうか。でも、危険ドラッグのことは誰かが調べるはずだ」

助手席で沖田が足を組み替える気配がした。ちらりと見ると、両足とも靴を脱いでいる。ここはお前の家じゃないんだから、と言いたくなったが、楽になりたいという気持ちは西川も一緒だった。

「それで、どうするんだ？」沖田が、どこか挑発するような口調で訊ねた。

「まずは、蒲田の殺しを何とかしないと。庄田を褒めてやれよ。きちんと情報のパイプをつないでいたんだから、立派なもんだろう」

「それは分かるけど、何で俺が」

「俺が褒めるより、お前が褒めた方があいつも嬉しいだろう。滅多に褒めないんだからさ」

それから二人はしばらく、庄田の成長について話し合った。以前は、聞き込みなどでもどこか気後れして、遠慮がちな質問しかぶつけられなかったのだが、いつの間にか結構図太くなった。東北出身だからというわけではないだろうが、元々粘り強いという美点もある。このまま育てばいい刑事になるのではないか――問題はさやかとの関係だ。何とかあの二人の刺々《とげとげ》しい関係を修復し、追跡捜査係のチームワークを円滑にしたい。

あれこれ案を出し合ったのだが、西川はすぐに馬鹿馬鹿しくなってしまった。そもそも自分と沖田のチームワークだってよくはない。罵り合いをしては、鳩山に――最近は若手にさえ止めに入られているぐらいだ。そんな自分たちに、後輩の仲を取り持つことなどできるはずもない。

「で？」沖田が少しだけリラックスした口調で訊ねる。

「何が『で？』なんだ」

適当な物言いに、西川は少しだけ苛立ちを覚えながら聞き返した。

「どうするつもりなんだよ、これから」

「誰が何をどうするって？」

「お前も、面倒臭い男だね」沖田が吐き捨てた。「ちゃんと主語と目的語が揃ってないと、話が理解できないのか？　日本語は、主語を省いても意味が通じる、希有《けう》な言語なんだぜ」

「お前が言語学者だとは知らなかったな」

沖田が鼻を鳴らす。普段なら、ここから一触即発の言い合いにまで発展するのだが、今夜の西川はこの戦いをエスカレートさせる気はなかった。

「分かってるよ」西川はハンドルを握ったまま、両肩を上下させた。「五件の殺しの中で、一件だけがはっきりしていない」

「そう。もしかしたら、全ての始まりになった、十八年前の事件」

「それを追いかけるのは、正しく追跡捜査係の仕事だよな」

「ああ」

「だから、俺たちは諦めない。蒲田の殺しをさっさと片づけたら、また檜原通いだ」

「そうなるだろうな」西川は認めた。何度も都心部と往復しているうちに、距離はさほど気にかからなくなっていた。高速が空いてさえいれば、ドライブはむしろ快適である。

「よし、それならいい」沖田がもぞもぞと靴を履いた。「じゃあ、車を返したら、今夜は取り敢えずの打ち上げにしようぜ。庄田や三井も誘おう」

「あいつらは蒲田の件で忙しいぞ」

「今夜ぐらい、大丈夫だろう。毎日ねじを巻いてばかりじゃ、そのうちねじ切れちまうぞ。俺はこの前から、焼き肉が食いたくてたまらないんだ。大ジョッキを、二息で空にしてやるよ」

「焼き肉ねえ……」

西川は窓を細く開けた。少し冷たい夜風が、車内に吹きこんでくる。ちょっと前までは、夜になってもうだるような熱気に悩まされていたのに、ここ数日、檜原ではかすかに秋の気配を感じるようになってきた。この陽気だと、西川はもう生ビールではなく熱燗《あつかん》が欲しくなる。

そう、季節は巡る。秋の気配を感じ始めたと思ったら、すぐに冬の寒さが襲ってくるのだ。

美知の夏は終わった。自由気ままに、思うように生きてきた夏は……これから彼女に待っているのは人生の秋、そして冬である。自分がカレンダーをめくって、最後のページを破り取ることもできるのではないか、と西川は思った。

それこそが、刑事としての自分の義務なのだから。

本書はハルキ文庫の書き下ろしです。
本作品はフィクションであり、登場する人物、団体名など
架空のものであり、現実のものとは関係ありません。

Haruki Bunko
ハルキ文庫

と 5-6

暗《くら》い穴《あな》 警視庁《けいしちょう》追跡《ついせき》捜査《そうさ》係《がかり》

著者 堂場《どうば》瞬一《しゅんいち》

2015年9月18日第一刷発行

発行者 角川春樹

発行所 株式会社角川春樹事務所
〒102-0074 東京都千代田区九段南2-1-30 イタリア文化会館

電話 03(3263)5247(編集)
03(3263)5881(営業)

印刷・製本 中央精版印刷株式会社

フォーマット・デザイン 芦澤泰偉
表紙イラストレーション 門坂 流

ISBN978-4-7584-3945-9 C0193 ©2015 Shunichi Dôba Printed in Japan
http://www.kadokawaharuki.co.jp/[営業]
fanmail@kadokawaharuki.co.jp[編集] ご意見・ご感想をお寄せください。